Dan Gronie

ANDOR

Gestrandet auf Pelos

AF301272

ANDOR

Band 1: Rätsel der Vergangenheit

Band 2: Reise durch das Weltentor

Band 3: Gestrandet auf Pelos

Weitere Bücher von Dan Gronie

Band 1: Kaspar - Die Reise nach Feuerland

Band 2: Kaspar - Der magische Rubinschädel

Band 3: Kaspar - Das Geheimnis von Eduan

Estalor - Rückkehr der Höllenschlange

Denny entdeckt Köln

Dan Gronie

ANDOR

Gestrandet
auf Pelos

ROMAN

Impressum

Alle Rechte liegen beim Autor. Die Verbreitung in
jeglicher Form und Technik, auch auszugsweise,
nur mit schriftlicher Genehmigung des Autors.

Bibliografische Information der Deutschen Nationalbibliothek:
Die Deutsche Nationalbibliothek verzeichnet diese Publikation in der Deutschen
Nationalbibliografie; detaillierte bibliografische Daten sind im Internet über
http://dnb.d-nb.de abrufbar.

Titel: Andor - Gestrandet auf Pelos
Copyright © 2021 by Dan Gronie

1. Auflage
Taschenbuchausgabe April 2021

Umschlaggestaltung: Dan Gronie
Umschlagabbildungen: © Olivia Grand,
Bild von Felix Mittermeier auf Pixabay,
Bild von Gerd Altmann auf Pixabay,
Bild von Peter Fischer auf Pixabay

Herstellung und Verlag:
BoD - Books on Demand, Norderstedt

ISBN: 978-3-7526-4149-3

Für meine Frau Ursula.
Du bringst die Sterne zum Leuchten.

Inhalt

Prolog

Es war ein kalter Tag. In der Nacht hatte Frost geherrscht, und am frühen Morgen lag Reif auf den Wiesen und Feldern. Trotzdem schlich Horyet aus dem Haus seiner Eltern. Er war ein Kind auf der Suche nach Abenteuern und liebte den düsteren Sumpf.

Bis hierher und bloß nicht weiter, sagte seine Mutter stets zu ihm, denn jenseits dieses ein Meter hohen Metallzaunes begann eine andere Welt, eine unheimliche Welt, eine Welt voller Gefahren und voller Geheimnisse, und genau das war es, was Horyets Neugierig geweckt hatte – die Geheimnisse des Sumpfes. Er hatte schon einmal die Warnungen seiner Mutter missachtet, hatte sich bei Nacht aus dem Haus geschlichen, und war jenseits dieses Zaunes allein unterwegs gewesen.

In dieser Jahreszeit wirkte der Sumpf meistens düster und grau. Unheimliche Nebelschwaden zogen dann oft über ihn hinweg, doch das alles würde Horyet nicht abhalten, noch einmal über den verbotenen Zaun zu steigen, um diese mystische Welt zu erkunden.

Die vergangene Nacht war eine ganz besondere Nacht gewesen, denn es hatte Vollmond geherrscht. Horyet hatte in dieser Nacht genau beobachtet, wie der Vollmond bleich wie ein runder Ausschnitt mitten in der Schwärze gestanden hatte. Es war ein fahler, unwirklicher Lichtschein gewesen, den der Mond seinem Heimatplaneten entgegenschickt hatte. Sein Vater hatte ihn bei solch einer Vollmondnacht schon einmal mitgenommen und war mit ihm zum verbotenen Zaun gegangen. Seine Mutter hatte nichts davon gewusst. Er und sein Vater hatten den Sumpf beobachtet und gesehen, wie sich der fahle Mondschein auf der dunklen Fläche des Sumpfes widergespiegelt hatte. Das Mondlicht hatte den zahlreichen Sumpfgräsern und Sumpfgewächsen einen leichenhaften Anstrich gegeben. Der unheimliche Lichtschein des Mondes hatte sich dabei auf der Wasseroberfläche des Sumpfes widergespiegelt, und Horyet hatte dabei das Gefühl gehabt, als müssten sich jeden Augenblick die Toten aus diesem Sumpf erheben.

Bis hierher und nicht weiter!

Ja, das hatte auch sein Vater in dieser Nacht zu ihm gesagt. Horyet hatte seinen Vater gefragt, warum niemand den Sumpf betreten durfte. Jeder wusste angeblich Bescheid, dass etwas Schlimmes folgen würde, wenn jemand diese Regel brechen sollte. Doch die Erklärung seines Vaters hatte Horyet keinesfalls zufrieden gestellt. In dieser Nacht hatte er sich fest vorgenommen, eines Tages diese Regel zu brechen, um das Geheimnis zu lüften.

Sein Vater hatte ihm oft erzählt, dass nach einer Vollmondnacht manchmal geheimnisvolle Irrlichter über die schwarze Wasserfläche des Sumpfes tanzen würden.

Genau aus diesem Grund war Horyet auch an diesem Morgen ganz früh aufgebrochen. Es war noch dämmrig, aber er hatte ja eine Lampe dabei. Horyet begab sich also auf die Suche nach diesen mysteriösen

Lichtern.

Heute war der ersehnte Tag für Horyet gekommen, an dem er dem Geheimnis auf den Grund gehen wollte. Er stand vor dem Metallzaun und starrte hinüber, dann brach er wieder die Regel und kletterte über den Zaun. Er knipste die Lampe an und hielt inne. Dieses Mal ging er nach rechts entlang des Zaunes.

Seine Herz raste vor Aufregung als er einen ihm unbekannten schmalen Pfad entdeckte. Er warf einen Blick zurück zum Zaun, dann wandte er sich wieder dem Pfad zu und folgte ihm.

Nach einer Weile blieb er kurz stehen. Es war widerlich. Je weiter er sich vom Zaun entfernte, desto stärker roch es nach Verwesung. Sollte er auf die Warnungen seines Vaters hören und umkehren?

Nein. Trotz aller Warnungen folgte er dem Pfad. Der Untergrund wurde weicher und federte stark. Horyet blieb wieder stehen. Er blickte nach rechts, dort wuchs das Gras ziemlich hoch. Zu seiner linken Seite standen karge Bäume in einer schmutzigen Wasserlandschaft.

Was wäre, wenn der Untergrund unter seinen Füßen plötzlich nachgeben würde? Der Sumpf würde ihn wie ein gieriges Monster verschlingen, und es würde später an dieser Stelle noch intensiver nach Verwesung riechen. Horyet schüttelte sich bei diesem Gedanken.

Vorsichtig setzte er einen Fuß vor den anderen und folgte dem Pfad. Einen Rückzug hatte er sich aus dem Kopf geschlagen.

Nach einer Weile wurde der Untergrund unter seinen Füßen wieder etwas härter und der Boden federte nicht mehr so stark.

Was würden seine Eltern sagen, wenn sie wüssten,

dass er sich hier im Sumpf herumtrieb? Es war ja auch zum Verzweifeln, alle schienen etwas über diesen Sumpf zu wissen, aber es gab niemanden, seine Eltern inbegriffen, der ihm etwas genaues über den Sumpf erzählten wollte.

Was war das da vorne? Ein breiter Lichtpunkt kreiste links von ihm über dem Sumpf. Kurz darauf kam ein zweiter Lichtpunkt hinzu. Doch so plötzlich wie sie erschienen waren, verschwanden sie auch wieder.

Horyet wandte sich um. Der Zaun lag mittlerweile weit zurück. Egal. Er konnte sich hier auf diesem Pfad ja nicht verlaufen. Horyet ging also weiter und entdeckte ein Leuchten in den hohen Gräsern rechts von ihm. Es sah so aus, als ob dort jemand mit einer Fackel herumlaufen würde. Hoffentlich war es nicht sein Vater, der auf der Suche nach ihm war.

Der Untergrund wurde wieder weicher, und an manchen Stellen war er glatt und schlammig.

Platsch!

Horyet stand knöcheltief in einer Pfütze. Schnell trat er zurück. Sein Herz raste vor Schreck, um ein Haar hätte ihn der mörderische Sumpf mit Haut und Haaren verschlungen.

Horyet musste seine Mission wohl doch abbrechen. Es war zu gefährlich dem Pfad weiter zu folgen.

Ob es noch andere Pfade durch diesen Sumpf gab oder irgendwer aus seinem Dorf diese Pfade kannte?

Horyet erschrak. Ganz plötzlich hatte er Angst, er könnte sterben. Im dichten Schilf rechts von ihm hatte sich etwas bewegt. Da, schon wieder. Er duckte sich rasch und beobachtete die Stelle. Das Schilf bewegte sich schon wieder und etwas stieß hindurch.

Horyet zuckte zusammen und staunte.

Ein Boot?

Horyet richtete sich wieder auf.

Aus dem hohen Schilf ragte ein kleines Holzboot. Niemand war zu sehen. Der Pfad führte in einem Bogen in die Richtung des Bootes, also verwarf Horyet den Gedanken an die Rückkehr. Er trat in die Pfütze und folgte wieder dem Pfad. Nach ein paar Metern war der Pfad wieder etwas fester geworden. Jedoch sank Horyet an manchen Stellen knöcheltief ein.

Horyet blieb stehen.

Tja, das Boot lag in greifbarer Nähe, doch weder ein Steg noch ein Pfad führten zu ihm hin. Sollte er den Pfad verlassen und durch das Wasser waten? Er betrachtete die Wasseroberfläche. Wie tief mag das Wasser sein? Natürlich hatte er keine Angst zu ertrinken, weil er ja schwimmen konnte, doch er hatte große Angst in irgendeinem Morast stecken zu bleiben und dann vom Sumpf verschlungen zu werden.

Ob es im Wasser auch gefährliche Tiere gab?

Nicht nur dieser mörderische Sumpf sondern auch ein fleischfressender Fisch könnte ihm das Leben nehmen. Horyet musste vorsichtig sein, denn er wollte schließlich seinen nächsten Geburtstag noch mit seiner Familie zusammen feiern.

Horyet stand da wie ein steinernes Monument. Dann fasste er einen Entschluss und trat ins Wasser, dem Boot entgegen. Er versank bis zu den Waden. Vorsichtig näherte er sich dem Boot.

Fast hätte er aufgeschrien, als er beim nächsten Schritt bis zum Bauch im Wasser stand. Das Boot war nur noch vier Schritte entfernt. Sollte er es riskieren?

Er ging weiter.

Schritt für Schritt.

Er blieb stehen.

Ein Schritt trennte ihn noch von seinem Ziel.

Was wollte er eigentlich mit dem Boot anfangen? Plötzlich blubberte das Wasser hinter ihm und er bekam einen höllischen Schrecken. Horyet trat einen Schritt vor und kletterte blitzschnell ins Boot.

Er wandte sich rasch der Wasseroberfläche zu. Doch das Blubbern war verschwunden. Er war fest davon überzeugt, dass er fast einem Raubfisch zum Opfer gefallen wäre.

Ein altes Holzpaddel lag im Boot. Horyet nahm es und paddelte langsam durch das hohe Schilf. Für einen Moment war er wie erstarrt. Wohin wollte er eigentlich mit diesem Boot? Er warf einen Blick zurück zum Pfad. Die Gefahr war groß, dass er im hohen Schilf die Orientierung verlieren und den Pfad nicht mehr wiederfinden würde.

Plötzlich tauchte irgendwo vor ihm ein Leuchten auf. Horyet wandte sich aufmerksam dem Licht zu, paddelte vorsichtig und entfernte sich weiter vom Pfad.

Das Schilf wurde lichter, und mit einem Mal tat sich ein morastiges Gewässer vor ihm auf. Er sah einzelne Büsche und Pflanzen und ein paar Bäume. Auf dem dunklen Wasser trieben Blätter und Seerosen. Ein leichter Wind glitt wie ein Atem über den See hinweg. Horyet paddelte, während er die Gegend aufmerksam im Auge behielt. Es war noch ein ganz schönes Stück bis zur Mitte des Sees, aber Horyet hatte auf einmal das Gefühl, dass er unbedingt dorthin musste.

Der See wurde unruhig, und Horyet ließ das Boot treiben. Es schaukelte auf den kleinen Wellen. Als sich Horyet den Kahn näher betrachtete, fiel ihm auf, dass sein Holz im Laufe der Zeit etwas weich geworden war, und auch die Sitzbank in der Mitte, worauf er saß, war ein wenig angefault. Hoffentlich hielt der

Kahn durch und versank nicht mitten auf dem See. Horyet konnte zwar sehr gut schwimmen, aber den Raubfischen im See würde er wohl nicht entkommen können.

Horyet begann wieder zu paddeln. Der Kahn hier hatte schon so viele Jahre gehalten, warum sollte er ausgerechnet jetzt untergehen?

Verdammt noch mal! Je näher er zur Mitte des Sees kam, umso schlammiger wurde die Wasseroberfläche. Horyet befürchtete mit einem Mal mit dem Boot im Schlick stecken zu bleiben, deswegen hörte er auf zu paddeln und entschloss sich zur Rückkehr.

Was erhoffte er sich in der Mitte des Sees zu finden? Weit und breit war nichts Außergewöhnliches zu sehen. Horyet stutzte, als plötzlich unzählige Lichter über die schwarze Wasseroberfläche in der Mitte des Sees tanzten. Er hatte die Irrlichter gefunden und paddelte wieder weiter. Je näher er sich der Mitte des Sees näherte, desto größer wurde die Spannung. Horyet atmete schnell vor Anspannung, als er das Paddel mit gleichen, rhythmischen Bewegungen ins Wasser tauchte. Er paddelte auf der linken Seite, dann wechselte er zur rechten Seite, damit das kleine Boot die Richtung beibehielt.

Die Irrlichter bewegten sich immer noch auf dem See hin und her wie kleine Flammen. Horyet erinnerte sich an die Worte seines Großvaters: »Hüte dich vor den Lichtern im Sumpf! Es sind die Geister der Toten, die einen in die Irre führen wollen.« Doch daran wollte Horyet nicht glauben. Es gab keine Geister in seiner Welt. Tot ist tot, daran glaubte er.

Auf dem See funkte und sprühte es plötzlich wie ein Feuerregen, und mit einem Mal waren die Irrlichter verschwunden. Horyet fluchte laut und ließ einen

Schrei ab. So nah am Ziel scheiterte er.

Es wurde heller, die Nebelschwaden verzogen sich, und der Tag brach langsam an. Die Chance, dass er die Irrlichter heute noch einmal zu Gesicht bekommen würde, war vertan. Es war nun an der Zeit nach Hause zurückzukehren, bevor seine Eltern ihn vermissen würden. Trotzdem war der Ausflug ein kleiner Erfolg für ihn gewesen, denn so nah an den Irrlichtern war bestimmt noch niemand aus seinem Dorf gekommen. Er spürte die pure Lebensenergie in sich und nahm sich fest vor, beim nächsten Vollmond wieder auf die Suche nach den Irrlichtern zu gehen.

Horyet paddelte im Halbkreis und wendete das Boot. Er erschrak. In welcher Richtung war der Pfad? Für einen Augenblick war er völlig orientierungslos, doch dann lächelte er zufrieden, als er den markanten Baum sah, der wie ein zweiarmiges Monster alle anderen Bäume überragte. Genau in dieser Richtung lag der Pfad. Horyet paddelte nun etwas schneller. Er schaukelte mit dem alten Kahn zielstrebig dem hohen Schilf entgegen.

Horyet hörte auf zu paddeln und wandte sich der Mitte des Sees zu. Eine innere Stimme warnte ihn vor irgendeiner Gefahr.

Es war still, beinahe schon beängstigend.

Der kleine See wirkte wie ein dunkler Spiegel, auf dessen Oberfläche sich immer wieder kleine Wellen bildeten, und plötzlich bewegte sich das kleine Boot, ohne dass er etwas dazu getan hätte. Es schaukelte so heftig, dass sich Horyet an der Sitzbank festhalten musste. Er fühlte einen eisigen Schauer über seinen Rücken laufen, und einen Moment später vernahm er ein Brodeln. Es kam von der Mitte des Sees.

Wasser schäumte um das Boot herum auf, und es

bildete sich eine schaumige Fläche. Horyet hielt sich immer noch fest. Das Wasser gurgelte und brodelte und brachte den alten Kahn gefährlich ins Wanken. Es spielte mit ihm, und Horyet konnte nichts anderes tun, als abwarten.

Horyet musste wieder an die mahnenden Worte seines Großvater denken. Vielleicht gab es ja doch Geister und er hatte sie aus irgendeinem Grund verärgert. Aber er hatte doch nichts Schlimmes getan. Oder hatte er etwa die Ruhe der Toten gestört? Und nun waren die Geister gekommen, um ihn dafür zur Rechenschaft zu ziehen.

Nun trat unter dem Kiel ein Strudel auf, der das alte Boot wie einen Kreisel drehte. Horyet glaubte, dass der See zu einem schrecklichen Monster geworden war, das ihn nun verschlingen wollte. Horyet wollte um Hilfe schreien, aber er ließ es sein. Wer sollte ihn hier schon hören? Seine Eltern waren zu weit entfernt. Dass sich ein Dorfbewohner hierher verirrt haben sollte, erschien Horyet unwahrscheinlich.

Plötzlich war der ganze Spuk vorbei.

Das Wasser hatte sich beruhigt und war wieder spiegelglatt. Nichts schien sich verändert zu haben.

Oder doch?

In der Tiefe des Sees schimmerte es grünlich. Was hielt sich dort versteckt? Lauerte da unten in der Tiefe ein Stück Hölle? Vorsichtig nahm Horyet das Ruder zur Hand und paddelte dem hohen Schilf entgegen. Horyet wollte hier schleunigst verschwinden, denn in der Tiefe hielt sich etwas Unheimliches versteckt, dass viel größer als ein Raubfisch war. Horyet war fest überzeugt, dass es kein Geist war, sondern womöglich ein blutrünstiges Sumpfmonster, das ihn jagen und dessen gefräßiger Schlund ihn dann verschlingen würde. Horyet wollte nicht als Mahlzeit enden.

Er näherte sich dem schützenden Schilf, in dem er verschwinden konnte. Das Ziel war nicht mehr weit entfernt. Horyet atmete auf, als das hohe Schilf ihn schützend aufnahm. Er paddelte durch das hohe Schilf in Richtung Pfad. Das Schilf wurde lichter, der Pfad kam in Sichtweite, und plötzlich hielt er inne, als er glaubte, jemanden auf dem Pfad gesehen zu haben.

War sein Vater doch auf der Suche nach ihm?

Horyet tauchte das Paddel ins Wasser und stieß auf Grund. Hier konnte er stehen. Sollte er aussteigen und zu Fuß durch das Wasser bis zum Pfad gehen? Als er an das Sumpfmonster dachte, paddelte er langsam weiter.

Krach!

Der alte Kahn lief auf Grund. Bis zum Pfad waren es nur ein paar Schritte, und das Wasser war nicht mehr tief. Bis hierher würde das Sumpfmonster nicht kommen.

Horyet stieg aus dem Boot. Das Wasser reichte ihm bis zu den Waden. Er lief und erreichte den Pfad.

Er atmete aus. Sein Herz raste.

Er war erleichtert dem Sumpfmonster entkommen zu sein. Er wandte sich dem Rückweg zu und lief los.

Blitzartig blieb er stehen und erschrak fast zu Tode.

Da stand es vor ihm.

Das **Sumpfmonster**.

Na ja, ein Monster? Es ging aufrecht und trug einen schwarzen Kampfanzug. So eine Kreatur hatte Horyet noch nicht gesehen. Sie war mit Sicherheit nicht von seinem Planeten. Die Kreatur hatte eine hellgrüne, schuppige Haut, und aus ihrem kahlköpfigen Gesicht stachen grüne Augen mit einer schwarzen Pupille hervor. Ihre rechte, schuppenbedeckte Hand, mit den dünnen, langen Fingern, griff an den Gürtel, und dann hielt sie einen kleinen, metallischen Stab in der Hand. Die Kreatur aktivierte ihn. Es war ein Lichtschwert.

Horyet wandte sich um und wollte fliehen, doch das Monster war schneller und packte ihn mit der linken Hand am Kragen. Horyet schrie um Hilfe. Dann trat er nach dem Monster und traf es in den Bauch.

Es zischte ihn in einer Sprach an, die er nicht verstand. Horyet hing wie ein Fisch an der Angel. Dann fiel Horyets Blick auf das Lichtschwert, und er ahnte Schlimmes. Horyet wollte noch nicht sterben, aber er konnte seinem Schicksal nicht mehr entfliehen.

Das Monster zischte ihn wieder an und warf ihn im hohen Bogen in den Sumpf.

Platsch!

Horyet wusste nicht warum, aber das Monster ließ ihn am Leben und verschwand.

Triefnass lief Horyet nach Hause und stellte sich schon mal auf eine Predigt von seinen Eltern ein, doch als er ankam, stand das Haus in Flammen. Seine Eltern und Großeltern waren tot.

Horyet lief weinend ins Dorf. Als er dort ankam, erfasste ihn das Grauen. Auch dort hatte niemand überlebt. Horyet machte sich große Vorwürfe, weil er den verbotenen Sumpf betreten hatte, und glaubte lange Zeit, dass er die Schuld für diese grausamen Morde trug. Er nahm an, dass er das Sumpfmonster verärgert hatte und daraufhin das Unheil geschehen war.

Horyet beendete die Gedanken an die Ereignisse aus seiner Kindheit und sah sich um. Er saß in einer Hochsicherheitszelle. Der leitende Agent Roland Landau vom MAD hatte veranlasst, dass Horyet dort eingesperrt wurde. Im Schein der Lampen glänzte der

Stacheldrahtzaun, auf der hohen Mauer, wie ein dichtes Spinnennetz. Er sollte für einen Menschen unüberwindbar sein, doch Horyet lächelte in sich hinein, als er durch das vergitterte Zellenfenster nach draußen blickte. Horyet kam von dem Planeten Mesetanien und war ein Formwandler. Er konnte die Gestalt von verschiedenen Lebewesen annehmen, doch er hatte sich entschlossen, das menschliche Aussehen zu behalten.

Pah, diese Mauer mit dem dämlichen Drahtzaun würde ihn sicherlich nicht aufhalten. Was ihn hier festhielt, waren die beiden schwerbewaffneten Wachen vor seiner Zellentür. Der Agent Landau hatte die Bewachung angeordnet und Horyet damit gedroht, dass diese Wachen ihn mit allen Mitteln an einer Flucht hindern würden.

Horyet wandte sich aufmerksam der Tür zu und überlegte, wie er die Wachen ausschalten sollte und welchen Fluchtweg er dann nehmen konnte. Die Tür sah zwar stabil aus, jedoch konnte er versuchen, sie aus der Verankerung zu reißen. Horyet stellte sich die verdutzten Gesichter der Wachen vor, wenn er die Tür in der Hand halten und in die Zelle schmeißen würde. Die Schrecksekunde der Wachen würde er zu seinem Vorteil nutzen. Er malte sich aus, wie er der linken Wache einen Faustschlag verpassen, dann der rechten Wache mit einem Ruck das Genick brechen, und dann blitzschnell auch der linken Wache durch einen gezielten Schlag das Leben nehmen würde. Horyet nickte zufrieden. Könnte funktionieren. Als er sich jedoch die Tür und die Verankerung und das Material genauer ansah, stellte er fest, dass sein Vorhaben aussichtslos war. Er war zwar stärker als ein Mensch, aber das übertraf bei weitem auch seine Kräfte.

Also musst er sich einen anderen Plan zurechtlegen.

Horyet schaute wieder aus dem Zellenfenster. Er musste oft an die Vergangenheit denken und an die Palets und daran, was sie ihm und seinen Leuten alles angetan hatten. Er hatte sich den Palets angeschlossen, in der Hoffnung ganz nach oben zu kommen. Dann sollte seine Rache die Anführer vernichten. Dass er sich als Kopfgeldjäger anheuern ließ, um Andor auszuschalten, war nur ein Mittel zum Zweck für seine Sache. Aber die Dinge hatten sich geändert. Horyet war sich nicht mehr ganz sicher, ob er richtig gehandelt hatte. Er dachte, wie schon so oft, an seine Kindheit und daran, wie er zum ersten Mal einem Palet begegnet war.

Horyet wurde durch ein klirrendes Geräusch aus den Gedanken gerissen. Abendessen? Er stand in der Zelle und brüllte vor Wut. Heute wusste er, dass ihn keine Schuld traf. Denn das Massaker in seinem Dorf hatten die Palets zu verantworten. Sie kamen ursprünglich vom Planeten Norog und hatten einen Außenposten auf seinem Planeten errichtet. Wer ihnen im Wege stand wurde einfach eliminiert.

Horyet brüllte abermals vor Wut.

Die Türklappe ging auf, und eine Wache schob ein Essenstablett hindurch. Horyet nahm das Tablett entgegen und griff mit der linken Hand die Gabel. Dann ließ er das Tablett fallen und stach mit der Gabel auf seinen rechten Unterarm ein, um die Pulsader zu erwischen. Er hoffte, dass die Wachen nichts von seinen außergewöhnlichen Selbstheilungskräften wussten und ihn am *Selbstmord* hindern wollten. So wie es aussah, lief alles nach Horyets Plan, als die Tür aufging und die beiden Wachen eintraten. Die eine Wache hatte zur Vorsicht das Gewehr auf Horyet gerichtet, während die andere Wache entsetzt auf die Gabel starrte und Horyet befahl, sie fallen zu lassen.

Horyet fackelte nicht lange. Blitzschnell sprang er der Wache, die ihn angesprochen hatte, entgegen und schlug ihr die Faust ins Gesicht. Sie ging sofort bewusstlos zu Boden. Noch bevor die andere Wache reagieren konnte, hatte Horyet auch sie bewusstlos geschlagen.

Schnell wandte sich Horyet der ersten Wache zu und schleifte sie aus dem Sichtfeld der Überwachungskameras. Der Mann hatte etwa die gleiche Kleidergröße wie er. Horyet zog rasch seine Gefängniskleidung aus und streifte die Kleidung der Wache über. Dann schnappte er sich den Pistolenhalfter samt Pistole und zog ihn an. In der Zelle flackerte ein helles Licht auf, und Horyet hatte die Gestalt der Wache angenommen. Letztendlich nahm er die Schnellfeuerwaffe an sich und verließ die Zelle.

Der Alarm war losgegangen. Alles wurde abgeriegelt. Da Horyet nun das Aussehen der Wache und einen gültigen Ausweis hatte, konnte er unbemerkt das Gefängnis durch den Vordereingang verlassen.

Horyet musste schnell handeln, denn es würde nicht lange dauern, bis man die bewusstlosen Wachen finden würde.

Er hatte es also geschafft.

Er war frei.

Endlich.

Horyet ging über den Parkplatz und sah sich aufmerksam um, während er die Fernbedienung eines Autoschlüssels betätigte.

Bieep!

Ein schwarzer BMW reagierte. Horyet stieg ein, startete den Wagen und fuhr los.

Mein lieber Scholli!

1 Wir waren durch das Basrato vermutlich nach Pelos gekommen und hatten unsere Mission erfüllt. Das feindliche Basrato war in einem riesigen Feuerball zerstört worden, während einige Gebäude in Flammen aufgegangen waren. Jedoch war somit der Rückweg zur Erde für uns nicht mehr möglich. Berger lenkte den Wagen sicher über die Piste, die zunehmend unebener wurde. Wir fuhren durch eine öde Landschaft und entfernten uns rasch von der feindlichen Basis.

Wie ein Blitz aus heiterem Himmel tauchte ein feindlicher Raumgleiter über uns auf, aktivierte seine Waffen und feuerte. Wir hatten dabei das Glück, schon auf eine Nebenpiste abgefahren zu sein. Die großen Felsen links und rechts von der Piste schützten uns vor den Energiestrahlen.

»Scheiße«, fluchte Berger lauthals und gab Gas.

Jennifer, die auf dem Beifahrersitz saß, sagte panisch: »Mist! Was machen wir jetzt?«

Ohne Vorwarnung schlug ein Energiestrahl direkt vor unserem Wagen in den Boden ein. Dreck und kleine Steine flogen gegen die Windschutzscheibe. Berger bremste kurz ab und gab sofort wieder Gas. Dann sahen wir den silbernen Raumgleiter über uns hinwegfliegen.

»Das geht nicht lange gut«, bemerkte Berger und wandte sich mir kurz zu.

»Ja«, nickte ich.

Ich saß auf dem Rücksitz hinter Jennifer und hielt meine Laptoptasche, die auf dem Sitz neben mir lag, krampfhaft mit der linken Hand fest. Ich überlegte, was außer dem Laptop noch in der Tasche war. Das Delektron war durch die Zerstörung des Basratos unwiederbringlich verloren. Ich hatte also noch mein Lichtschwert, die silbrige Kugel und das goldene Medaillon.

Dann kam der silberne Raumgleiter zurück. Die Felsen links und rechts von uns wuchsen zu kleinen Bergen an. Wir fuhren durch eine enge Schlucht. Dort konnte der Raumgleiter uns nicht folgen. Dennoch blieb der Besatzung die Möglichkeit auf uns zu schießen.

»Wo ist er?«, fragte Jennifer hastig.

Die Antwort kam prompt, als Energiestrahlen rechts von uns in die Felsen einschlugen. Kleine und große Felsbrocken brachen ab und donnerten herunter. Wir hatten Glück gehabt, denn nur kleine Steine trafen unser Wagendach.

»Schwein gehabt«, japste Jennifer.

»Entweder haben wir einen Schutzengel«, sagte Berger, »oder der Pilot ist ein miserabler Schütze.«

»Viel Zeit bleibt uns nicht, bis er zurückkommt«, sagte Jennifer ängstlich und ergänzte hastig: »Er wird nicht ewig vorbeischießen.«

Was konnten wir tun? Der Raumgleiter war auf jeden Fall schneller als unser Wagen.

»Da vorne«, sagte Jennifer schnell und deutete nach rechts.

Gott steh uns bei! Eine noch viel schmalere Piste

zweigte ab. Berger überlegte kurz und folgte ihr.

»Oha«, brach es aus mir heraus. »Das ... das wird Zentimeterarbeit.«

Die Piste war sehr schmal, und die Felswände sehr hoch. Berger verlangsamte das Tempo. Ob das eine gute Idee war, hier abzubiegen, bezweifelte ich stark. Für mich sah der Weg aus, wie eine Sackgasse. Kein Entkommen. Eine tödliche Falle. Ich malte mir aus, dass wir plötzlich vor einer Felswand oder einem Abgrund zum Stehen kommen könnten. Wenn dann auch noch der Raumgleiter auftauchen würde, hätten wir ein Problem.

Los, Bill Clayton, streng deinen Grips an!, sagte ich mir im Stillen vor.

Berger schrappte mit dem Wagen an der linken Felswand vorbei. »Mist«, fluchte er laut. »Braucht 'ne neue Lackierung.« Er grinste breit.

Ich sah, wie Jennifer ein erschrockenes Gesicht machte.

»Ist ja nichts ...«, wandte ich mich ihr zu und brach ab, als über uns ein Poltern zu hören war.

»Au Backe!«, zischte Berger laut. Er blickte in den Rückspiegel und gab Gas.

Nun schrappte er auch mit der rechten Wagenseite am Felsen entlang. Aber das schien ihm egal zu sein, denn hinter uns stürzte tonnenweise Gestein herab.

Jennifer schrie kurz auf, dann hörte ich das Zerbersten der Heckscheibe und bemerkte, wie der Wagen noch schneller wurde.

In diesem Moment war ich mir noch nicht sicher, wie wir sterben würden. Entweder würden wir von den herabstürzenden Steinen erschlagen, oder Berger würde den Wagen gegen die Felswand fahren, wo er dann zerschmettern würde.

Ich hielt den Atem an und betete. Mein Leben war mir in diesem Moment egal, aber das Leben meiner Freunde wollte ich mit dem Gebet retten.

Berger bremste den Wagen ab. Wir wandten uns um und sahen, dass der Weg hinter uns verschüttet war.

»Verdammt, zurück können wir jetzt nicht mehr«, fluchte Berger und setzte die Fahrt langsam fort.

Nach kurzer Zeit wurde die Piste noch schmaler.

»Noch ein paar Zentimeter weniger und wir bleiben mit dem Wagen stecken«, stellte Berger fest, und seine Stimme klang bedrückt.

Berger fuhr sehr vorsichtig, und mit einem Mal jubelte er. Na ja, warum sollten wir nicht auch mal ein wenig Glück haben? Die Piste wurde wieder breiter, und Augenblicke später konnte Berger wieder Gas geben.

Ob das aber etwas nützen würde, um unsere Feinde abzuhängen, war ich mir nicht sicher. Außerdem glaubte ich fest daran, dass am Ende dieser Piste, falls sie aus dieser schmalen Schlucht herausführte, unsere Feinde uns schon erwarten würden.

Der Raumgleiter düste wieder über uns hinweg, jedoch feuerte er dieses Mal nicht auf uns.

Warum schießt er nicht? Der Pilot hat doch freies … , überlegte ich, und Bergers Vollbremsung riss mich aus meinen Gedanken heraus.

»Was ist los?«, fragte ich erschrocken.

»Die Schlucht hört da vorne auf, und die Piste führt auf freies Gelände«, antwortete Berger.

Heikle Situation. Berger könnte Vollgas geben und hoffen, dass er mit dem Wagen irgendwo Deckung finden würde. Riskante Sache. Ein gezielter Schuss von dem Raumgleiter. Aus und vorbei.

Berger fuhr langsam, bis zum Ausgang der

Schlucht. Das Gelände dahinter war flach und größtenteils mit hohen Gräsern bewachsen. Vereinzelt waren karge Bäume zu sehen. Weiter links von uns gab es einen kleinen See und weiter rechts davon einen grünen Laubwald. Dorthin führte auch die Piste, die sehr eben aussah, also könnte Berger Gas geben. Aber konnte er den Raumgleiter abschütteln?

»Ob er fort ist?«, fragte Jennifer.

Berger schüttelte den Kopf.

»Ob wir es bis zum Wald schaffen?«, fragte ich.

»Wir können es versuchen«, sagte Berger.

»Okay«, hauchte Jennifer.

»Dann mal los«, sagte ich.

Berger fuhr an, dann gab er Gas. Der Wagen hatte einen kraftvollen Motor und beschleunigte schnell. Berger lenkte den Wagen sicher über die Piste.

»Wir schaffen es«, sagte Jennifer erleichtert, und in diesem Augenblick hörten wir ein Zischen über uns. Der Raumgleiter war wieder da, drehte eine Runde und kam direkt auf uns zu. Das würde kein gutes Ende für uns nehmen. Die beiden Energiestrahlen schlugen links vom Wagen ein. Das trockene Gras fing sofort Feuer. Der Wagen brach aus und kam von der Piste ab.

»Mist«, fluchte Berger und lenkte den Wagen auf die Piste zurück. Dann gab er sofort wieder Gas.

»Wo ist er?«, wollte Berger wissen.

»Er ist hinter uns«, antwortete Jennifer nervös.

»Wie weit?«, fragte Berger kurz.

»Nicht weit genug«, sagte ich. »Wir haben ein paar Sekunden.«

»Das reicht nicht«, sagte Berger.

Der Wagen raste über die Piste und hinterließ eine Staubwolke. Die Landschaft hinter uns hatte sich in ein Meer aus Flammen und Rauch verwandelt. Die ersten vertrockneten Bäume fingen schnell Feuer.

Berger legte eine Vollbremsung hin. Ich schlug mit dem Kopf gegen das Seitenfenster, weil ich mich nach rechts gewandt hatte, um herauszuschauen.

»Das gibt eine Beule«, fluchte ich und fasste mir an die Stirn.

Der Energiestrahl schlug vor uns in die Piste ein, und Sekunden später brannte das Gras neben der Piste lichterloh. Berger beschleunigte den Wagen wieder und fuhr durch das entstandene Schlagloch. Jennifer schrie dabei kurz auf, und wir wurden durchgerüttelt. Die Piste führte nun schnurstracks auf den rettenden Wald zu.

»Er kommt zurück«, stieß Jennifer hervor.

Nur keine Panik. Ruhe bewahren, war mein Motto. Wir hatten schon schlimmere Situationen überstanden. Hoffentlich behielt auch Berger weiterhin die Ruhe. Er lenkte den Wagen immer noch sicher über die Piste. Der Raumgleiter kam, jedoch sah es so aus, als würde er uns nicht mehr erreichen, bevor wir im Wald verschwinden würden.

»Ja«, jubelte ich kurz.

Berger legte wieder eine Vollbremsung hin und kam am Waldrand zum Stehen.

»Was ist nun schon wieder?«, fragte ich hektisch.

»Raus aus dem Wagen«, schrie Berger uns an.

Ohne weitere Fragen zu stellen, stiegen wir rasch aus, und da sah ich auch schon die Bescherung. Die Piste hörte am Waldrand auf.

Der Raumgleiter kam rasant näher und schoss Energiestrahlen ab. Wir flohen ein Stück und warfen uns ins hohe Gras. In einem Feuerball explodierte der Wagen.

Wir blieben im hohen Gras in Deckung, während der Raumgleiter über uns kreiste.

»Wir brauchen einen neuen fahrbaren Untersatz«, sagte Berger und lächelte gequält.

»Ob wir es bis zum Wald schaffen?«, fragte Jennifer.

»Ist ja nicht mehr weit«, sagte ich. »Wir bleiben in Deckung und kriechen bis dahin«, schlug ich vor.

»Okay«, stimmte Berger mir zu, »aber die da oben haben bestimmt Geräte, mit denen sie uns aufspüren können«, ergänzte er.

Daran hatte ich auch schon gedacht. Wir krochen langsam auf den Wald zu. Es war nicht mehr weit, vielleicht noch zwanzig Meter, aber die hatten es in sich. Berger und Jennifer waren vor mir. Ich folgte ihnen und befürchtete, dass wir durch den Wald davonjagen mussten wie Hasen auf der Flucht vor einem Jäger. Wir robbten weiter über den Boden durch das hohe Gras, das uns Deckung vor unserem Feind gab. Es sah so aus, als ob wir es schaffen würden, doch plötzlich fehlte die Deckung. Die letzten Meter bis zum Wald war das Gelände kahl.

»Los«, sagte ich, als ich sah, dass der Raumgleiter über uns nach rechts abgedreht hatte.

Wir sprangen auf die Beine und liefen das letzte Stück bis zum Wald.

»Schneller! Beeilt euch!«, schrie ich, als ich sah, dass der Raumgleiter zurückkam.

Wir schafften es tatsächlich. Ein Grund zum Jubeln blieb uns aber nicht, denn hinter uns schlugen schon die ersten Energiestrahlen ein, die den Wald sofort in Brand setzten.

»Auch das noch«, fluchte Berger, als hinter uns die Feuerhölle losbrach.

»Lauft!«, schrie ich.

Berger und Jennifer zögerten keinen Augenblick. Ich folgte ihnen. Bei unserer Flucht hatten wir einen sanften Wind im Rücken. Scheiße, das Feuer verfolgte uns und fraß sich wie ein hungriges Tier durch den Wald. Ich sprang über einen am Boden liegenden Baumstamm, gleichzeitig schlug mir ein Ast ins Gesicht.

Etwas weiter rechts und links von uns schlugen wieder Energiestrahlen in den Wald ein und setzten auch diesen Abschnitt sofort in Brand. Wir liefen so schnell wir konnten um unser Leben.

Ich konnte nicht sagen, was schlimmer war, die Hitze oder der Qualm, der mir den Atem raubte und drohte, mich zu ersticken. Ich sah, dass Jennifer langsamer wurde und holte auf.

»Los weiter!«, feuerte ich sie an und blieb hinter ihr.

Berger hatte wohl bemerkt, dass wir ein ganzes Stück hinter ihm waren, denn er blieb stehen und wartete auf uns.

»Ob das Feuer uns in eine bestimmte Richtung treiben soll?«, fragte Berger.

Ich zuckte mit den Schultern, und wir flohen wieder vor den Flammen. Berger lief nach links. Wir verließen uns auf Bergers Instinkte und Orientierungssinn und folgten ihm dichtauf. Dann sprang er über einen brennenden Baumstamm. Jennifer zögerte, doch dann sprang auch sie. Ich folgte ihr schnell. Zwar war ich ein Elitesoldat und früher wohl schon einmal auf diesem Planeten gewesen, aber durch meinen Gedächtnisverlust konnte ich mich an nahezu nichts mehr erinnern. Berger führte uns sicher durch die gefahrvolle Situation, also überließ ich ihm die Führung.

Doch dann stutzte ich. Wo wollte Berger hin? Hatte er denn völlig den Verstand verloren? Er lief direkt auf eine Flammenwand zu. Innerhalb weniger Minuten wurde mein Gesicht glühend heiß und meine Kehle staubtrocken. Wenige Augenblicke später musste ich husten. Jennifer erging es wohl ebenfalls wie mir. Sie hustete und wurde langsamer.

»Los weiter!«, feuerte ich sie wieder an und hoffte, dass Berger wusste, was er tat.

Kurz vor der Flammenwand, drehte Berger nach rechts ab. Wir folgten ihm blindlings. Das Atmen war durch den Qualm bis jetzt unangenehm gewesen, doch nun wurde es zur Qual. Keiner von uns durfte jetzt das Bewusstsein verlieren, das wäre das Todesurteil. Berger sprang wieder über einen Baumstamm, doch dieses Mal brannte er zum Glück nicht. Wir liefen immer weiter. Als die Flammenwand endete und wir sie ein Stück hinter uns gelassen hatten, schrie Berger: »Hier entlang!« Er bog nach links ab. Und endlich waren wir den Flammen entkommen.

Zu früh gefreut, denn als ich nach links blickte, sah ich, dass die Flammenhölle wieder aufholte. Ich zitterte ein wenig und schnappte nach Luft, aber mir war klar, dass ich weitermusste.

»Verdammt, ich kann nicht mehr«, hustete Jennifer und wurde wieder langsamer. Ich nahm sie an die Hand.

»Komm weiter!«, sagte ich und legte einen Schritt zu.

»Lasst mich hier.«

»Bist du verrückt?«

»Ich schaffe es nicht«, schrie Jennifer und blieb stehen. Ich ließ ihre Hand los.

»Entweder schaffen wir beide es oder ...«

»Los, macht schon!«, brüllte Berger. »Hierher«, winkte er uns zu. »Hier ist ein See«, ergänzte er.

Als wir Berger erreichten, stand er am Ufer eines kleinen Sees. Er schnappte sich einen kleinen Baumstamm.

»Schnell! Hilf mir mal!«, fuhr er mich an, und wir schleppten das Ding zum Wasser.

In der Mitte des Sees wuchs Schilf. Mir war nun klar, was Berger vorhatte.

»Komm, Jennifer«, sagte ich. »Da vorne im Schilf sind wir sicher vor den Flammen.«

Wir gingen ins Wasser, hielten uns am Baumstamm fest und schwammen hinüber ins Schilf. Vorerst konnten wir aufatmen. Nur wusste niemand von uns, wie dicht der Qualm rings um den See werden würde. Wir konnten immerhin noch ersticken. Und außerdem wussten wir nicht, ob es gefährliche Tiere im See gab. Mittlerweile brannten auch die Bäume am Ufer lichterloh.

»Woher haben Sie gewusst, in welche Richtung wir laufen mussten?«, wandte ich mich an Berger.

»Ich habe ein paar Tiere vor den Flammen fliehen sehen«, antwortete Berger, »und dachte, es wäre eine gute Entscheidung, ihnen zu folgen.«

»Ja, das war es«, bestätigte ich ihm.

»Hoffentlich taucht der Raumgleiter nicht wieder auf«, sagte Jennifer.

Ich sah, wie sie zitterte.

»Vielleicht sucht der Pilot ja an der falschen Stelle nach uns«, sagte Berger.

»Sollen wir ans andere Ufer schwimmen?«, fragte Jennifer und deutete hinter uns. Das Feuer breitete sich zwar aus, aber es schien nicht um den See zu kommen. Wir konnten ja schlecht den ganzen Tag hier im Wasser verbringen, also schwammen wir mit dem Baumstamm ans andere Ufer.

Als wir das Ufer erreicht hatten, legten wir eine kurze Pause ein und blieben unter den Bäumen sitzen. Jennifer fuhr sich mit der Hand durch das Haar, und mir fiel auf, dass ihre Haarspitzen zum Teil versengt waren.

»Wie geht es jetzt weiter?«, wollte Jennifer von mir wissen.

Was sollte ich antworten? Ich schwieg.

»Ob der Pilot uns in eine bestimmte Richtung treiben wollte?«, überlegte Berger.

»Vielleicht«, antwortete ich und verzog dabei leicht die Mundwinkel.

Jennifer zuckte wortlos mit den Schultern.

»Wenn er das vorhatte, dann sollten wir herausfinden, warum er uns in diese Richtung treiben wollte«, schlug Berger vor.

»Wir könnten in eine Falle laufen«, ermahnte ich ihn und war von dem Vorschlag nicht begeistert.

»Wir sind ja darauf vorbereitet und schleichen uns an«, entgegnete Berger.

»Was erhoffen Sie sich davon?«, wollte ich wissen.

»Irgendetwas müssen wir ja tun, und vielleicht finden wir ja einen fahrbaren Untersatz«, sagte Berger.

»Tja, aber ...«, fing ich an, und Berger unterbrach mich: »Wollen Sie etwa ziellos durch die Gegend rennen?«

Das erschien mir auch keine gute Idee zu sein, also stimmte ich Berger mit einem Nicken zu.

»Okay«, sagte Jennifer und stand auf.

Berger erhob sich.

»Nun seid mal nicht so hektisch«, schimpfte ich.

»Komm schon, Bill!«, sagte Jennifer und folgte Berger, der losgegangen war und wieder die Führung übernahm.

Die Attacke des Raumgleiters war vorbei. Vorerst. Wir konnten durchatmen und kämpften uns durch den Dschungel, der zum Glück nicht so dicht bewachsen war, dass es kein weiterkommen gab. Wir waren schon eine knappe Stunde unterwegs und noch nicht sehr weit gekommen, weil wir den See und das Feuer umgehen mussten. Berger hatte einen guten Orientierungssinn. Er wusste noch ganz genau, in welcher Richtung uns der Feind getrieben hatte. Ich dagegen war wohl mehr damit beschäftigt gewesen, zu rennen und um das Leben von Jennifer zu bangen. Scheinbar sind mit meinem Gedächtnisverlust auch grundlegende Fähigkeiten verlorengegangen, wie beispielsweise der Orientierungssinn. Als früherer Elitesoldat müsste ich ja eigentlich einen guten Sinn dafür gehabt haben.

»STOPP!«, befahl Berger.

»Was ist los?«, fragte Jennifer sofort.

»Da vorne habe ich etwas gesehen.«

»Vielleicht ein Tier«, vermutete ich.

Berger schüttelte den Kopf. Wir gingen vorsichtig weiter. Es machte leicht *Knacks*.

»'tschuldigung«, sagte Jennifer.

Sie war auf einen morschen Ast getreten. Nach etwa zehn Metern blieb Berger stehen, und wir gingen hinter einem mächtigen Baum in Deckung. Über uns kreiste ein Raumgleiter.

»Scheibenkleister«, fluchte Jennifer leise.

Wir hörten Stimmen, verstanden aber die Sprache nicht. Dann sahen wir, wie der silberne Raumgleiter in Richtung der Sonne verschwand.

»Ob er zurückkommt?«, flüsterte Jennifer.

»Glaube nicht«, sagte Berger nur und lugte um den Baumstamm herum.

»Tja, man muss ja auch mal Glück haben«, wandte

er sich uns zu.

»Was haben Sie gesehen?«, fragte ich.

»Unseren neuen fahrbaren Untersatz«, antwortete er fröhlich.

Ich riskierte einen Blick und sah zwei Fahrzeuge und sechs Palets.

»Na, wie gefällt Ihnen das?«, grinste Berger.

»Tolle Idee«, leierte ich herunter. »Wie wollen Sie denn die Mannschaft ausschalten?«, fragte ich ihn mit fester Stimme.

»Da müssen wir uns noch etwas überlegen«, kratzte er sich am Kinn.

»Worüber denken Sie nach?«, wollte Jennifer von Berger wissen.

»Funktioniert Ihr Lichtschwert?«, fragte Berger und wandte sich mir zu.

»Ja«, nickte ich, »aber gegen sechs von denen haben wir keine Chance.«

»Wir können ...«, fing Berger an und sah mir direkt in die Augen. Ich unterbrach ihn sofort: »Wenn wir einen offenen Kampf riskieren, werden wir sterben.«

»Was sollen wir sonst tun?«, fragte er mich schnell. »Wollen Sie sich etwa zu Fuß durch den verdammten Wald kämpfen?«

»Vielleicht.«

»Das ist doch Bullshit ...«, fing Berger an und unterbrach den Satz, als wir Geräusche im Unterholz hörten. Berger riskierte einen vorsichtigen Blick.

»War nur ein Tier gewesen«, atmete Berger auf.

Wir hörten ein helles Summen, dann ein pfeifendes Geräusch, und als ich um den Baumstamm blickte, sah ich, wie sich ein Fahrzeug erhob und über dem Boden schwebte. Sekunden später beschleunigte es und verschwand. Drei Palets blieben zurück.

»Wow, ein Hovercraft«, staunte Berger, als auch er einen Blick wagte.

»Okay ... okay«, stammelte ich und verzog leicht die Mundwinkel. »Das wird wohl unsere letzte Chance sein, bevor auch das zweite Fahrzeug verschwindet.«

»Du bleibst hier!«, befahl ich Jennifer.

Sie nickte mir zu. Die Angst stand ihr ins Gesicht geschrieben. Ich überreichte ihr meine Laptoptasche und nahm das Lichtschwert zur Hand. Praktisch war, dass man die Laptoptasche auch als Rucksack verwenden konnte. Jennifer schulterte sie.

»Bereit?«, fragte ich Berger fordernd, der mir schnell zunickte.

Ich schlich mich von rechts an die Gruppe heran. Berger folgte mir kurz, dann ging er nach links.

Wir hätten uns besser absprechen sollen. Ich hatte den Blickkontakt zu Berger verloren. Wie sollte ich vorgehen? Ich hörte wieder Stimmen. Als ich nachsah, standen zwei Palets am Fahrzeug und unterhielten sich. Wo war der Dritte? Ich wartete einen Augenblick, aber er blieb verschwunden. Zu Berger hatte ich immer noch keinen Blickkontakt.

Ich reagierte auf einen Schatten, den ich im Augenwinkel wahrnahm, aber ich war nicht schnell genug. Mein Lichtschwert war inaktiv, aber zum Glück hatte ich mich in aller letzter Sekunde geduckt. Mein Feind hielt ein aktiviertes Lichtschwert in der Hand und streifte mit ihm den dicken Baumstamm vor mir. Ich wirbelte herum, aktivierte blitzschnell mein Lichtschwert und hielt mich bereit. Doch mein Feind dachte gar nicht mehr daran mich anzugreifen. Er rief etwas zu seinen beiden Kampfgefährten. Warum sollte er auch etwas riskieren? Zu Dritt würden sie mich in die Knie zwingen. Hatte ich überhaupt eine Chance gegen sie? Wo war Berger? Hatten sie ihn etwa schon erledigt? Ich musste an Jennifer denken. Und daran, was sie mit ihr machen würden, wenn sie mich getötet hatten.

Flucht, war mein Gedanke. Ich könnte fliehen und so die Aufmerksamkeit auf mich lenken. Jennifer wäre dann vorübergehend in Sicherheit.

Ich wandte mich dem Fahrzeug zu und sah, dass die anderen Palets schon auf dem Weg zu mir waren.

Kampf, war nun mein Gedanke. Ich dachte nicht weiter über die Konsequenzen nach und attackierte meinen Feind. Er war wohl so überrascht, dass er nur mit Mühe meine Schläge abfing.

Sollen sie nur alle kommen, dachte ich. *Ich würde mein Leben teuer verkaufen.*

Ich schlug nochmals mit dem Lichtschwert zu. Mein Feind taumelte zurück. Doch anstatt ihn abermals anzugreifen, floh ich und stolperte durch das Geäst. Meine Rechnung ging auf, denn meine Feinde folgten mir.

Ich kam an einer Mulde und dann an dornigen Sträuchern vorbei. Ich blickte zurück, sah meine Verfolger weit hinter mir. Dieser Baum war perfekt, und ich kletterte geschwind an ihm hoch. Sekunden später bezweifelte ich stark, ob das eine gute Idee war.

Das könnte es gewesen sein, dachte ich. *Welche Chance hatte ich gegen sie? Keine.*

Nun hockte ich hier oben und wartete auf den Tod.

Da kamen sie und blieben stehen. Ich hielt den Atem an und traute mich nicht, mich auch nur einen Millimeter zu rühren. Mein Lichtschwert hielt ich fest in der rechten Hand, jedoch hatte ich es wieder deaktiviert.

Meine Gegner sprachen miteinander, dann lief jeder von ihnen in eine andere Richtung. Ich wartete kurz ab und kletterte den Baum hinunter. Wem sollte ich folgen? Ich entschied mich für den Palet, gegen den ich eben gekämpft hatte. Er hatte einige entscheidende Fehler beim Kampf gemacht, und ich hoffte, dass er eine leichte Beute für mich sein würde.

Ich nahm die Verfolgung auf und erreichte ihn. Er stand vor einem Dornenstrauch. Wollte er etwa die braunen Beeren pflücken? Ich schlich ich mich an ihn heran, und tatsächlich pflückte er die Beeren und aß sie. Ich schüttelte verständnislos den Kopf und lächelte leicht, als ich hinter ihm stand.

»Wie geht's denn so?«, fragte ich fröhlich.

Er erschrak und wandte sich blitzschnell herum. Die Chance ließ ich mir nicht entgehen und schlug ihm das deaktivierte Lichtschwert gegen den Schädel.

Einmal. Zweimal. Dreimal.

Er wankte zurück.

Verdammt, dieser Kerl war zäh, doch nach dem vierten Schlag fiel er rücklings in den Dornenstrauch. Schnell aktivierte ich das Lichtschwert und sah nach ihm. Er lag reglos da. Ich jubelte im Stillen: *Gewonnen.*

Ich hätte ihn auch töten können, während er sich die Beeren hineinstopfte, aber ich war kein Mörder. Als er sich immer noch nicht rührte, verließ ich ihn und lief zurück, um die Spuren meiner Feinde zu suchen.

Nun hatte ich den Spieß herumgedreht, nicht ich war der Gejagte sondern meine Feinde. Als ich den Baum erreichte, an dem ich hochgeklettert war, entdeckte ich die anderen Spuren. Eine Spur führte zum Fahrzeug, die andere in die entgegengesetzte Richtung. Ich folgte der Spur, die zum Fahrzeug führte, obwohl ich nicht wusste, ob ich es überhaupt in Gang bekommen würde. Im Geiste stellte ich mich auf einen

Kampf ein. Wir brauchten das Fahrzeug, um dieser Hölle hier zu entkommen.

Als ich endlich das Fahrzeug sah, näherte ich mich vorsichtig mit aktiviertem Lichtschwert. Neben dem Fahrzeug lag jemand. Hoffentlich war es nicht Berger. Ich erhöhte mein Tempo und sah nun, dass es sich nicht um Berger sondern um einen Palet handelte. Neben ihm lag eine blutige Eisenstange. Dann sah ich das Blut am Hinterkopf.

»Hast dir ja Zeit gelassen«, sprach mich jemand von hinten an.

»Habe mir ein wenig die Beine vertreten«, wandte ich mich Berger zu, der mich soeben geduzt hatte.

»Ist er tot?«, fragte ich und deaktivierte dabei mein Lichtschwert.

»Nein«, sagte Berger. »Er ist bewusstlos. Ich habe ihn aber trotzdem mit einem Seil gefesselt.«

Auch Berger hatte seinen hilflosen Feind nicht einfach getötet.

»Wo ist Jennifer?«, fragte ich besorgt.

»Hallo«, rief Jennifer, als sie hinter dem Fahrzeug zum Vorschein kam.

Ich war erleichtert Jennifer unversehrt zu sehen.

»Was ist mit den beiden anderen?«, fragte Berger.

»Einen habe ich ausgeschaltet. Er ist ebenfalls bewusstlos«, antwortete ich und nahm mein Lichtschwert in die linke Hand, »und der andere ist in diese Richtung gelaufen«, deutete ich mit dem Zeigefinger die Richtung an.

»Cooles Ding«, sagte Berger und deutete auf das Fahrzeug. »Bewegt sich fort wie ein Hovercraft.«

»Wissen Sie, wie man dieses Ding bedient?«, fragte Berger, der mich nun wieder siezte.

»Keine Ahnung, aber wir können es ja versuchen«,

antwortete ich.

Hilflos stand ich vor dem fremdartigen Fahrzeug. Das außergewöhnlich runde Design gefiel mir sehr gut. Ich strich mit der Hand über die Oberfläche. Sie fühlte sich glatt und außergewöhnlich kalt an. Vorne auf der Haube war eine Waffe installiert. Auch sie war an das Design des Fahrzeuges angepasst. Bei dem wolkenlosen Himmel und den Temperaturen, kam mir dieses ungewöhnliche Cabrio gelegen.

»Hoffentlich gibt es keinen Regen«, sagte ich.

Berger zuckte gleichgültig mit den Schultern.

»Wir sollten sehen, dass wir hier wegkommen«, schlug Jennifer vor.

Ich nickte zustimmend und suchte den Griff, um die Tür auf der Fahrerseite zu öffnen. Es war kein Griff vorhanden, also kletterte ich ins Fahrzeug. Innen sah es so ähnlich aus wie in einem Auto. Zwei vordere und zwei hintere Sitze. Berger nahm neben mir Platz, und Jennifer setzte sich auf den Rücksitz hinter Berger.

Auf dem Display vor mir befanden sich unbekannte Symbole. Die Steuerung des Fahrzeuges funktionierte wahrscheinlich mit dem Steuerhebel rechts von mir, der sich auf einer Konsole zwischen mir und Berger befand.

»Sie haben absolut keine Ahnung, wie man dieses Ding fährt?«, stellte Berger fest.

»Tja, also ...«, stammelte ich.

»Dann sollten wir besser zu Fuß weitergehen«, sagte Jennifer angespannt.

Ich versank in Gedanken, konzentrierte mich und versuchte mit meinem Kommunikationsmodul, das in meinem Nacken implantiert war, Kontakt zur meiner Schwester herzustellen. Vergebens. Es funktionierte immer noch nicht.

Dann fiel mir ein rotes Symbol ins Auge. Ob das der Anlasser war? Je länger ich in diesem Fahrzeug war, desto vertrauter wurde es mir.

»Lutek«, flüsterte ich.

»Was?«, fragte Berger verstört.

»Ich glaube, dieses Fahrzeug nennt man Lutek«, erklärte ich.

»Ob Lutek oder Ludwig, ist mir egal«, fuhr Berger mich hektisch an. »Bekommen Sie das Ding hier ans Laufen, bevor der Palet aufwacht und die beiden anderen zurückkommen?«

»Ich versuch ja mich zu erinnern.«

»Dann beeilen Sie sich mal damit!«, murrte Berger.

»Mach mal keinen Stress hier!«

»Also, Bill, wenn ...«, fing Berger an, und Jennifer unterbrach uns: »Lassen Sie Bill in Ruhe überlegen, Helmut. Bitte!«

Berger legte die Stirn in Falten und schwieg.

»Das kriegen wir schon hin«, war ich überzeugt und betätigte das rote Symbol.

Die Waffe auf der Motorhaube wurde aktiviert und feuerte einen Energiestrahl ab, der die Bäume vor uns in Brand setzte.

»Verdammt«, fluchte ich.

Als ich Berger verlegen anblickte und auf einen dummen Kommentar von ihm wartete, zog er nur die Augenbrauen hoch.

»Okay«, flüsterte ich, dachte einen Augenblick nach und sagte: »Kastar-Deliter. Ja, genau, der Kastar-Deliter ist also eine Strahlenwaffe«, erklärte ich.

Ich warf einen flüchtigen Blick zu Berger und sah ihm an, dass ihn diese Information überhaupt nicht interessierte.

»Okay«, sagte ich wieder und wollte gerade nach

dem Steuerhebel greifen, als ein Palet hinter den Bäumen hervortrat. Es war derjenige, den ich niedergeschlagen und in den Dornenstrauch geworfen hatte. Er sah mich, und seinem Gesichtsausdruck zufolge, wollte ich mir gar nicht vorstellen, was er zu gerne mit mir anstellen würde.

»An einem Kampf kommen wir jetzt wohl nicht mehr vorbei«, als Berger den Satz beendet hatte, trat der zweite Palet aus dem Wald hervor.

»Feuer das Kastar-Dings-Da ab!«, befahl Berger mir lauthals.

»Hab keine Ahnung, wie man es ausrichtet«, sagte ich.

Die Palets kamen. Instinktiv griff ich nach dem Steuerhebel, und das Lutek setzte sich in Bewegung und schwebte über dem Boden. Also ließ sich das Fahrzeug einfach mit dem Steuerhebel ein- und ausschalten, und ich brauchte keinen Anlasser dafür zu betätigen. Doch dann beschleunigte es und krachte rückwärts gegen einen Baum.

»Ups«, sagte ich.

Berger schwieg und zog nur die Augenbrauen hoch.

»Okay ... okay. Einen Moment. Hab's gleich«, sagte ich und bewegte den Steuerhebel vorwärts.

Die beiden Palets kamen direkt mit aktivierten Lichtschwertern auf uns zugelaufen. Ich bezweifelte, dass uns die Flucht gelingen würde.

»Wow«, staunte ich, als das Lutek beschleunigte.

Krach!

»Ups«, sagte ich wieder und stellte fest, dass ich einen der beiden Palets angefahren hatte, der sich vor Schmerzen das Bein hielt. Es sah so aus, als ob der Knochen gebrochen wäre. *Na ja, das wird schon wieder*, dachte ich.

Krach!

»'tschuldigung«, sagte ich, als ich auch den zweiten Palet anfuhr, der dabei rücklings gegen einen Baum flog und dann zu Boden fiel.

»Sachte«, ermahnte Berger mich eindringlich, als ich nun auch noch vorwärts gegen einen Baum krachte.

»Gibt es hier Gurte?«, fragte Jennifer.

Ich zog den Steuerhebel ganz vorsichtig zurück. Das Fahrzeug bewegte sich langsam rückwärts. Dann bewegte ich den Steuerhebel nach rechts. Das Fahrzeug reagierte sofort. Als ich den Hebel langsam nach vorne bewegte, setzte sich das Lutek schwebend in Bewegung. Ich lenkte es sicher durch den Wald.

»War doch gar nicht so schwer«, wandte ich mich an Berger, doch er schwieg.

»Was machen wir jetzt?«, fragte Jennifer.

»Wir suchen uns ein Versteck«, schlug ich vor, »und dann versuche ich nochmal mit meiner Schwester Kontakt aufzunehmen.«

Ich wandte mich Berger zu.

»Okay«, nickte er mir zu, »das ist eine gute Idee.«

Als wir den Waldrand erreicht hatten und sich eine Steppe ausbreitete, hielt ich das Fahrzeug an.

»Was nun?«, fragte ich. »Hast du ... Haben Sie einen Vorschlag?«, sprach ich Berger direkt an.

»Tja, keine Ahnung«, sagte Berger schulterzuckend. »Aber ich denke, dass wir das förmliche Sie beiseite legen sollten«, schlug Berger vor. »Ich bin der Helmut.«

Genau das wollte ich auch schon mal zur Sprache gebracht haben. Natürlich hatte ich gegen den Vorschlag nichts einzuwenden.

»Okay, Helmut«, sagte ich und grinste leicht.

»Habe auch nichts dagegen«, nickte Jennifer ihm zu.

»Und was ist mit der Bergkette dort hinten?«, fragte Jennifer und deutete nach rechts. »Vielleicht finden wir dort ein passendes Versteck«, schlug sie vor.

Wir schwebten der Bergkette entgegen, die im Schein der untergehenden Sonne rötlich leuchtete.

»Kann sich das Ding nicht schneller fortbewegen?«, fragte Helmut. »Dagegen ist mein BMW ja wie eine Rakete.«

Keine Ahnung, ob es das konnte. Ich bewegte den Steuerhebel soweit es ging nach vorne. Das Fahrzeug beschleunigte zwar, aber ich schätzte, dass wir nicht schneller als 100 km/h fuhren.

Was war das? Mit dem Zeigefinger fühlte ich eine kleine Erhebung am Steuerhebel. Ich war neugierig und drückte darauf, und der Steuerhebel ließ sich weiter vorwärts schalten. Es summte laut, so als würde das Fahrzeug unter Strom stehen, dann erschien über uns ein blaues Licht und legte sich wie ein Wagendach über das Lutek.

»Wow«, staunte Helmut. »Das Lichtschild hält den Wind ab«, stellte er fest.

Helmut hatte den Satz gerade beendet, als das Lutek beschleunigte.

»Oh! Kacke!«, schrie Helmut laut auf.

Ich wandte mich Jennifer zu. Sie schwieg, aber ich sah die Blässe in ihrem zarten Gesicht aufsteigen.

»Schnell genug, Helmut?«, lächelte ich ihn an.

An das Duzen mit Helmut musste ich mich noch gewöhnen.

Achtung, ein Mulk!

2 In kurzer Zeit legten wir mit dem Fahrzeug eine beachtliche Strecke zurück. Wir näherten uns in rasender Geschwindigkeit der Bergkette und hofften dort, einen Unterschlupf für die Nacht zu finden.

Die Landschaft sah so friedlich aus, und ich konnte mir kaum vorstellen, dass hier ein Krieg ausgetragen wurde.

Endlich erreichten wir die Bergkette, und ich drosselte die Geschwindigkeit. Rechts von uns lag ein Nadelwald, dort konnten wir uns mit dem Fahrzeug verstecken. Ob wir dort aber vor den Palets in Sicherheit waren, bezweifelte ich, denn mit großer Wahrscheinlichkeit besaßen sie technische Geräte, womit man Wärmestrahlungen aufspüren konnte, und somit liefen wir Gefahr entdeckt zu werden.

»Dort oben«, sagte Jennifer hastig und deutete nach links. Der Berg war dort karg bewachsen, und Jennifer hatte einen Höhleneingang entdeckt. Ich hielt das Lutek an.

»Da ist ein Pfad«, sagte Helmut.

Als ich versuchen wollte, den Pfad hinaufzufahren, ermahnte mich Helmut: »Lass das sein! Es ist viel zu steil.«

Wir ließen das Lutek stehen und setzten den Weg zu Fuß fort. Der schmale Pfad, der kaum noch als solcher zur Erkennen war, führte den Berg hinauf, in Richtung der Höhle.

An zahlreichen Stellen bedeckten Pflanzen den Weg. An einigen Stellen hingen dicke Äste so weit über den Pfad, dass wir uns tief bücken mussten, um weiterzukommen. An einer Stelle führte der Pfad dicht an einem Abgrund vorbei. Ich sah, wie Jennifer ängstlich in die Tiefe blickte.

»Bist du nicht schwindelfrei?«, fragte ich.

»Doch, das schon«, antwortete Jennifer mit fester Stimme, »aber der schmale, holprige Weg macht mir Angst.«

»Dann geh ganz langsam. Ich folge dir ganz dicht«, sagte ich.

»Ist gut«, nickte sie mir zu.

Helmut machte den Anfang. Jennifer folgte ihm, und ich kam ihr vorsichtig hinterher. Es war nur ein kurzes Stück, bis der Pfad wieder breiter wurde. Helmut hatte es geschafft und wandte sich Jennifer zu, aber sie kam allein zurecht. Trotzdem reichte Helmut ihr die Hand.

»Angst?«, fragte Helmut mich lächelnd.

»Nein, überhaupt nicht«, antwortete ich ironisch. »Geschafft«, sagte ich erleichtert, als ich neben Jennifer stand.

Helmut ging vorsichtig weiter, und wir folgte ihm. Komisch, Helmut hatte der tiefe Abgrund überhaupt nichts ausgemacht. Er ging diesen Pfad, als wäre er ihn schon zigmal gegangen. Es vergingen einige Minuten, dann stießen wir auf einen breiten Weg, der von links kam und den Berg hinabführte.

»Verdammt«, fluchte ich lauthals, als ich von der Höhe einen Blick nach unten warf und sah, dass wir mit dem Lutek nur ein Stück weiter hätten fahren müssen und dann auf diesen Weg gestoßen wären.

Bis zur Höhle war es nicht mehr weit. Wir folgten dem Weg, der so breit war, dass wir hier mühelos mit dem Lutek hätten fahren können.

»Wenn die Höhle für eine Übernachtung geeignet ist, gehe ich das Lutek holen«, schlug ich vor.

Helmut nickte einverstanden.

Der Weg war nun so breit geworden, dass wir nebeneinander gehen konnten. Ich ärgerte mich. Wären wir doch bloß ein Stück weiter gefahren, dann hätten wir den Berg nicht hinaufsteigen müssen.

Wir standen vor dem halbrunden Höhleneingang, der nicht natürlich aussah, sondern als wäre er mit technischen Mitteln angelegt worden. Das machte uns natürlich stutzig. Ob wir in der Höhle auf unsere Feinde stoßen würden? Der Höhleneingang war so groß, dass man mit dem Lutek hineinfahren konnte.

Jennifer und ich standen direkt hinter Helmut, der vorsichtig in die Höhle hineinblickte. Als er keinen Palet entdecken konnte, schnüffelte er wie ein Hund. Vermutlich wollte er feststellen, ob irgendein Wildtier die Höhle bewohnte.

»So, und nun erlebt ihr mich als Höhlenführer«, wandte er sich uns fröhlich zu.

Jennifer lächelte leicht. Ich wusste noch nicht, ob ich lachen sollte und blieb ernst.

»Meine Damen«, sagte er und blickte Jennifer dabei an, dann wandte er sich mir gemächlich zu, »und Herren Touristen, bitte, treten Sie ein!« Helmut ahmte den Tonfall eines professionellen Fremdenführers nach. »Herzlich willkommen! Bitte passen Sie auf, wo Sie hintreten. Vermutlich gibt es Schlangen, Skorpione und allerlei anderes giftige Getiers hier im Vorhof zur Hölle. Ach ja, und wenn Sie auf einen Palet stoßen, dann bleiben Sie bitte nicht schreiend stehen, sondern begeben sich unverzüglich zum Ausgang zurück.«

Jennifer lachte herzlich, und ich verzog den Mund zu einem kleinen Lächeln. Wir betraten die Höhle und sahen uns aufmerksam um. Es brauchte eine Zeit, bis sich die Augen an die Dunkelheit gewöhnt hatten. Die Höhlenkammer schien sehr groß zu sein, denn die hintere Felswand und die Höhlendecke konnte man nicht erkennen.

»Hat jemand eine Taschenlampe dabei?«, scherzte Helmut.

»Vielleicht finden wir ja eine Lampe oder so etwas ähnliches im Lutek«, sagte ich.

»Ja«, nickte Helmut, »das wäre möglich.«

»Hat das Fahrzeug auch Scheinwerfer?«, fragte er.

»Denkbar«, sagte ich.

Ich beschloss den Berg hinabzusteigen, um das Lutek zu holen. Helmut und Jennifer wollten sich in der Zwischenzeit weiter in der Höhle umsehen.

»Seid aber vorsichtig«, verabschiedete ich mich von ihnen.

Als ich den Abstieg in Angriff nahm, hatte ich ein ungutes Gefühl, dass ich Jennifer und Helmut in der Höhle zurückgelassen hatte. Wie Helmut eben schon gesagt hatte, war es nicht auszuschließen, dass giftige Tiere die Höhle bewohnten. Wer weiß, vielleicht hatte sich ja auch ein Raubtier in der Tiefe der dunklen Höhle zurückgezogen und wartete nun geduldig, dass es seine Beute reißen konnte. Ebenfalls war es nicht ausgeschlossen, dass giftige Pflanzen die Höhle besiedelt hatten.

Also, die Erkundung der Höhle war mit unendlich vielen Gefahren verbunden, die uns den Tod bringen konnten. Trotzdem mussten wir den Schritt wagen und uns dem Unbekannten stellen.

Als ich am Abzweig stand, bevorzugte ich den breiten Weg nach unten zu folgen und konnte somit auch feststellen, ob nicht irgendwelche Hindernisse den Weg versperrten. Der Weg war zwar länger, aber nicht so steil und gefährlich wie der andere. Als ich endlich am Fahrzeug ankam, beobachtete ich einen riesigen Schwarm schwarzer Vögel, die aussahen wie überdimensionale Raben. Hoffentlich waren es keine Fleischfresser, und wenn ja, dann hoffte ich, dass sie sich nur an Aas heranwagten. Mich fröstelte es kurz bei dem Gedanken, dass sich der Schwarm Vögel kreischend auf mich stürzen würde und ich als Abendessen in ihren Mägen landen könnte.

Ich stieg schnell in das Fahrzeug ein und startete es. Dann fuhr ich langsam los. Die Steigung war kein Problem für das Lutek. Helmut hätte bestimmt Spaß an so einem Fahrzeug und würde es sehr wahrscheinlich gerne gegen seinen BMW eintauschen. Als ein gerades Wegstück kam, gab ich Gas, und schwuppdiwupp war ich am Abzweig angekommen. Ich ging vom Gas, warf einen kurzen Blick zum schmalen Pfad, während ich überlegte, wie das Licht am Fahrzeug eingeschaltet werden konnte. Hatte es überhaupt eine Beleuchtung? Scheinwerfer wie bei einem Auto sind mir jedenfalls nicht aufgefallen.

Das letzte Wegstück wurde wieder etwas steiler. Problemlos fuhr ich zur Höhle hinauf, und es dauerte nicht lange, bis ich mein Ziel erreicht hatte. Ich hielt vor dem Höhleneingang an und hatte absolut keine Ahnung, welches Symbol ich betätigen musste, damit ein Licht, wenn vorhanden, am Fahrzeug eingeschaltet wurde.

Ich wartete auf eine Eingebung.

Vergebens.

Also fuhr ich ohne Licht in die Höhle hinein, und kurz darauf erhellte sich die Umgebung um mich herum. Als ich ein Stück weiter in die Höhle fuhr, schaltete sich zusätzlich vorne am Fahrzeug ein Licht ein, das die Höhle ausleuchtete.

Wow, das ist ja krass, staunte ich im Stillen.

Jennifer und Helmut kamen auf mich zu. Ich stieg aus, ging zum Heck des Fahrzeugs und sah, dass rings um die Karosserie ein etwa dreißig Zentimeter breiter Streifen leuchtete. Ich ging weiter um das Fahrzeug herum und sah, dass vorne die gesamte Karosserie leuchtete.

»Licht haben wir ja jetzt genug«, trat Helmut froh an meine Seite.

»Ja«, nickte ich ihm zu.

»Will nur hoffen, dass nicht zu viele Mücken oder sonstiges Getier von dem hellen Licht angezogen werden«, sagte Helmut dumpf.

Ich setzte mich wieder ins Lutek und schaltete den Antrieb aus, um Energie zu sparen. Das Licht blieb aber an.

»Hoffentlich verbraucht das Licht nicht zu viel Energie, so dass das Fahrzeug nachher nicht mehr anspringt«, sprach Helmut mich an.

»Hat bestimmt einen Schutzmechanismus gegen Entladung eingebaut«, erwiderte ich.

Ich stieg wieder aus.

»Die Höhle ist ziemlich groß«, stellte Jennifer fest.

Bis zur Decke schätzte ich, waren es an die sechs bis acht Meter. Die Höhlendecke war glatt und schien an manchen Stellen glitschig zu sein. An einigen Stellen wuchsen grüne, buschige Pflanzen, aus denen Stängel wie Fangarme herabhingen. Als ich den Blick von der

Decke nahm und geradeaus zur Höhlenwand sah, entdeckte ich im Scheinwerferlicht drei Höhlengänge. Wohin würden sie uns führen?

»Wir sollten den Eingang zur Höhle tarnen«, sprach Helmut mich an.

»Kann nicht schaden«, sagte ich.

Jennifer nickte zustimmend.

»Okay«, sagte ich und wandte mich Jennifer zu, »dann gehe ich mit Helmut mal vor die Tür«, lächelte ich Jennifer an, »und wir suchen etwas Brauchbares, womit wir den Eingang tarnen können.«

»Hm, zur Höhle führt doch ein Weg hinauf«, begann Jennifer zögerlich. »Macht es denn da Sinn, den Eingang zu tarnen?«

Gute Frage, dachte ich.

»Schaden kann's nicht«, gab Helmut von sich.

Ich verließ mit Helmut die Höhle, obwohl ich ein ungutes Gefühl hatte, weil Jennifer allein zurückblieb. Mit meinem Lichtschwert schnitt ich fleißig größere und kleinere Sträucher ab. Anschließend bedeckten wir den Eingang damit. Von Nahem sah man, dass die Sträucher gestapelt waren, aber von weitem glaubte ich, dass der Höhleneingang nicht so leicht zu erkennen war.

»Das hätten wir geschafft«, sagte Helmut zufrieden.

»Wir haben alles erledigt«, rief ich Jennifer zu, als wir in die Höhle gingen.

»Wollte gerade mal nach euch sehen«, sagte sie.

Jennifer schien Angst zu haben. Mir fiel auf, dass ihre Hände leicht zitterten. Im Nachhinein schien es mir eine falsche Entscheidung gewesen zu sein, dass wir Jennifer allein in der Höhle zurückgelassen hatten. Vielleicht gab es hier ja doch gefährliche Tiere, die sich vielleicht in den Höhlengängen versteckten.

»Den Eingang wird so leicht niemand entdecken«, sagte ich und hoffte, dass das auch stimmte.

Plötzlich kam irgendwoher ein Luftzug. Die Stängel der buschigen Pflanzen an der Decke bewegten sich hin und her wie Schlangen.

Draußen wurde es allmählich dämmerig, und in der Höhle kühlte es rasch ab. Sollten wir im Fahrzeug übernachten? Viel zu eng. Sollten wir auf dem Boden schlafen? Zu hart und ungemütlich. Was sollten wir also tun?

»Ich bin etwas hungrig«, sagte Jennifer.

Das war ich auch. Ich stieg in das Fahrzeug ein und suchte nach einem Fach und hoffte, dass ich darin etwas Brauchbares für die Nacht finden würde. Verdammt. Nichts. Als ich schon aufgeben wollte, entdeckte ich im hinteren Teil rechts einen Minitaster, den ich zögernd betätigte. Eine Klappe öffnete sich.

Glück muss man auch mal haben, dachte ich und holte zwei Decken, eine schwarze Tasche mit allerlei Werkzeug und ein Larat hervor. Die Fundstücke überreichte ich Jennifer und Helmut. Mein Blick fiel nach links, dort befand sich ebenfalls ein Minitaster, den ich schnell betätigte und gespannt war, was ich in diesem Fach vorfinden würde. Als sich die Klappe öffnete, entdeckte ich durchsichtige Gefäße, die so groß waren wie Marmeladengläser. Es schien mir etwas Essbares da drin zu sein, das vielleicht nicht ganz so appetitlich aussah, aber unseren Hunger stillen konnte. Ich schnappte mir drei Gläser und stieg aus dem Fahrzeug aus.

»Seht mal her«, sagte ich fröhlich. »Ich habe unser Abendessen gefunden.«

»Sieht ja köstlich aus«, murmelte Helmut.

»Kann man das denn auch wirklich essen?«, fragte

Jennifer skeptisch.

»Denke schon«, sagte ich. »Werde den Vorkoster machen«, nickte ich Jennifer zu.

»Ich denke, es ist wohl doch besser, wenn wir im Fahrzeug übernachten«, fing Helmut an, »ist zwar eng da drinnen, aber nicht so hart wie hier auf dem Boden, und außerdem, wissen wir nicht, ob vielleicht giftige Tiere hier herumkrabbeln.«

Das war ein Argument, dem ich und Jennifer nicht widersprechen wollten, also zogen wir uns ins Innere des Fahrzeuges zurück. Jennifer und ich nahmen auf dem Rücksitz Platz, während sich Helmut auf dem Beifahrersitz ausbreitete.

»Dann will ich hoffen, dass uns kein Tier ins Cabrio krabbelt«, schmunzelte Helmut.

»Kannst ja mal auf das blaue Symbol da vorne drücken«, sagte ich.

»Das hier?«, fragte Helmut mit skeptischer Miene, während ich ihm zunickte. »Was geschieht dann?«

»Probier es aus«, forderte ich ihn auf.

Helmut legte den Zeigefinger vorsichtig auf das blaue Symbol. Es summte laut, so als würde das Fahrzeug unter Strom stehen, das Geräusch kannten wir allerdings ja schon. Dann erschien über uns ein blaues Licht und legte sich wie ein Wagendach über das Lutek. Das Lichtschild war nun aktiviert und würde uns vor ungebetenem Besuch schützen. Wir hofften, dass das Energiemodul des Fahrzeugs ausreichen würde, um das Lichtschild die ganze Nacht aufrechtzuerhalten und später dann wieder weiterfahren zu können.

Helmut hatte eine Decke, und Jennifer und ich teilten uns eine. Außerdem hatte Helmut das Larat behalten, das ich im Fahrzeug gefunden hatte. Ich erklärte ihm, wie das Lichtschwert funktionierte, dann schwiegen wir alle eine Weile. Helmut gab mir das Larat zurück, weil er keine Ahnung vom Schwertkampf hatte. Ich verstaute es in der Laptoptasche.

»Würde gerne wissen, auf welchem Planeten wir uns befinden«, sagte Jennifer plötzlich.

»Ich vermute, dass wir auf Pelos sind«, sagte ich.

»Wie geht es morgen weiter?«, fragte Helmut mich.

Ich zuckte mit den Achseln, doch dann sagte ich: »Zuerst versuche ich noch einmal Kontakt zu meiner Schwester aufzunehmen. Die Palets haben bestimmt eine Suchaktion nach uns eingeleitet, also müssen wir sehr vorsichtig sein, wenn wir die Höhle wieder verlassen.«

»Kannst es ja auch jetzt noch mal probieren«, schlug Jennifer vor.

»Habe ich eben getan, aber aus irgendeinem Grund funktioniert mein Kommunikationsmodul immer noch nicht«, antwortete ich und überreichte Jennifer und dann Helmut ein Gefäß, das hoffentlich unser Abendessen enthielt.

»Immerhin besser als verhungern«, lächelte Jennifer gequält.

Ich öffnete das Gefäß, indem ich den Deckel nach rechts drehte.

»Sollen wir das Zeug etwa mit den Fingern essen?«, beschwerte sich Helmut.

Ich griff in das Fach neben mir, in dem ich auch die Gläser gefunden hatte, und zog ein grünes Tuch hervor, das zu einer Rolle gewickelt war. Gespannt rollte ich das Tuch auf und eine Gabel mit drei Zacken kam zum Vorschein.

»Hier, nimm«, sagte ich und überreichte Helmut das Tuch samt Inhalt, dann bekam Jennifer auch eins und schließlich holte ich auch eins für mich aus dem

Fach hervor.

»Dann mal guten Appetit«, sagte Helmut stumpf, jedoch zögerte er und sprach mich an: »Du zuerst!«

»Hab kein Problem damit«, sagte ich und sah, dass auch Jennifer noch keinen Bissen zu sich genommen hatte.

»Du hast wohl auch keinen Appetit auf das Zeug?«, sprach Helmut mich an.

Was sollte schon passieren? Ich nahm die Gabel und probierte eine kleine Menge von dem undefinierbaren Essen. Mehr als übel werden konnte es mir ja nicht, oder?

Die helle, dickflüssige Soße war sehr scharf, und die wurmähnlichen Tiere waren zart und schmeckten nach Hühnchen. So übel war das Essen nicht, und ich nahm eine weitere Gabel voll zu mir.

»Ist gar nicht so schlecht ...«, stellte ich fest, legte eine Pause ein und röchelte. »Oh, verdammt«, fluchte ich und verdrehte leicht die Augen. »Igitt, ist das Zeug bitter ... Luft«, sagte ich nur und atmete schwer, doch dann lachte ich. »Probiert es schon. Es ist wirklich gut, ein bisschen scharf vielleicht, aber sonst ist es lecker«, sagte ich.

»Du ... du ...«, fing Jennifer an, doch dann lächelte sie mich an, und auch Helmut lachte leicht und sagte: »Wäre fast drauf reingefallen.«

»Ja, schmeckt gut«, sagte Helmut, und Jennifer nickte mit vollem Mund.

»Was mag da alles drin sein?«, fragte Jennifer.

»Ist doch egal«, sagte Helmut nur. »Hauptsache wir verhungern nicht«, ergänzte er.

Als Jennifer mich fragend ansah, sagte ich: »Hab keine Ahnung, was das ist, aber wir sollten dankbar sein, dass wir etwas zu Essen gefunden haben.«

»Okay«, bestätigte Jennifer mir.

Helmut hatte sein Gefäß schon halb geleert, als ein kreischendes Geräusch uns aufschreckte, das aus einem der Höhlengänge zu kommen schien.

»Was ist das?«, flüsterte Jennifer ängstlich.

Tja, darauf konnte ich ihr keine Antwort geben. Das Kreischen wurde lauter.

»Ob wir besser die Höhle verlassen sollen?«, fragte Helmut.

»Tja, ich ...«, sagte ich und überlegte. »Okay ...«, stimmte ich Helmuts Vorschlag zu, doch es war zu spät. Aus dem mittleren Höhlengang kam eine unbekannte Kreatur herausgeflogen und steuerte direkt auf uns zu.

»ACHTUNG!«, schrie Jennifer panisch.

Keine Ahnung, ob das Tier uns angreifen wollte, doch ich blieb ruhig und hoffte, dass das blaue Lichtschild uns vor dem Tier schützen würde. Es kam gefährlich nahe an uns heran. Sollte ich mein Larat aktivieren? Ich verwarf den Gedanken wieder, denn ich hätte das blaue Lichtschild deaktivieren müssen, weil ich ja nicht wusste, was geschehen würde, wenn mein Lichtschwert auf das Lichtschild traf. In meinem Kopf schwirrten auf einmal viele Gedanken umher, dann sagte ich ein wenig verwirrt: »Ein Mulk.«

»Was?«, fragte Jennifer hektisch.

»Das Tier da ist ein Mulk«, erklärte ich.

»Ist es gefährlich?«, wollte Helmut sofort wissen.

»Ich glaube nicht«, antwortete ich.

Kurz bevor uns der Mulk erreichte, drehte er ab und flog zur Höhlendecke. Das Tier sah aus wie eine misslungene Fledermaus. Mit seinen langen Krallen, hatte es keine Mühe sich an den Pflanzen festzuhalten, die an der Decke wuchsen. Für seine Körpergröße hat-

te das Tier einen viel zu großen Schädel. Außerdem
hatte es keinen Schnabel sondern Zähne, wobei die
beiden oberen Eckzähne herausstachen wie bei einem
Vampir.

»Das Tier ist gruselig«, flüsterte Jennifer.

Das konnte ich ihr so nicht bestätigen. Es war eher
etwas eigenartig oder einzigartig.

»Wir sollten uns vor dem Tier in Acht nehmen. Es
macht einen angriffslustig Eindruck auf mich«, ermahnte Helmut uns zur Vorsicht.

Diese Meinung teilte ich nicht. Auf mich wirkte das
Tier eher scheu und ängstlich. Wir beobachteten, wie
der Mulk an den Pflanzen knabberte.

»Ob es noch mehr von denen hier gibt?«, fragte Jennifer.

»Wahrscheinlich«, antwortete ich, »aber sie scheinen
ja Pflanzenfresser zu sein.«

Wir wandten uns wieder unserem Essen zu.

»Will jemand noch etwas haben?«, fragte ich, als wir
alles aufgegessen hatten.

»Nein danke!«, schüttelte Jennifer den Kopf.

»Mir reicht's auch«, sagte Helmut. »Wir sollten ein
wenig schlafen«, schlug er vor.

»Ja«, nickte ich ihm zu, und es dauerte nicht lange,
bis ich merkte, dass Jennifer eingeschlafen war.

Ich grübelte über allerlei Dinge nach und versuchte
nochmals, mein Kommunikationsmodul zu aktivieren,
aber es funktionierte immer noch nicht. Ich stellte fest,
dass nun auch Helmut eingeschlafen war. Nun fielen
auch mir die Augen zu, und ich schlief augenblicklich
ein.

Irgendwann schlich sich Horyet in meinen Traum.
Ich versuchte ihn abzuschütteln, doch er folgte mir.

Ein weiterer Fluchtversuch von mir blieb erfolglos. Ich rannte vor ihm davon. Horyet verfolgte mich gnadenlos, bekam mich schließlich zu fassen und drückte mich zu Boden.

»Du sturer Narr«, fauchte er mich an.

Wieso war ich ein Narr? Horyet, du verdammter Idiot. Ohne jede Vorwarnung visierte ich mit meiner Faust seine Nase an, doch er hatte schon ein langes Messer in der Hand und schnitt mir ins Gesicht. Das Messer grub sich tief in meine Wange und hinterließ eine klaffende Wunde.

Meine Faust traf voll auf seine Nase, und Horyet verwandelte sich daraufhin in einen Palet. Er warf schwungvoll den Kopf in den Nacken und stieß einen lauten Kampfschrei aus – ich vermutete, dass es ein Kampfschrei war. Ich stieß einen erstickenden Schrei aus, als der Palet mir plötzlich mit einem Lichtschwert drohte. Er wollte gerade damit zustoßen, doch im letzten Augenblick verwandelte sich der Palet wieder in Horyet zurück.

Wir sahen uns stumm in die Augen. Überraschend ließ Horyet mich los und stand auf.

»Er ist der wahre Feind«, sagte Horyet und reichte mir die Hand. »Er hat uns dazu gebracht, einander zu töten.«

»Er?«, fragte ich.

»Ja, du sturer Narr«, sagte Horyet scharf und blickte mir in die Augen. »Der Palet«, ergänzte er.

Ich schreckte aus dem Schlaf auf, schwitzend und zitternd.

Vor verschlossener Tür

3 Eben hatte ich noch fest geschlafen, doch der Traum hatte mich erbarmungslos wachgerüttelt. Ich wandte mich Jennifer zu, dann Helmut. Beide schliefen noch tief und fest. Mir gingen Horyets letzte Worte durch den Kopf.

Horyet! Dieser verfluchte Hurensohn, dachte ich. *Aber was wäre, wenn Horyet wirklich nicht mein Feind wäre? Was wäre, wenn diese verdammten Palets ...*

Ich schrak durch ein lautes Kreischen zusammen und bemerkte, dass auch Jennifer hochgeschreckt war. Nun schlug auch Helmut die Augen auf und stöhnte genervt auf: »Was ist denn hier los?«

Ein Mulk kreiste über uns und kreischte abermals.

»Verdammtes Viech«, fluchte Helmut.

Der Mulk kreischte wieder, dann flog das Tier auf den rechten Höhlengang zu und verschwand lautlos in ihm.

»Guten Morgen«, wandte ich mich Jennifer zu.

»Was soll an diesem Morgen bloß gut sein«, fluchte Helmut missgelaunt, »wenn man durch so einen Lärm geweckt wird?«

Jennifer zog nur die Augenbrauen hoch. Auch ich schwieg und stieg aus dem Fahrzeug aus und ging zum Höhlenausgang. Vorsichtig lugte ich durch die Büsche nach draußen und staunte. Es war ein heller und freundlicher Morgen. Die Sonne ging gerade auf und hüllte die Landschaft in ein violettes Licht ein. Ich spürte die frische Luft, atmete sie tief ein; dann spürte ich, wie jemand hinter mich trat.

»Es ist wunderschön«, schwärmte Jennifer.

»Ja«, bestätigte ich kurz und wandte mich ihr zu.

Jennifer stellte sich neben mich, legte den Arm um meine Taille, und wir sahen uns den wundervollen Sonnenaufgang an. Und auf einmal dachte ich: *Wenn wir auf der Erde wären, würde ich sie fragen, ob sie meine Frau werden möchte.* Wir beobachteten weiterhin den Sonnenaufgang, und ich wünschte mir, dass dieser wundervolle Moment nie vergehen würde.

»Was gibt es denn da draußen zu sehen?«, hörte ich Helmuts brummige Stimme direkt hinter uns und wurde aus meinem Tagtraum gerissen. Jennifer ließ mich abrupt los und trat einen Schritt beiseite.

»Entschuldigt, wenn ich euch gestört haben sollte«, sagte Helmut.

»Ist schon gut«, antwortete Jennifer verlegen.

Auch Helmut schaute vorsichtig durch das Gebüsch nach draußen und genoss für einen Augenblick das einmalige Panorama. Dann wandte er sich uns zu: »Habt ihr schon einen Plan?«

Ich schüttelte den Kopf und antwortete: »Nein, aber ich versuche gleich noch einmal mit meiner Schwester Kontakt aufzunehmen.«

»Okay«, nickte Helmut.

Wir gingen zum Lutek zurück, und ich nahm auf der Fahrerseite Platz. Helmut und Jennifer blieben neben dem Fahrzeug stehen. Ich suchte den vorderen Teils des Fahrzeugs nochmals nach einem Minitaster ab, mit denen sich ein Handschuhfach öffnen ließ.

»Was suchst du?«, wollte Jennifer wissen.

»Dachte ich finde noch ein Fach, in dem sich vielleicht ein Funkgerät befinden würde«, antwortete ich.

»Ein Funkgerät?«, stutzte Helmut.

»Ja, oder so etwas Ähnliches«, erwiderte ich.

Da ich nichts gefunden hatte, wollte ich nun mein Kommunikationsmodul aktivieren und hoffte, dass es mir dieses Mal gelingen würde.

Ob das Modul vielleicht defekt war und deswegen nicht funktionierte? Keine Ahnung, ich wusste es nicht.

Ich nahm die silberne Kugel aus der Laptoptasche heraus, legte sie auf meinen Schoß und berührte sie nur mit Zeigefinger und Daumen. Nach einigen Sekunden änderte sich die silbrige Fläche, sie wurde bronzefarben. Dann legte ich die Kugel auf das Muttermal in meinem Nacken, konzentrierte mich und dachte an: *Kommunikator ein*. Die Kugel summte kurz, doch nichts geschah. Ich dachte ganz fest an: *Kommunikationsmodul in Stand setzten*. Wieder passierte nichts. Ich startete einen letzten Versuch und dachte an: *Kommunikator ein*. Ich konzentrierte mich auf meine Schwester, dann folgte ein Rauschen in meinem Kopf. Plötzlich hörte ich sie leise nach mir rufen. Mist, dann war sie wieder verschwunden.

»Ich hatte kurzen Kontakt zu meiner Schwester«, sagte ich aufgewühlt, während ich die Kugel vom Nacken nahm.

»Was hat sie gesagt?«, wollte Helmut sofort wissen.

»Ich habe sie nur nach mir rufen hören«, antwortete ich.

»Shit«, fluchte Helmut.

Die Kugel änderte wieder ihre Farbe und wurde silbrig. Ich legte sie in die Laptoptasche zurück.

Vielleicht war es das Gestein in der Höhle, vielleicht

war es die Atmosphäre des Planeten oder einfach nur eine Fehlfunktion meines Kommunikators, weshalb keine Verbindung zu meiner Schwester zu Stande kam.

»Vielleicht solltest du es außerhalb der Höhle noch mal probieren«, schlug Jennifer vor.

Der Gedanke war mir auch schon gekommen, aber ich hatte Angst, dass uns die Palets dann entdecken könnten.

»Wir können uns nicht die ganze Zeit in der Höhle verstecken.« Helmut klang zornig. »Was sollen wir tun, falls uns das Essen und Trinken ausgeht?«

»Ja«, sagte ich nur. »Nach dem Frühstück verlassen wir die Höhle, und ich werde es dann noch einmal probieren«, ergänzte ich.

Helmut war Schweigsam geworden. Er schien sich über irgendetwas Gedanken zu machen.

»Warum haben die Palets die Anlage eigentlich nicht unterirdisch gebaut? So kann sie doch leicht, von einem Raumschiff aus, entdeckt und zerstört werden«, sagte Helmut nachdenklich.

»Die Gebäude, die wir an der Oberfläche gesehen haben, sind nur ein kleiner Teil der gesamten Anlage. Der Rest befindet sich unterirdisch.«

Helmut staunte. Jennifer hingegen schien das nicht besonders zu interessieren. Sie wirkte irgendwie abwesend, so, als ob ihr andere Gedanken durch den Kopf gingen.

»Und was sind das für Gebäude?«, fragte Helmut interessiert.

»Vielleicht haben sie etwas mit der Kühlung oder Lüftung zu tun«, erklärte ich und ergänzte: »Also, ich bin kein Ingenieur ...«

»Ist schon okay«, sagte Helmut.

»Ob die Palets uns hier finden können?«, fragte Jennifer plötzlich.

Ich zuckte nur mit den Schultern, weil ich keine Antwort darauf hatte.

Jennifer nickte und wartete eine Weile, bis sie sagte: »Versuch doch noch einmal deinen Kommunikator in Gang zu bringen. Vielleicht klappt es ja.«

Also versuchte ich nochmals meine Schwester zu kontaktieren. Plötzlich blitzte es vor meinen Augen. Ich wandte mich Jennifer zu, doch sie war verschwunden. Als ich mich dann aufgeregt Helmut zuwandte, sah ich ihn wie einen Geist vor mir stehen, und dann spürte ich einen kühlen Luftzug und dann war auch Helmut weg.

Ich stand auf einmal auf einer Wiese, etwa hundert Meter vor mir begann ein Nadelwald. Ein Hügel ragte einsam aus dem dichten Wald auf, und die felsige Anhöhe musste wohl kilometerweit zu sehen sein. Dieser Hügel erinnerte mich an eine überdimensionale Faust, die sich durch Erde gegraben hatte und sich nun durch den Wald in den Himmel reckte. Wem wollte die Faust drohen?

Hinter mir breitete sich kilometerweit die Wiese aus, bis vermutlich zu den Bergen am Horizont. Ich wandte mich wieder dem Nadelwald zu. Die Wiese war von braunen und weißen Pilzen und unzähligen Baumstümpfen übersät.

»Ranja«, rief ich, in der Hoffnung, dass sie es war, die versuchte, mit mir in Kontakt zu treten und diesen Ort als Treffpunkt gewählt hatte.

»Ranja«, rief ich abermals, als keine Antwort von ihr kam.

Wer hatte den schönen Wald hier abgeholzt und aus

welchem Grund?

Ein starker Wind trug aus der rechten Richtung den Geruch von Salz heran. Das Gelände dort war zwar flach, aber ich konnte kein Gewässer erkennen.

»Andor. Wo bist du?«, hörte ich in der Ferne eine weibliche Stimme rufen und lauschte. »Andor«, rief sie wieder, und ich war glücklich, denn es war die Stimme meiner Schwester.

»Hier bin ich, Ranja«, rief ich zurück und drehte mich im Kreis. »Hier.«

Wo war sie bloß?

»Ihr seid auf Pelos gelandet«, hörte ich Ranja sagen. »Dort ist eine Hauptbasis der Palets, von der sie das Basrato steuern.«

»Ja, das habe ich auch schon vermutet«, sagte ich. »Verdammt, wo bist du?«

»Ihr müsst vorsichtig sein«, ermahnte Ranja mich eindringlich. »Wir wissen, dass die Palets ganz in der Nähe von euch sind.« Der letzte Satz von ihr klang verzerrt.

»Woher wisst ihr das?«, fragte ich schnell.

»Wir haben deinen Kommunikator geortet und von unserem Raumgleiter aus eine Einheit Palets gesichtet, die sich schnell eurem Standpunkt nähert«, antwortete Ranja.

»Was sollen wir tun?«, fragte ich nervös.

»Wir werden einen Raumgleiter schicken, der euch abholt. Das wird aber noch eine Weile dauern.«

Verflucht, jetzt knisterte die Verbindung auch noch.

»Okay«, sagte ich langsam. »Sollen wir in der Höhle bleiben?«

»Ja«, sagte sie nur.

»Können die Palets meinen Kommunikator auch orten?«, hakte ich nach.

»Nein«, gab sie mir kurz zu Verstehen.

Das war ja schon mal eine erfreuliche Nachricht, aber dennoch machte ich mir ernste Sorgen, wegen der feindlichen Einheit, die sich unserem Unterschlupf näherte.

»Was ist das für ein Ort?«, fragte ich nun.

»Was meinst du?«, fragte meine Schwester.

»Na, der Ort hier, an den du mich gebracht hast«, sagte ich.

»Ich habe dich an keinen Ort gebracht«, sagte sie, und ich stutzte. »Was siehst du denn, Bruder?«, fragte sie. Ihre Stimme klang besorgt.

Ich beschrieb ihr, was ich sah und fühlte.

»Dieser Ort ist alt und mächtig dazu«, schlug mir eine wohlbekannte Stimme entgegen.

Im Moment war ich ratlos, was ich machen sollte. Sollte ich fliehen oder mich meinem größten Feind stellen – Horyet?

»Was ist mit dir los, Andor?«, fragte Horyet.

Ich drehte mich wieder im Kreis herum, aber auch Horyet blieb unsichtbar. Ob es nun ein gutes oder schlechtes Zeichen war, würde ich bald wissen.

»Wo bist du, Horyet?«, brüllte ich.

»Was ist los, Bruder?«, fragte Ranja besorgt.

»Horyet ist hier«, antwortete ich.

Wie kam dieser Schweinehund hierher? Gut, er war aus dem Gefängnis geflohen. Aber wie ist er von der Erde entkommen? Sollte ich ihn danach fragen? Es schien mir sinnlos zu sein, denn es war ja auch scheißegal, wie er es geschafft hatte, auf Pelos zu landen, ich musste mich ihm stellen. Oder war er gar nicht hier auf Pelos? Konnte er mich vielleicht von der Erde aus erreichen?

»Du fragst dich bestimmt, was das hier für ein Ort

ist«, sagte Horyet ruhig und stand plötzlich vor mir.

Er trug immer noch den altmodischen Anzug und hatte immer noch das menschliche Aussehen, das mir von unserer ersten Begegnung her bekannt war. Ich griff nach meinem Lichtschwert, aber es war nicht da. Horyet zog die Augenbrauen hoch.

»Das hier, Andor, ist meine Heimat«, klärte Horyet mich auf.

Was sollte das? Wollte er mir etwa zeigen, wie er wohnte und mich dann töten?

»Siehst du diesen wundervollen Wald?« Horyet deutete auf den Nadelwald vor uns. »Ihn gibt es nicht mehr«, erzählte er mir mit trauriger Stimme. »Alles wurde abgeholzt. Die Tiere wurden vertrieben oder getötet«, ergänzte er.

»Ja«, sagte ich vorsichtig, dann fragte ich: »Und von wem?«

»Von den Palets«, antwortete er.

»Du musst die Verbindung kappen, Bruder.«

»Zu spät, Ranja«, sagte Horyet scharf. »Ich habe schon längst die Kontrolle übernommen.«

»Ich habe keine Waffen, Ranja«, sagte ich rasch, in der Hoffnung, dass sie mir einen Vorschlag machen würde, wie ich gegen Horyet antreten sollte.

»Willst du lieber gegen mich kämpfen anstatt mir mal zuzuhören?«, fragte Horyet herausfordernd.

Ich schwieg.

»Wo bist du?«, hakte ich nach. »Bist du auf der Erde oder hier auf dem Planeten?«, ergänzte ich.

»Ich bin bei dem Suchtrupp«, gab er zu.

Also wusste er, wo wir waren, und ich konnte mir gut vorstellen, dass er die Situation auskostete. Er war mit den Palets auf dem Weg zur Höhle, hielt mich in seiner Welt hier gefangen, damit ich meine Freunde nicht warnen konnte.

»Nimm mich gefangen und lass meine Freunde gehen!«, forderte ich ihn auf.

»Bleib mit deinen Freunden in der Höhle!«, befahl Horyet und ging nicht auf meine Bemerkung ein.

Während ich über seinen Befehl nachdachte, wurde ich durch ein seltsames Geräusch aufgeschreckt. Es klang irgendwie metallisch. Natürlich vermutete ich, dass irgendein technisches Gerät den Höhleneingang durchbrach.

»Hört sich schaurig an«, sagte Horyet.

Das war wohl noch etwas untertrieben. Ich bekam eine Gänsehaut davon.

»Ja«, bestätigte ich ihm kurz.

»Kannst ja mal herausfinden, woher es kommt«, sagte Horyet rätselhaft. »Vielleicht ist es ja das Ziel eurer Reise.«

Es war nur Wischiwaschi, was Horyet da von sich gab. Nichts Konkretes, womit ich etwas anfangen konnte. Sollte ich nachhaken oder doch versuchen, die Verbindung zu unterbrechen? Ich konzentrierte mich und wollte die Verbindung unterbrechen, aber es gelang mir nicht. Ich war Horyet ausgeliefert.

»Dieser Ort ist wirklich alt – sehr alt«, sagte Horyet. »Und nun ist er verschwunden«, ergänzte er.

Wurde er etwa sentimental? Bevor ich noch etwas sagen konnte, verschwand die Umgebung um mich herum. Horyet stand mir schweigsam gegenüber, während uns die Schwärze umgab. Ich ballte die Fäuste und rechnete mit einem Angriff, doch Horyet grinste mich an.

»Nicht hier und jetzt«, sagte er und verschwand.

Sekunden später nahm ich wieder die Höhle wahr

und sah direkt in Jennifers Gesicht.

»Alles in Ordnung mit dir, Bill?«, fragte Jennifer.

»Die Palets kommen«, sagte ich. »Wir müssen fort von hier.«

»Ich weiß«, nickte Jennifer. »Helmut beobachtet gerade die Palets.« Jennifer deutete in Richtung Ausgang.

Eine Schreckenssekunde durfte ich mir auf gar keinen Fall erlauben, die Situation war zu ernst. Auch wenn sich die Feinde schon vor dem Höhleneingang befanden, musste ich einen kühlen Kopf bewahren. Ich zuckte unwillkürlich in mich zusammen, als ein metallisches Geräusch aus dem mittleren Höhlengang zu uns herüberdrang. Jennifer und ich wandten uns dem Gang zu. Das seltsame Geräusch war nur von kurzer Dauer.

»Was war das?«, fragte Jennifer ängstlich.

»Keine Ahnung.«

»Hey, gute Nachricht! Die Palets entfernen sich von hier«, erklang Helmuts Stimme hinter uns, und ich erschrak erneut.

Dann jedoch atmete ich erleichtert auf, zeitgleich wandten wir uns Helmut zu. Helmut berichtete uns, dass er drei Luteks und zwei Raumgleiter gesehen hatte, die sich von der Höhle entfernten, um vermutlich dort die Suche nach uns fortzusetzen.

Ich konnte mir gut vorstellen, dass die feindlichen Soldaten bald zu ihrem Stützpunkt zurückkehren würden. Trotzdem würde die Alarmbereitschaft bestehen bleiben und wir mussten aufpassen, dass wir nicht doch einem feindlichen Trupp in die Hände fallen würden.

Dann erzählte ich kurz, was ich eben erlebt hatte und wollte von Helmut wissen, ob er vielleicht Horyet in einem dieser Luteks gesehen hatte. Helmut sagte, dass er Horyet auf dieser Entfernung nicht ausmachen konnte.

Kreischend und anfangs etwas orientierungslos kam ein Mulk aus dem mittleren Höhlengang herausgeflogen. Jennifer warf sich vor Schreck an mich, als das Tier auf uns zuflog und über unsere Köpfe glitt. Es landete vorne auf dem Lutek und schien große Angst zu haben. Wir bekamen so die Gelegenheit, einen Mulk aus nächster Nähe zu sehen.

»Sieht ja schon ein bisschen komisch aus«, bemerkte Jennifer und ließ mich wieder los.

Die misslungene Fledermaus krallte sich am Lutek fest und beobachtete uns. Ihr großer Schädel ging auf und ab, und es sah so aus, als ob sie uns zunicken würde. Das Tier hatte keinen Schnabel sondern einen Kiefer mit kleinen, spitzen Zähnen. Ich hoffte, dass es uns nicht aus Panik angreifen würde. Die beiden oberen Eckzähne, die herausstachen wie bei einem Vampir, würden garantiert für tiefe Wunden sorgen.

Helmut ging einen Schritt auf den Mulk zu, als plötzlich das unangenehme, metallische Geräusch wieder zu hören war. Der Mulk flog kreischend zur Höhlendecke hinauf und verschwand in einer großen Pflanze.

»Was ist das für ein grausiges Geräusch?«, fragte Jennifer nach, wobei ich ein Zittern in ihrer Stimme vernahm.

Helmut wie auch ich wussten keine Antwort darauf. Dann fielen mir Horyets Worte ein: *Kannst ja mal herausfinden, woher es kommt. Vielleicht ist es ja das Ziel eurer Reise.*

»Wir sollten mal nachsehen«, schlug ich vor.

»Okay«, nickte Helmut mir zu. Jennifer schwieg.

70

Schnell stieg ich ins Lutek ein und holte zwei Leuchtstäbe aus der hinteren Ablage hervor. Dann schnappte ich mir meine Laptoptasche und schulterte sie.

»Die hier werden wir brauchen«, sagte ich, hielt die Leuchtstäbe hoch und ging los.

Jennifer zögerte kurz, dann aber folgte sie mir zusammen mit Helmut. Wir erreichten den mittleren Höhlengang. Der Leuchtstab war handlich und gab genügend Licht ab, dennoch zögerten wir einen Moment.

»Den hier nehmen wir als Reserve«, sagte ich und gab Jennifer den zweiten Leuchtstab, damit sie ihn in die Laptoptasche hineinlegen konnte.

»Dann wollen wir mal«, sagte ich schließlich und ging voraus.

Jennifer folgte mir. Helmut kam hinterher. Eine Zeitlang gingen wir schweigend durch den Höhlengang und hatten noch nichts Ungewöhnliches entdeckt. Machte es überhaupt Sinn noch tiefer in den Berg hineinzugehen? Wir kamen an einer Stelle an, bei der wir kurz in die Hocke gehen mussten. Wir folgten dem Gang, der mal nach rechts und mal nach links abbog, aber an einem Abzweig waren wir noch nicht vorbeigekommen. Das war auch gut so, denn dann würden wir vor einer schwierigen Entscheidung stehen.

»Wir sollten umkehren«, schlug Helmut vor.

»Fünf Minuten noch«, sagte ich darauf.

»Okay«, sagte Helmut.

»Oder willst du sofort zurück, Jennifer?«, fragte ich.

»Fünf Minuten sind okay«, antwortete sie.

Wir folgten dem Gang, der plötzlich in einer kleinen Höhlenkammer endete. Ich sah mich um und fluchte lauthals los, als ich zwei Höhlengänge entdeckte. Wir standen vor einer Entscheidung.

Welchen Höhlengang sollen wir nehmen?, dachte ich und schäute die anderen fragend an.

Ein kurzer Blick auf meine Armbanduhr verriet mir, dass wir in drei Minuten umkehren wollten. Machte es überhaupt noch Sinn, sich für einen dieser Gänge zu entscheiden? Oder sollten wir hier einen Schlussstrich ziehen und sofort umkehren?

»Werfen wir eine Münze«, schlug Helmut vor.

»Warum nicht?«, sagte ich.

»Werfen wir doch erst einmal einen kurzen Blick in jeden Gang«, schlug Jennifer vor.

»Ja«, nickte Helmut, und auch ich hielt das für den besseren Vorschlag.

Ich trat einige Schritte in den linken Gang hinein. Der Boden stand unter Wasser, deswegen befürchtete ich, dass wir in ein Loch treten und uns dabei verletzten könnten. Trotzdem gingen wir weiter. Der Gang wurde immer schmaler und niedriger, so dass wir hintereinander und in geduckter Stellung weitergehen mussten. Jennifer folgte mir. Helmut kam hinterher. Ich trat in ein Loch und stolperte. Mit einem unterdrückten Aufschrei wäre ich beinahe hingefallen. Als der Gang noch schmaler wurde, entschieden wir uns schließlich zur Rückkehr. Ich überreichte Jennifer den Leuchtstab; sie gab ihn an Helmut weiter, und wir gingen in die Höhlenkammer zurück.

»Die Zeit ist um«, bemerkte Helmut.

»Ja«, bestätigte ich ihm, als ich einen kurzen Blick auf meine Armbanduhr warf.

»Ihr wollt doch wohl jetzt nicht aufgeben?«, meinte Jennifer, die Augen fest auf uns gerichtet.

»Na ja, also ...«, fing ich an, und Helmut unterbrach

mich: »Ich glaube nicht, dass wir dort ...«

»Was ist mit euch los? Habt ihr heute noch etwas anderes vor?«, drängte Jennifer.

»Okay! Let's go!«, sagte Helmut. »Wer geht voraus?«, fragte er.

Ich übernahm den Leuchtstab von Helmut und ging voraus, um den anderen Höhlengang zu erkunden. Jennifer folgte mir. Helmut kam wieder hinterher. Dieser Höhlengang war nicht breit, aber man konnte aufrecht gehen. Doch dann fluchte ich leise, denn uns wehte plötzlich ein modriger Geruch entgegen.

»Hier stinkt es aber höllisch«, bemerkte Helmut. »Bill?«, scherzte er.

Je weiter wir gingen, desto unerträglicher wurde der Geruch.

»Das ist ja nicht zum Aushalten«, stöhnte Jennifer.

»Ja, lasst uns umkehren«, sagte ich.

Helmut war einverstanden, doch als ich gerade den Leuchtstab an Jennifer übergeben wollte, fiel etwas von der Decke herunter, direkt auf Jennifers Kopf. Sie fuhr mit der rechten Hand durch die Haare.

»Bill, leuchte mal hierher! Schnell!«, befahl Jennifer.

»Igitt«, schrie Jennifer auf.

Auf dem Boden krabbelte ein schwarzer, dicker Käfer. Mit seinen beiden langen Fühlern schien er vorsichtig die Lage zu erkunden.

Mir lief eine Gänsehaut über den Rücken, als ich daran dachte, dass der Käfer von der Decke gefallen war. Ich zögerte noch, aber dann warf ich einen Blick nach oben und mich schauderte es bei dem Anblick. Jennifer duckte sich schnell, als sie meinem Blick folgte. Es machte den Anschein, als ob sie losschreien wollte, doch etwas hielt sie zurück.

»Auwei«, hauchte Helmut.

Die ganze Höhlendecke wimmelte von diesen Käfern. Wir durften nicht die Nerven verlieren, denn wir wussten ja nicht, ob sie uns gefährlich werden konnten.

»Ob das Käferkacke ist?«, fragte Helmut, als er einen Blick zu Boden warf.

Vermutlich war es Käferkacke, denn der ganze Boden war von tierischen Exkrementen übersät, und vermutlich stammte auch der modrige Geruch daher.

»Die Kacke ist am Dampfen«, flüsterte ich.

»Wie meinst du das?«, fragte Jennifer leise.

»So ...«, flüsterte ich und deutete langsam auf den Boden, »... und so«, dann deutete ich vorsichtig zur Decke.

Sollten wir ungeschoren hier aus dieser Situation herauskommen, würde ich ein Gebet sprechen.

»Alles in Ordnung mit dir?«, fragte ich Jennifer, als ich sah, wie sie zitterte.

Ups, blöde Frage von mir. Was sollte hier in Ordnung sein?, dachte ich.

»Wir sollten jetzt keine hektischen Bewegungen machen«, schlug ich vor.

Jennifer nickte mir ängstlich zu, und als ich Helmut ansah, bemerkte ich, wie blass er im Gesicht geworden war. Ich wünschte, ich könnte ihnen sagen, dass sich die Käfer nur von Pflanzen ernähren würden, aber der springende Punkt war, dass ich es nicht wusste.

»Okay, dann sollten wir jetzt zurückgehen«, schlug ich vor.

»Scheiße«, fluchte Helmut.

»Was ist los?«, hauchte Jennifer.

»Diese Mistviecher versperren uns den Weg«, sagte Helmut angespannt.

Hinter uns krabbelten unzählige Käfer über den Bo-

74

den und versperrten uns den Rückweg. Natürlich konnten wir einfach darüber hinweggehen. Aber was wäre, wenn wir dabei einige Käfer zertreten sollten? Würden sie sich dann bedroht fühlen und uns angreifen?

»Eklig! Einfach eklig«, fluchte Helmut leise, als ihm ein Käfer auf den Kopf fiel. Er schlug ihn schnell mit seiner rechten Hand herunter und hob den Fuß hoch.

»Lass den Käfer am Leben!«, ermahnte ich Helmut eindringlich. »Wir wissen nicht, wie seine Artgenossen reagieren, wenn du ihn tötest.«

»Okay«, nickte er und setzte den Fuß vorsichtig ab.

Zurück konnten wir nicht, deshalb sagte ich: »Wir sollten weitergehen.«

Helmut seufzte schwer, und Jennifer zitterte am ganzen Körper. Es löste nicht nur bei mir starke Ängste aus, dass uns der Rückweg versperrt blieb. Ich fragte mich in diesem Augenblick, ob unsere Zeit abgelaufen war.

»Die Viecher sind hier überall«, stellte Helmut fest. »Hoffentlich halten die Leuchtstäbe, bis wir einen Ausgang gefunden haben.«

Diese Bemerkung war nicht gerade beruhigend, und ich hörte, wie Jennifer schwer ausatmete.

»Was ist das da vorne?«, fragte Jennifer.

Geradeaus vor uns tauchte ein silbernes Schimmern auf. Ich kniff die Augen zusammen, aber ich konnte nicht erkennen, was es war. Der Leuchtstab gab nicht genügend Licht ab. Als wir näher kamen, sah ich, dass das Schimmern die gesamte Höhlenbreite einnahm.

Ganz plötzlich trat das unangenehme, metallische Geräusch wieder auf. Kurz darauf spaltete sich das Schimmern und bewegte sich zur Seite.

»Eine Tür«, hauchte Jennifer.

Das Schimmern verschwand rechts und links in der Höhlenwand, und ein beleuchteter Gang tauchte auf. Wir näherten uns vorsichtig und sahen, dass der Boden mit einer glitzernden, grünen Flüssigkeit bedeckt war, die nun aus der Tür herausfloss, direkt auf uns zu.

»Was ist das?«, schrie Jennifer panisch.

Tja, wenn ich das bloß wüsste. Eine innere Stimme warnte mich davor, mit dieser Flüssigkeit direkt in Berührung zu kommen. Die Flüssigkeit erreichte uns und umspülte unser Schuhwerk. Zum Glück berührte die Flüssigkeit nicht unsere Haut.

»Hoffentlich ist das Zeug nicht radioaktiv«, sagte Helmut.

»Das Zeug sieht komisch aus«, bemerkte Jennifer.

»Ja«, bestätigte ich ihr und sagte: »Dann ist das wohl hier ein Abfallkanal.«

»Verda... ruhig durchatmen und nicht bewegen«, ermahnte ich die beiden, das war leichter gesagt als getan, als uns buchstäblich die Decke auf den Kopf fiel.

Alle Käfer ließen sich von der Decke zu Boden fallen und stürzten sich auf die grüne Flüssigkeit. Sie diente ihnen wohl als Nahrung. Na ja, besser die Käfer fraßen die Flüssigkeit als uns.

Jennifer schrie kurz auf, und ich hoffte, dass sie ruhig blieb und nicht in Panik verfiel. Ich wollte nicht, dass sich die Käfer durch uns bedroht fühlten. Dann könnte es vermutlich drei tote Menschen geben. Okay, kleine Korrektur von mir, es würde zwei tote Menschen und einen toten Außerirdischen geben – nämlich meine Wenigkeit.

Mittlerweile waren alle Käfer auf dem Boden und machten sich über die Flüssigkeit her. Wir konnten nicht weitergehen ohne einen Käfer zu zertreten.

Die Türe vor uns schloss sich wieder. So ein Mist, ich wollte doch unbedingt wissen, was auf der anderen Seite war. Es dauerte ein paar Sekunden, bis wir nur noch das Licht zur Verfügung hatten, das der Leuchtstab und die schimmernde Tür abgaben.

Nachdem die Käfer die grüne Flüssigkeit restlos verspeist hatten, krabbelten sie langsam die Wände hoch und verteilten sich wieder an der Höhlendecke. Wir vergewisserten uns, dass keine Käfer mehr auf dem Boden waren. Erst dann gingen wir auf die schimmernde Tür zu.

»Irgendwelche Vorschläge?«, fragte ich und rätselte, aus welchem Material die Tür wohl bestehen mochte.

»Wir warten bis sich die Tür noch einmal öffnet und gehen dann hindurch!«, schlug Jennifer mit fester Stimme vor.

Oha, sie ist auf einmal mutiger geworden, dachte ich.

»Und was machen wir, falls noch mehr von dieser Flüssigkeit von dort hinausläuft und wir doch mit ihr in Berührung kommen?«, fragte Helmut.

Gute Frage, dachte ich und überlegte.

Aber wir wussten ja nicht, ob die Flüssigkeit wirklich giftig war und ob es überhaupt irgendwelche Auswirkungen auf uns hatte, wenn wir mit ihr in Berührung kamen. Jedoch hielt ich das Risiko für zu groß, um keine Vorsorge zu treffen.

Dann kam mir eine geniale Idee; vielleicht war es nicht der beste Einfall, aber immerhin hatte ich eine Vorstellung, was wir unternehmen konnten. Ich holte mein Lichtschwert aus der Laptoptasche hervor.

»Du hast doch jetzt ... nicht das vor, was ich jetzt denke?«, stutzte Helmut.

»Ich glaube, das hat er«, nickte Jennifer.

»Also, ich habe vor, etwa zwanzig Zentimeter dicke

Steine aus der Wand zu schneiden, die wir dann unter unseren Schuhen festbinden, damit wir mehr Abstand zum Boden bekommen, oder habt ihr einen besseren Vorschlag?«, fragte ich und zog die Augenbrauen leicht hoch.

Die beiden schwiegen, und ich sagte Helmut, dass er die Käfer im Auge behalten sollte, dann schnitt ich den ersten Steine aus der Höhlenwand.

»Was machen die Käfer?«, fragte ich.

»Es scheint sie nicht zu interessieren«, antwortete Helmut.

Also schnitt ich auch die restlichen Steine aus der Wand, während Helmut die Käfer beobachtete. Dann bearbeitet ich die Steine, so dass die Seiten einigermaßen glatt waren.

Helmut schnappte sich einen Stein.

»Ist ziemlich leicht«, wunderte er sich.

»Womit willst du die Steine festbinden?«, fragte Jennifer.

»Eins nach dem anderen«, antwortete ich.

»Wir könnten die Ärmel von eueren Hemden und meiner Bluse benutzen«, schlug Jennifer vor und sah mich erwartungsvoll an.

»Ja«, sagte ich knapp.

»Gut, probieren wir's«, nickte Helmut einverstanden.

Wir zogen unsere Hemden aus. Jennifer zögerte, doch dann zog sie ihre Bluse aus. Ich bemühte mich nicht hinzusehen. Dann schnitten wir die Ärmel ab und teilten diese nochmals der Länge nach durch. Jetzt hatte jeder von uns vier Ärmelstücke. Nachdem wir uns wieder angezogen hatten, nahm ich einen Stein und bohrte mit dem Lichtschwert jeweils ein Loch im vorderen und hinteren Bereich, in etwa 15

Zentimeter Höhe.

»Was machen die Käfer?«, fragte ich wieder.

»Alles okay«, antwortete Helmut.

Dann bearbeitete ich die anderen Steine. Danach verdrehten wir die Ärmelstücke in sich, bis diese wie ein Seil aussahen, führten diese durch die Bohrungen und befestigten so die Steine unter unseren Schuhen.

»Das hätten wir geschafft«, gab ich zufrieden von mir.

»Ja«, nickte Helmut fröhlich. »MacGyver wäre mit dir zufrieden«, ergänzte er mit einem Lächeln.

Nun mussten wir nur noch warten, bis sich die Tür wieder öffnete.

Besser ein dickes Ende als ein schwerer Anfang

4 Wir standen uns die Beine in den Bauch, denn als ich einen flüchtigen Blick auf meine Armbanduhr warf, war bereits eine halbe Stunde vergangen. Ich bemerkte, dass Helmut allmählich unruhig wurde, und an Jennifers Gesichtsausdruck konnte ich ablesen, dass sie nicht länger warten wollte. Auch ich machte mir so meine Gedanken, denn ich befürchtete, dass der erste Leuchtstab bald ausgehen musste.

Ich hätte vor Glück jubeln können, als die Stimme von meiner Schwester in meinem Kopf erklang, doch stattdessen musste ich einen Schrei unterdrücken, weil so ein ekliger Käfer genau in diesem Augenblick an meiner Nase vorbei zu Boden fiel. Die Stimme in meinem Kopf klang verzerrt und dann knisterte es.

»Oh, dieser blöde Kommunikator!«, stöhnte ich laut auf.

»Was hast du?«, fragte Jennifer.

»Sie ist wieder weg.« Jennifer sah mich fragend an. »Meine Schwester«, ergänzte ich.

»Andor? Hörst du mich?«, vernahm ich die Stimme meiner Schwester wieder in meinem Kopf.

»Ja«, sagte ich schnell. »Ja.«

»Wir haben nicht viel Zeit, die Verbindung ist sehr schwach«, sagte Ranja.

Ich berichtete, was seit unserem letzten Gespräch geschehen war und wo wir uns befanden. Ich erfuhr von ihr, dass diese Käfer Peliptiten hießen und sie sich von der grünen, chemischen Flüssigkeit, dem Bofs, ernährten, das bei der Energiegewinnung anfiel. Dann erzählte Ranja mir schnell, dass wir unter gar keinen Umständen einen Peliptiten töten durften, weil sie uns nämlich sonst angreifen würden. Auch mit der grünen Flüssigkeit sollten wir nicht in Berührung kommen, weil das Zeug giftig war. Starke Übelkeit und Halluzinationen wären dann die Folge. Bei extrem hoher Dosierung könnte vielleicht jemand von uns daran sterben.

»Verdammt«, fluchte ich laut, »die Verbindung wird schlechter.«

»Soll ich dir mal einen Klaps auf den Hinterkopf geben?«, fragte Helmut. »Vielleicht hilft das ja etwas«, lächelte er mich an.

Ich ignorierte die Bemerkung und konzentrierte mich auf meine Schwester und hörte noch, wie sie sagte, dass es in diesen Höhlen Jalts gab, die sich von den Peliptiten und dem Bofs ernährten, dann brach die Verbindung ganz ab, obwohl sie mir eigentlich noch mehr über diese Jalts erzählen wollte. Sofort ordnete ich meine Gedanken und berichtete, was Ranja mir erzählt hatte.

»Ob das heute noch was wird?«, fragte Helmut und deutete auf die Tür.

Tja, wir standen vor einem Problem, von dem ich nicht wusste, wie man es lösen konnte. Ich hätte meine Schwester mal danach fragen sollen, wie man diese Tür hätte aufbrechen können. Gerade, als ich diesen

Gedanken zu Ende gebracht hatte, öffnete sie sich langsam. Ein metallisches Geräusch drang an meine Ohren und verursachte wieder eine leichte Gänsehaut bei mir.

Ohne jegliche Vorwarnung floß uns das Bofs entgegen, und wir hatten großes Glück, dass wir die Steine unter unseren Füßen befestigt hatten, denn sonst wären wir mit der giftigen Flüssigkeit in Berührung gekommen.

»Schnell«, schrie ich und eilte durch die offene Tür. Jennifer und Helmut folgten mir blitzschnell. Keine Sekunde zu spät, denn die Peliptiten stürzten sich von der Decke herunter.

»Da haben wir aber Schwein gehabt«, schnaufte Helmut laut.

Jennifer schüttelte sich heftig. Vermutlich ekelte sie sich vor den Käfern genauso wie ich auch.

Wir standen in einem sterilen Gang, dessen glatte Wände hell schimmerten und genügend Licht abgaben, so dass ich den Leuchtstab ausschalten konnte. Etwa fünf Meter vor uns machte der Gang eine Rechtsbiegung. Das Bofs floß weiter, verlor aber schnell an Höhe, bis nur noch der Boden leicht bedeckt war. Die Käfer blieben auf der anderen Seite der Tür und wagten sich nicht hierher. Natürlich war ich froh darüber, sowie auch Jennifer und Helmut. Jedoch fragten wir uns, warum sie uns nicht folgten. Die Schlussfolgerung war, dass es hier eine große Bedrohung für sie geben musste, und wir hofften, dass diese Bedrohung uns nicht gefährlich werden konnte. Aber vielleicht wurden diese Käfer ja auch nur von dem schimmernden Licht der Wände abgehalten.

»Du zuerst«, sprach ich Helmut an.

»Bitte, nach dir«, sagte Helmut grinsend.

Der Gang war gut ausgebaut, und der Boden eben. Eigentlich konnten wir alle nebeneinander gehen, dennoch ging ich voraus. Die Steine ließen wir vorsichtshalber unter unseren Füßen, denn falls noch eine Ladung von diesem Bofs hinterherkam, wollten wir darauf vorbereitet sein. Ich war gespannt, was uns hinter der nächsten Biegung erwarten würde. Ich wäre fast vor Schreck umgefallen, bei dem was auf uns zukam. Jennifer und Helmut sprangen zur Seite und drängten sich an die Wand.

Die vier hüfthohen Kreaturen, denen ich nun Auge in Auge gegenüberstand, würden garantiert in einem Schönheitswettbewerb die letzten Plätze erringen. Ihre dunkelbraune Haut schimmerte an manchen Stellen ihres Körpers so hell wie die Wände hier. Ich war überzeugt, dass das die Jalts sein mussten. Ihre lange Zunge schnellte immer wieder wie bei einer Schlange hervor. Waren diese Kreaturen gefährlich? Von Ranja hatte ich ja erfahren, dass sich die Jalts von den Käfern und von der giftigen Flüssigkeit ernährten. Leider war die Verbindung zwischen uns abgebrochen, bevor sie uns noch mehr über diese Wesen berichten konnte.

Damit diese Situation nicht in einem Gemetzel endete, musste ich den Jalts Platz machen, also stellte ich mich neben Jennifer an die Wand.

»Ob sie uns in Ruhe lassen?«, fragte Jennifer. Ihr Blick verriet mir, dass sie große Angst hatte.

Ich nickte ihr zu.

»Lass das!«, ermahnte ich Helmut, als ich sah, dass seine rechte Hand in Richtung des Halfters ging, den er am Gürtel trug.

Natürlich konnte er mit der Pistole versuchen, die vier Jalts auszuschalten. Vermutlich würde es ihm sogar gelingen. Aber was wäre, wenn noch mehr von ihnen kämen? Helmut stand nur eine begrenzte Anzahl an Munition zur Verfügung. Außerdem bestand die Möglichkeit, dass die Palets durch die Schüsse auf uns aufmerksam würden.

»Hast du einen besseren Vorschlag?«, zwinkerte er mir zu.

»Ruhe bewahren«, antwortete ich.

»Okay, Bill«, gab er mir zu verstehen. »Falls das aber nicht funktioniert, versuchen wir es auf meine Weise.«

Ich nickte ihm zu.

Die Jalts musterten uns von Kopf bis Fuß, dann brummte einer von ihnen uns an. Darauf zischten sie alle wie Schlangen. Es schien so, als würden sie sich unterhalten.

»Sind das nicht putzige Tierchen?«, sagte Helmut genervt.

Ein Jalt fauchte Helmut an.

»Vielleicht hat er dich ja verstanden«, flüsterte ich.

Mir fielen die kleinen messerscharfen Zähne auf ihrem schmalen Kiefer ins Auge, und ich betete, dass sie doch endlich weitergehen sollten.

Es war so, als ob mein Gebet erhört worden wäre. Die vier Jalts gingen endlich an uns vorbei.

»Ob das gleich eine Schlacht gibt?«, fragte Helmut, und ich sah ihn verwundert an. »Jalts vs. Peliptiten«, ergänzte er.

»Ich glaube, es ist genug Bofs da, um beide Arten zu ernähren«, sagte ich.

»Stimmt«, nickte Helmut mir zu, »deswegen bleiben die Peliptiten auch auf der anderen Seite der Tür.«

»Ja, jeder bleibt in seinem Revier«, bestätigte ich.

Auch das noch, dachte ich und sah, dass uns weitere vier Jalts entgegenkamen.

»Gleiche Prozedur wie eben«, sagte ich kurz.

Wir machten den Jalts Platz. Die Jalts blieben stehen und betrachteten uns kritischen. Sie machten zwar einen trägen Eindruck auf mich, aber das konnte ja auch täuschen. Wieder fing ein Jalt an zu brummen, auf das dann ein Zischen der Gruppe folgte. Komisch, erst jetzt fielen mir ihre großen, schwarzen Augen auf. Außerdem stieg mir ein beißender Geruch in die Nase, und mir wurde leicht übel.

»Hat hier jemand eine Stinkbombe geworfen?«, fragte Helmut ärgerlich und rümpfte die Nase dabei.

Und wieder fauchte ein Jalt Helmut an.

Endlich wandten sich die vier Jalts von uns ab und folgten ihren Artgenossen.

»Hoffentlich begegnen wir nicht noch mehr von denen«, sagte Helmut, als wir dem Gang weiter folgten.

Rechts und links in den Wänden befanden sich hüfthohe Öffnungen, von denen grüner Schleim heruntertropfte. Ich stellte fest, dass es kleine Gänge waren. Wir vermuteten, dass sie von den Jalts benutzt wurden. Wir kamen an vielen solcher Gänge vorbei und hatten Glück, dass wir keinem Jalt mehr begegneten.

Nach etwa einer halben Stunde verzweigte sich der Gang und uns stellte sich die Frage: Rechts oder links abbiegen? An der rechten Wandseite befand sich eine verschlossene, blaue Tür.

Als wir überlegten, was wir nun machen sollten, überkam mich ein Schwindelgefühl.

»Bill«, hörte ich Jennifers besorgte Stimme neben mir, »alles in Ordnung mit dir?«

Keine Ahnung, ob alles in Ordnung mit mir war, denn plötzlich wurde mir schwarz vor Augen. Ich hörte Helmuts aufgeregte Stimme und nahm nur noch wahr, wie ich auf die Knie fiel.

Das heruntergebrannte Lagerfeuer pulsierte wie das Herz eines großen Tieres. Ich saß auf dem Boden vor dem Feuer und sah, wie sich gelegentlich goldene Funken lösten, die nach oben stiegen und dann von dem leichten Wind weggetragen wurden.

Das Feuer warf einen schwachen rötlichen Schein auf die Umgebung. Ich erkannte, dass mich steinige Erde umgab. Vor mir wuchsen einige mannshohe Sträucher, dahinter erkannte ich die schattigen Umrisse eines Laubbaums.

»Ranja«, rief ich vorsichtig, weil ich vermutete, dass sie es war, die mich hierhergebracht hatte.

Doch dann kam mir Horyet in den Sinn, und ich hoffte, dass nicht er Schuld daran war, dass ich vor diesem Lagerfeuer saß.

Niemand war hier außer mir. Ich streckte die Füße dem Lagerfeuer entgegen und genoss die mollige Wärme. Als ich hinter mir ein Knacken hörte, fuhr ich blitzartig herum, doch da war nichts zu sehen. Als ich mich wieder dem Lagerfeuer zuwandte, rutschte mir das Herz in die Hose.

Horyet saß mir gegenüber auf einem Baumstumpf, dessen Rinde wohl von rauen Wetterlagen abgewetzt worden war. Wenn Horyet sich etwas bewegte, gab der uralte Baumstumpf ein klagendes Ächzen von sich.

Im Augenblick herrschte eine unheimlich Stille. Ich hatte Horyet fest ins Visier genommen, doch Horyet griff nur nach einem trockenen Ast und warf ihn ins Feuer.

Es lag auf der Hand, was dieser Mistkerl von mir wollte. Von mir aus konnten wir es hier und jetzt zu

Ende bringen. Irgendwann musste ja mal eine Entscheidung fallen. Für uns« beide war wohl in dieser Welt kein Platz.

»Also, Horyet, wir sollten besser damit aufhören, uns an solchen Orten zu treffen, die Leute könnten anfangen, über uns zu reden«, sagte ich, um die Stille zu brechen.

»Ach ja«, schmunzelte Horyet und beugte sich vor. Sofort spannten sich bei mir die Muskeln und ich machte mich auf einen Angriff von ihm gefasst, doch er griff nur nach einem weiteren Ast, um ihn ins Feuer zu werfen.

»Bist du wirklich auf Pelos«, fing ich an, »oder bist du noch auf der Erde?«, beendete ich die Frage.

»Die Palets bezahlen mich sehr gut«, sagte Horyet, »wenn ich dich ihnen ausliefere.«

»Dafür musst du mich aber erst einmal gefangen nehmen«, konterte ich.

Horyet zog die Augenbrauen hoch.

»Ich bin aus dem Gefängnis geflohen«, sagte Horyet plötzlich, »das war gar nicht so schwierig. Ich glaube, dass die Menschheit keine Chance hätte, wenn es zum Kampf zwischen den Palets und ihnen käme.«

Vermutlich hatte er damit Recht.

»Na ja, ich besitze ein kleines Raumschiff, das ich für die Dauer des Aufenthalts auf der Erde in der Erdatmosphäre ...« Horyet lächelte leicht, als er sagte: »... geparkt hatte.«

»Wow«, staunte ich und überlegte. »Und niemand hat es entdeckt?«

»Tarnmodus«, antwortete Horyet kurz.

»Und mit diesem Raumschiff bist du mir dann durch das Basrato gefolgt«, vermutete ich, »und hier auf Pelos gelandet?«

Horyet nickte mir zu.

»Komisch, ich habe dich gar nicht gesehen«, wunderte ich mich.

»Tarnmodus«, wiederholte Horyet und zog abermals die Augenbrauen hoch.

»Also, so konntest du uns unbemerkt folgen und aus dem implodierenden Basrato entkommen«, stellte ich fest, und Horyet nickte.

»Der Kommandant dieser Station ist ein Arsch«, sagte Horyet zu meiner Verwunderung. »Ich musste ihm Rede und Antwort stehen, weil es mir noch nicht gelungen ist, dich festzusetzen.«

»Vielleicht gelingt es dir ja heute.«

»Vielleicht.« Horyet hob gleichgültig die Schultern. »Die Palets haben schon fünf Planetensysteme erobert und ihr Machthunger ist immer noch nicht gestillt«, ergänzte Horyet langsam. »Sie wollen auch deine Welt zerstören«, sagte er mit festem Blick, »und danach ... tja, danach haben sie sich fest vorgenommen, die Erde auszulöschen.«

Warum erzählte er mir das alles? Er hatte doch etwas vor. Was war sein Plan?

»Ach ja, in etwa zehn Stunden Erdzeit findet ein Treffen hier auf der Hauptbasis statt«, erzählte Horyet seelenruhig, »und daran nehmen etliche hochrangige Kommandeure teil, mit dem Ziel einen Angriffsplan gegen Larg zu schmieden.«

»Und das soll ich dir glauben?«, stutzte ich.

»Wenn die Station um diese Zeit zerstört werden sollte, wäre das ein herber Rückschlag für die Palets, und es könnte womöglich zum Sieg gegen sie führen«, erzählte Horyet in Ruhe weiter, ohne auf meine Frage näher einzugehen.

»Wir könnten einen Kampfverband entsenden, um

diese Station zu vernichten«, sagte ich vorsichtig und war auf Horyets Reaktion gespannt.

»Der Planet ist gut geschützt«, erklärte Horyet, »es kreisen hochentwickelte Abwehrsatelliten um ihn herum, deswegen ist deine Schwester auch noch nicht dazu gekommen, dich von hier wegzuholen.«

»Tja«, sagte ich, »und damit wäre der Traum von der Vernichtung der Palets geplatzt.«

»Nicht unbedingt«, fing Horyet behutsam an zu sprechen, »denn du, Andor, kannst die Station von innen heraus zerstören.«

Baff! Ein Schlag mitten ins Gesicht hatte die gleiche Wirkung.

»Und wie?«, fragte ich vorsichtig.

»Da musst du deine Schwester fragen«, sagte er.

»Und sie weiß es?«, stutzte ich.

»Ich habe erfahren, dass die Baupläne von dieser Station gestohlen wurden und ihr sie besitzen sollt«, erzählte Horyet.

»Wer hat dir das gesagt?«, wollte ich wissen.

»Ein sehr guter Freund von mir, der für die Palets arbeitet«, antwortete Horyet. »Er ist ein Landsmann vom mir«, ergänzte er.

»Ist er auch hier auf der Station?«

»Ja«, bestätigte Horyet mir und nickte leicht, »aber in etwa fünf Stunden werde ich die Station mit meinem Raumschiff verlassen und werde ihn mitnehmen. Dann liegt es bei dir, das Schicksal, das deiner und den anderen Welten bevorsteht, zu ändern.«

Baff! Und schon wieder ein Schlag mitten auf die Zwölf.

Falls es stimmte, was er mir da erzählte, saßen wir in der Scheiße, denn wie sollten wir lebend von hier verschwinden, wenn diese Station in die Luft flog?

»Warum erzählst du mir das alles, Horyet?«, wollte ich endlich von ihm wissen.

»Als ich mir über meine Heimat Gedanken gemacht habe«, lächelte Horyet gequält, »bin ich zu dem Entschluss gekommen, dass die Palets uns nur in Ruhe lassen, weil wir für sie nützlich sind«, Horyet atmete schwer ein, »aber sollte sich das eines Tages einmal ändern, und davon bin ich überzeugt, werden die Palets meine Heimat ebenfalls zerstören.«

Horyet lag mit seinen Befürchtungen bestimmt richtig. Aber konnte ich ihm deshalb vertrauen? Es könnte auch eine Taktik von ihm sein, damit er mich in Ruhe gefangen nehmen konnte?

»Misstrauisch?«, sprach er mich an.

»Ja.«

»Kann ich verstehen.«

Ein kurzes Schweigen trat zwischen uns ein.

»Ich weiß nur, dass du durch eine blaue Tür gehen musst, um an dein Ziel zu kommen«, erzählte Horyet und hatte damit meine volle Aufmerksamkeit. »Wie es dann weitergehen soll, kann ich dir nicht sagen, dafür musst du Kontakt zu deiner Schwester aufnehmen.«

»Okay«, sagte ich vorsichtig.

»Die Verbindung reißt ab«, sagte Horyet plötzlich und stand auf.

Sofort erhob auch ich mich und erwartete trotzdem einen Angriff von ihm.

»Immer noch misstrauisch?«, fragte er gelangweilt. »Das Schicksal vieler Welten liegt jetzt in deiner Hand, Andor«, sagte Horyet scharf und sah mich dabei ernst an. »Also vermassele es nicht, nur weil du mir misstraust«, legte er nach, und dann erzählte Horyet mir etwas über blinkende Felder, auf denen sich verschiedene Symbole befanden, und ich bekam noch mit, dass ich vier von ihnen in einer bestimmten Reihenfolge berühren und anschließend eine Bestätigungstaste betätigen musste. Es gab also zehn Codetasten, eine Bestätigungstaste und eine Rückstelltaste, falls man eine falsche Eingabe gemacht hatte.

Die Umgebung löste sich allmählich auf. Horyet verschwand, dann ging das Feuer aus, und ich kam wieder zu mir und bemerkte, dass ich immer noch auf dem Boden kniete.

»Na endlich«, hörte ich Jennifers besorgte Stimme neben mir. »Wir haben uns schon ...«

»Es ist alles in Ordnung mit mir«, unterbrach ich sie höflich und erhob mich. Mir war etwas schwindlig, und Helmut musste mich kurz stützen. Irgendwie hatte ich das Gefühl, als würde uns die Zeit davonlaufen, also erzählte ich sofort mein Erlebnis mit Horyet.

»Wir müssen also irgendwie diese Tür aufkriegen und nachsehen, was sich dahinter verbirgt«, sagte ich und deutete auf die blaue Tür.

»Und wenn es eine Falle ist?«, fragte Helmut nach.

»Ja, daran habe ich auch schon gedacht, aber wir müssen das Risiko eingehen«, sagte ich und wandte mich Jennifer zu.

Sie schwieg, nickte mir aber zustimmend zu.

In der Mitte der Tür befand sich eine quadratische Fläche, in der zwölf runde Felder hell blinkten. Mir wurde mit einem Mal klar, was das für blinkende Lichter waren, denn Horyet hatte mir eben etwas darüber erzählt.

Helmut vermutete, dass dies ein Sicherheitsschloss sein könnte und stellte die Frage: »Weiß jemand die Kombination?«

»Ja, ich.«

Helmut und Jennifer sahen mich verwundert an.

»Horyet hat sie mir verraten«, sagte ich knapp.

»Dann leg mal los!«, forderte Helmut mich auf.

»Ja«, sagte ich und zögerte.

»Was ist los?«, fragte Jennifer.

»Ich erinnere mich, dass ich fünf von diesen Feldern berühren soll«, sagte ich, »aber ich weiß nicht mehr genau, in welcher Reihenfolge ich das ...«

»Weißt du denn noch welche Symbole du berühren musst?«, unterbrach Helmut mich schnell, da jedes Feld ein kleines Symbol enthielt.

»Ja«, nickte ich.

»Gibt es eine Sicherheitsabschaltung, falls du Fehleingaben machst?«, hakte Helmut nach.

Ich zuckte mit den Schultern und berührte die vier Symbole, dann betätigte ich die Bestätigungstaste.

Fehlanzeige.

Ich startete noch einen Versuch.

Wieder Fehlanzeige.

»Das bringt doch nichts«, schüttelte Jennifer den Kopf.

»Konzentrier dich!«, befahl Helmut in einem rauen Ton.

Was glaubt er denn, was ich hier mache? Gerade, als ich ihm meine Meinung darüber an den Kopf werfen wollte, hörten wir ein Rauschen aus dem linken Gang kommen. Das verhieß nichts Gutes.

»Was ist das?«, fragte Jennifer aufgeregt. »Hört sich an wie ein Bach«, ergänzte sie.

»Verflixt und ...«, fluchte Helmut laut, »das ist die verdammte grüne Suppe«, war er überzeugt. »Mach schon, Bill«, spornte er mich an, »du schafft es!«

Ich konzentrierte mich, doch mir fiel einfach nicht die richtige Reihenfolge ... Plötzlich hielt ich inne und sagte rasch: »Ich hab's.«

»Dann beeil dich!«, flehte Jennifer mich an.

»Jetzt wird sich zeigen, auf welcher Seite Horyet wirklich steht«, sagte Helmut, als das Bofs aus dem linken Gang kam.

»Schnell! Helft mir mal!«, sagte ich, als ich die fünf Felder berührt hatte und mich gegen die Tür stemmte.

Entweder hatte Horyet mir die falsche Kombination gegeben, oder die verflixte Tür klemmte aus irgendeinem blöden Grund – vielleicht hielt sie der Rost verschlossen. Helmut stemmte sich mit mir gegen die Tür und mit Schwung ging sie auf.

Wir machten einen schnellen Schritt vorwärts und schlossen die Tür rasch. Ich vermutete, dass der Flüssigkeitsstand in dem Gang schnell steigen würde, weil eine Menge von diesem Bofs aus dem Gang geflossen kam.

Hier gab es ebenfalls eine quadratische Fläche auf der Türmitte, in der zwölf runde Felder hell blinkten. Schnell berührte ich die gleiche Reihenfolge wie eben, und die Tür schloss sich wieder. Vorerst waren wir vor dem Bofs in Sicherheit. Da hatten wir noch einmal großes Glück gehabt, denn ich wollte mir gar nicht erst ausmalen, was mit uns passiert wäre, wenn wir mit solch einer Menge von diesem giftigen Zeug in Berührung gekommen wären – na ja, vermutlich wären wir gestorben.

Auch auf dieser Seite schimmerten die Wände hell, und wir brauchten keinen Leuchtstab. Ein schmaler Gang führte steil Abwärts. Hier konnten wir nur nacheinander vorwärtskommen.

»Ich denke, dass wir hier vor dem Bofs in Sicherheit sind und«, sagte ich überzeugt, »dass wir die Steine ablegen können.«

Wir lösten die Steine von unseren Schuhsohlen und legten sie auf dem Boden ab.

»Dann wollen wir mal«, sagte ich und ging voraus.

»Ich habe befürchtet, dass er das sagen würde«, hörte ich Helmut sprechen. Jennifer lachte leicht und folgte mir. Helmut kam hinterher.

Schweigend folgten wir dem Gang und hielten Ausschau nach hüfthohen Öffnungen in den Wänden, aus denen Jalts schlüpfen könnten, jedoch bekamen wir keine Öffnungen zu sehen.

»Also, ich will ja nicht meckern«, stöhnte Helmut auf, »aber wir sind schon eine Stunde unterwegs, und es ist immer noch kein Ende in Sicht.«

»Sollen wir eine kleine Pause einlegen?«, fragte ich.

»Ja«, sagte Jennifer.

Wir setzten uns auf den Boden und diskutierten, ob es überhaupt Sinn machte, weiterzugehen. Was wäre, wenn wir nochmals eine Stunde dem Gang folgen würden und dann immer noch kein Ende erreicht hätten? Gegen alle Regeln der Vernunft entschieden wir uns, die Mission fortzuführen, obwohl wir kein Wasser und Essen bei uns hatten. Wir brachen auf und eine knappe Stunde später endete der Gang in einer kleinen Halle.

»Das ergibt keinen Sinn«, sagte ich fassungslos.

»Warum endet der Gang hier?«, fragte Helmut.

Jennifer schwieg und sah sich um.

Sind wir etwa zwei Stunden umsonst durch diesen Gang gelaufen? Hat Horyet uns in die Irre geführt? Wollte er etwa ...

»Ahhh«, schrie Jennifer laut auf.

Blitzschnell wandten wir uns ihr zu.

Das dicke Ende kam noch!

Bis auf die Knochen

5 An diesem Fund hätte ein Hund die größte Freude gehabt, für uns war er jedoch grausig.

»Wir stehen in einem Grab«, stellte Helmut fest, als es knirschte und er aus Versehen auf einen Knochen trat.

»Ja«, hauchte ich.

Das war vielleicht unheimlich. Horyet hatte uns also aufs Kreuz gelegt. Dieser verdammte Hurensohn von einem ... Ich hielt plötzlich inne. Aber weshalb hatte Horyet mich nicht angegriffen? Das ergab doch keinen Sinn. Rätsel über Rätsel. Ich konnte nicht mit Bestimmtheit sagen, auf welcher Seite Horyet wirklich stand. Vielleicht war dies alles nur ein Zufall und er wusste hiervon nichts.

Dann pochte mein Herz vor Angst. Wie kamen diese verdammten Knochen hierher? Ich ging in die Hocke und sah mir die Knochen genauer an.

»Wer waren diese armen Teufel?«, flüsterte Jennifer mir zu. Sie stand direkt neben mir.

»Sie könnten zur meiner Rasse gehört haben«, vermutete ich.

»Ob das hier ein Verließ ist?«, fragte Helmut.

»Vielleicht«, antwortete ich.

Die Knochen sahen aus, wie frisch poliert. Seltsam. Ob sie einen qualvollen Tod hatten?

»Könnten die Käfer hierfür verantwortlich sein?«, fragte Jennifer.

»Ich habe noch keinen hier gesehen«, antwortete ich.

»Das heißt nicht, dass es hier keine gibt«, ermahnte Helmut uns eindringlich.

»Die Knochen sehen aus, wie blitzblank abgenagt«, bemerkte Jennifer.

Ich erhob mich wieder, und wir sahen uns in der kleinen Halle um. Ich ging geradeaus auf die Wand zu, weil ich dort irgendwelche Kritzeleien entdeckt hatte. Helmut ging in die entgegengesetzte Richtung. Jennifer folgte mir.

Wir waren nicht am Ziel sondern in einer Sackgasse angekommen. Hier führte kein Weg mehr weiter. Oder gab es hier vielleicht irgendwo eine Geheimtür? Wir suchten die Wände ganz genau ab. Nichts. Gar nichts. Keine Tür. Kein zweiter Boden. Nichts.

Manchmal ist es wie verhext. Da gibt es Tage, an denen alles glatt läuft, und dann sind da die Tage, an denen man wieder Pech auf der ganzen Linie hat, dachte ich. Okay, von Pech auf der ganzen Linie konnte ich nicht reden, aber glatt lief es nun auch wieder nicht.

»Dort oben sind kleine Öffnungen«, sagte Jennifer plötzlich.

»Vielleicht Lüftungsschächte«, vermutete Helmut.

Unterhalb der Decke, in etwa fünf Metern Höhe, befanden sich drei kleine Öffnungen. Sie lagen im Abstand von etwa zwei Metern nebeneinander. Vielleicht hatten wir doch noch Glück und es ging dort weiter.

»Für Räuberleiter ist es zu hoch«, sagte ich, und schon wieder verfolgte uns das Pech.

Falls es dort oben weitergehen sollte, müssten wir eine Leiter finden. Aus den Knochen ließ sich nichts in der Art bauen, und ansonsten war diese karge Halle leer.

»Hast du schon mal versucht, mit deiner Schwester zu ... Kontakt aufzunehmen«, grinste Helmut breit.

»Hab keine Verbindung bekommen«, sagte ich.

»Mist«, fluchte Helmut. »Wir müssen irgendwie da hinauf.«

»Ja«, bestätigte ich Helmut.

»Habt ihr das gehört?«, fragte Jennifer aufgeregt.

»Was denn?«, wollte ich wissen.

»Es war ... wie ... na ja, als wenn jemand schwer und laut geatmet hätte«, erklärte Jennifer.

Keine Ahnung, was Jennifer gehört hatte, aber jetzt war es totenstill. Eigentlich war es zu still für meinen Geschmack. Ich kam mir vor wie auf einem Friedhof. Ich warf einen kurzen Blick zu Boden. Gewissermaßen befanden wir uns ja auch auf einem Friedhof.

Ich überlegte, ob ich mein Larat aktivieren sollte, um kleine Öffnungen in die Wand zu schneiden. Wir konnten sie dann wie Stufen benutzen und uns mit Händen und Füßen nach oben bewegen.

»Kletterpartie gefällig«, sagte ich und teilte Helmut und Jennifer meine außergewöhnliche Idee mit. Sie waren allerdings geteilter Meinung. Helmut nickte und meinte, dass wir es versuchen sollten, aber Jennifer befürchtete, dass einer von uns abrutschen und sich dann beim Sturz so schwer verletzen könnte, dass er hier zurückbleiben müsste. Also musste eine andere Idee her, die nicht so gefährlich war.

»Da war was«, stellte ich fest, denn nun hatte auch ich eine Art schweres Atmen vernommen, das aus dem Gang gekommen war.

»Ich hab's auch gehört«, nickte Helmut mir zu, als ich ihn ansah.

Irgendwer oder irgendetwas kam von dort auf uns zu, und ich hatte nicht die geringste Lust noch hier zu sein, wenn derjenige hier eintraf.

»Irgendwelche Ideen?«, fragte ich hastig.

»Nein«, sagte Helmut nur, aber es sah so aus, als ob er scharf nachdachte.

Jennifer schwieg und runzelte die Stirn.

»Mach schon!«, forderte Helmut mich auf.

»Was soll ich machen?«

»Deine Idee umsetzen.«

»Zu gefährlich.«

»Und das da ist ungefährlicher?«, fragte Helmut und deutete auf den Gang.

Ich hätte lieber eine andere ... eine bessere Idee gehabt, aber mir fiel keine ein. Ich nahm mein Larat aus der Laptoptasche heraus und überreichte Jennifer einen Leuchtstab und einen gab ich Helmut.

»Tja, also ...«, fing ich an, und Helmut sagte: »Ein Aufzug wäre mir ja auch lieber, aber hier ist keiner.«

Da war etwas in Jennifers Blick, das mich störte, aber dennoch sagte sie: »Ich sehe auch keine andere Möglichkeit.«

»Okay«, nickte ich und fing an, sogenannte Stufen in die Wand zu schneiden.

Es war wirklich eine blöde Idee, und ich wünschte mir, dass mir eine andere einfallen würde ... keine blöde Idee, sondern ein richtig guter Einfall. Während ich Stufe für Stufe in die Wand schnitt, zermarterte ich mir mein Gehirn darüber.

»Das dauert aber lange«, fuhr Helmut mich an.

»Also wirklich«, knurrte ich laut zurück, »wenn du weitermachen willst, musst du es sagen.«

»Entschuldige bitte«, sagte Helmut etwas sarkastisch. »Wir können ja auch gerne mit dem Monster das da kommt«, Helmut deutete schnell auf den Gang, »ein Kaffeekränzchen abhalten.«

»Vielleicht ist es ja auch nur der Wind, der von ...«, sagte ich, und Helmut unterbrach mich unhöflich: »Klar doch, hier ist es ja auch so zugig.«

In diesem Augenblick hörten wir ein Zischen aus dem Gang. Okay, vielleicht lag Helmut ja doch richtig und ich sollte mal einen Zahn zulegen. Ich kam ganz schön ins Schwitzen, aber die Mühe hatte sich gelohnt.

»So das hätten wir geschafft«, wandte ich mich meinen Freunden zu und kletterte wieder herunter, weil ich mit meinem Larat Wache halten wollte, bis Jennifer und Helmut sicher dort oben angekommen waren.

»Wer möchte zuerst?«, fragte ich und wandte mich Jennifer zu.

»Ich gehe diesmal vor«, sagte Helmut.

»Ja, aber ...«, fing ich an, und Helmut sagte: »Wir wissen nicht, was uns da oben erwartet, also gehe ich vor und Jennifer folgt mir dann.«

Ich nickte ihm verlegen zu, weil ich nicht daran gedacht hatte, dass dort oben in dem schmalen Gang ebenfalls eine Gefahr auf uns lauern könnte. Helmut steckte den Leuchtstab in die hintere Hosentasche.

»Dann viel Glück, Helmut«, sagte ich, als er einen Fuß in die erste Stufe gesetzt hatte und mit der rechten Hand in die oberste Stufe griff.

»Pass gut auf Jennifer auf«, sprach Helmut mich an.

»Klar doch«, sagte ich und hob mein aktiviertes Larat über den Kopf.

Helmut kletterte geschickt die Wand empor. Dann fiel mir ein, dass er mir irgendwann mal erzählt hatte, dass er früher oft im Hochgebirge wandern war und dabei mehr oder weniger steile Strecken überwinden musste. Auch war er in seiner Jugend schon viel mit und ohne Seil geklettert.

»Hast du Angst?«, fragte ich Jennifer.

»Ja«, hauchte sie.

Mir fiel nichts ein, was ich sagen konnte, um Jennifer zu beruhigen. Nun schlich sich ein unangenehmes Schweigen zwischen uns ein. Jennifer kam mir vor wie ein scheues Reh, das jeden Moment die Flucht ergreifen könnte.

Wir wandten uns wieder Helmut zu. Er hatte es fast geschafft.

»Wir sollten ihm einen Spitznamen geben«, sagte ich und wollte Jennifer damit ein wenig ablenken, um ihr die Angst zu nehmen.

»Ja«, sagte Jennifer. »Was schwebt dir denn so vor?«

»Na ja, er ist zwar nicht klein und vollschlank, aber er ist flink und knurrt mich manchmal an wie ein Raubtier«, erklärte ich. »Hm, wie wäre es denn mit Wiesel?«, fragte ich schließlich.

Jennifer zuckte nur mit den Achseln und lächelte mich an. »Ja, klingt gut«, nickte sie.

»Also, meine Ohren funktionieren noch gut«, rief Helmut von oben herunter, und mir stieg, glaube ich, die Röte ins Gesicht.

»Das hätte ich dir besser ins Ohr geflüstert«, wandte ich mich Jennifer zu.

»Helmut wird deswegen schon nicht eingeschnappt sein«, erwiderte Jennifer.

Wir sahen gespannt zu, wie Helmut die letzte Stufe erreicht hatte und mit der rechten Hand zuerst nach der mittleren Öffnung griff. Er schnaufte kurz und hielt sich dann mit beiden Händen am Boden der Öffnung fest. Dann zog er sich ruckartig hoch und verschwand in dem Loch.

Es vergingen unendliche Sekunden, die zu Minuten

wurden.

Warum brauchte Helmut so lange? Er musste doch längst wieder aufgetaucht sein, aber er blieb verschwunden.

»Ob ihm etwas zugestoßen ist?«, fragte Jennifer besorgt.

»Nein«, wollte ich sie beruhigen. »Helmut ist sehr genau, mit dem was er tut. Er checkt bestimmt die Lage da oben.«

»Okay. Aber so lange?«, fragte Jennifer.

Mir dauerte seine Rückmeldung auch ein wenig zu lange, jedoch konnte ich nicht hinaufklettern, um nach Helmut zu sehen, denn dafür hätte ich Jennifer hier unten allein zurücklassen müssen. Und Jennifer konnte ich ja schlecht da hinaufschicken, denn falls Helmut wirklich in Schwierigkeiten war, würde ich sie damit auch in Gefahr bringen. Also musste Helmut allein zurechtkommen.

»Das macht dieser Kerl extra«, fluchte ich laut. »Er will mir eins auswischen, weil ich ihn Wiesel genannt habe.«

»Glaubst du das wirklich?«

»Nein.«

»Hallo ihr da unten«, rief Helmut plötzlich.

Schnell wandten wir uns ihm zu. Ich spürte die Wogen der Erleichterung.

»Alles klar hier oben. Die Wände bestehen aus einer Metalllegierung und schimmern ebenfalls hell. Den Leuchtstab brauchen wir hier auch nicht unbedingt«, rief Helmut uns von oben zu.

»Jetzt du«, sagte ich.

Ich sah, wie Jennifers Hände leicht zitterten und fragte: »Sollen wir noch etwas warten?«

»Nein«, schüttelte sie den Kopf und verstaute den

Leuchtstab in meiner Laptoptasche. »Es geht schon«, ergänzte sie leicht lächelnd.

Ein beängstigendes Gefühl überkam mich, als Jennifer die erste Stufe nahm. Sie kletterte zwar nicht so geschickt die Wand empor wie Helmut, aber sie kam rasch vorwärts. Als Helmut sie oben in Empfang nahm, atmete ich erleichtert auf, das Larat deaktivierte ich dabei.

»Okay, jetzt du«, rief Helmut mir zu.

Ich verstaute das Lichtschwert in der Laptoptasche. Ohne Vorwarnung erfüllte plötzlich ein lautes Knurren die kleine Halle, und mir fuhr der Schreck in die Knochen. Verdammt, ich hatte das Larat eben in der Laptoptasche verstaut, die ich nun auf dem Rücken trug, und war völlig wehrlos. Die Bestie hatte nun leichtes Spiel mit mir, doch als ich mich dem Gang zuwandte, war noch nichts von der Bestie zu sehen.

»Schnell, komm hoch, Bill!«, rief Jennifer besorgt.

Ich wandte mich wieder der Wand zu und setzte den rechten Fuß in die Aussparung. Aus dem Gang hinter mir erklang wieder ein lautes Knurren. Mein Herz raste. Natürlich hatte ich Angst, jedoch wollte ich nicht in Panik verfallen. Ich kletterte vorsichtig die Wand empor und ignorierte einfach das nächste Knurren.

Als ich nach oben blickte, sah ich Jennifer und Helmut ins Gesicht. Sie sahen besorgt aus. Sie waren dicht beisammen, und nun fiel mir erst auf, dass der Gang sehr niedrig war. Um ihn zu durchqueren, würden wir auf allen vieren kriechen müssen.

»Könnt ihr das Monster sehen?«, rief ich ihnen entgegen, denn ich befürchtete, dass es schon in der Halle war und mich ins Visier genommen hatte.

»Nein, es ist noch im Gang«, rief Helmut zurück.

Das nächste Knurren versetzte mich nun doch in Panik. Was wäre, wenn dieses verfluchte Monster so hoch springen könnte, dass es mich erreichen würde? Oder was wäre, wenn das Biest die Wand so geschickt hoch krabbeln könnte wie ein Käfer? Mich fröstelte es, und ich war erleichtert, als Helmut mir die Hand entgegenstreckte, um mir hoch zu helfen. Das Knurren wurde immer lauter, und mir kam es so vor, als würde das Tier direkt neben mir stehen.

»Könntest auch mal 'ne Diät vertragen«, sagte Helmut, als er mich in den Gang hineinzog. Und endlich war ich in Sicherheit.

In Sicherheit?

Wir steckten in einem kleinen Gang, von dem wir nicht wussten, wohin er uns führen würde. Und vielleicht gab es hier auch gefährliche Tiere.

Helmut und ich blickten hinab in die Halle, aber das knurrende Biest hielt sich im Gang verborgen.

»Ich hoffe, es gibt einen anderen Rückweg«, flüsterte Helmut mir zu.

»Ja«, hauchte ich.

»Wer will zuerst?«, fragte Jennifer.

»Ich gehe voraus«, sagte ich.

»Gehen oder kriechen?«, fragte Helmut und lächelte. »Hier, kannst den Leuchtstab wieder in die Laptoptasche tun.«

Als ich den Leuchtstab verstaut hatte, kroch ich auf allen vieren an Jennifer vorbei. Sie folgte mir stumm. Helmut kam hinterher.

Vermutlich waren die armen Teufel da unten dieser knurrenden Bestie begegnet und deswegen lagen dort überall Knochen herum. Aber aus welchem Grund waren sie hier gewesen? Waren sie Gefangene oder waren sie auf einer Mission gewesen so wie wir. Beim nächsten Kontakt zu meiner Schwester, musste ich sie unbedingt dazu befragen.

Es stellte sich noch die Frage, wo das Biest gewesen war, als wir durch den Gang gegangen waren. Wir hätten ihm doch eigentlich begegnen müssen, weil wir an keinem Abzweig vorbeigekommen waren.

Ach du heiliger Schreck!

Ich grübelte: *Ist vielleicht die verschlossene Tür wieder aufgegangen und das Biest ist von dorther gekommen? Dann haben wir auf dem Rückweg noch ein Problem, denn das Bofs wird auch in diesen Gang hineinströmen und wir haben die Steine am Eingang abgelegt.*

Wir krabbelten durch den geraden Gang. Plötzlich machte er eine Biegung nach links.

»Wenn das jetzt eine Stunde so weitergeht, ist meine Hose durchgescheuert«, fluchte Helmut laut.

»Hört ihr das auch?«, fragte Jennifer.

»Ja«, antwortete ich.

Je näher wir der Biegung kamen, desto lauter wurde das brummende Geräusch. Ich grübelte, ob es von einer Maschine kommen könnte. Kurz vor der Biegung erklang ein lautes Zischen, und ein Knurren folgte darauf.

Scheiße, welcher Schrecken würde hinter dieser Biegung auf uns lauern?

Eine Bombe für den Feind

6 Natürlich hätte ich die Fäuste ballen und damit dem Feind oder dem Monster eins auf die Nase geben können, doch stattdessen nahm ich die Laptoptasche von den Schultern ab und mein Larat heraus, denn ich wollte lieber mit einem aktivierten Lichtschwert um die Ecke biegen als mit blanken Fäusten. Helmut krabbelte an Jennifer vorbei und zog seine Dienstwaffe.

»Bereit?«, fragte er mich.

Keineswegs war ich bereit, doch ich nickte ihm zu und sagte nur: »Ja.«

Mein Bauchgefühl warnte mich, dass eine Gefahr auf uns zukam, dennoch blieb mir keine andere Wahl, als die Luft anzuhalten und mit Helmut gemeinsam um die Ecke zu biegen.

Mein Herz pochte, und ich hatte Angst davor, dass uns etwas Schlimmes erwarten würde. Was würde mit Jennifer geschehen, wenn ich und Helmut den Kampf verlieren würden?

»Was ist denn das?«, fragte ich verstört. »Pass auf, Helmut!« Einen Moment lang hingen meine Worte in der Luft.

»Oh«, sagte Helmut schließlich.

»Was ist los?«, hörte ich Jennifer fragen.

»Alles okay hier«, antwortete ich schnell.

Wir starrten keinem Feind ins Gesicht und mussten auch nicht gegen ein Monster kämpfen, lediglich ein rostiges Gitter versperrte uns den Weg.

Wir krochen auf allen vieren bis zum Gitter. Ich wandte mich kurz zurück und sah, dass Jennifer uns folgte.

»Wow«, staunte ich, als ich einen Blick durch das Gitter warf.

Die Palets hatten hier eine gewaltige, militärische Basis errichtet. Die Halle war so riesig, dass unzählige Pipelines direkt vor unserem Gitter entlangliefen. Wir sahen ein Feld von Raumgleitern und Raumschiffen, das Zählen der Schiffe sparte ich mir, denn soviel Zeit hatten wir nicht. In der Ferne standen einige hohe Gebäude und runde Türme. Ich sah nach unten und entdeckte drei runde Säulen, die mindestens so groß waren wie zwanzigstöckige Hochhäuser. Sie wechselten in regelmäßigen Zeitabständen die Farbe – gelb – rot – blau. Einige Pipelines führten direkt zu den Säulen. Ich vermutete stark, dass sie irgendetwas mit der Energieversorgung zu tun hatten. Nun bemerkten wir auch eine große Anzahl von schwebenden Fahrzeugen, die sich zwischen den Raumschiffen hin und her bewegten. Ich überlegte und kam zu der Schlussfolgerung, dass die unterirdische Anlage noch wesentlich größer sein musste, als das, was wir hier zu sehen bekamen. Schließlich musste es eine erhebliche Anzahl von Unterkünften und Speisesälen geben, und außerdem war ja noch die technische Anlage für das Basrato installiert. Und wer weiß, was hier noch so alles aufgebaut war?

»Und was machen wir jetzt?«, fragte ich irritiert.

»Den Scheiß hier in die Luft jagen«, antwortete Helmut prompt und zuckte mit den Schultern. »Tja, also, ehrlich gesagt ... habe keine Ahnung«, ergänzte er dann.

Helmuts Vorschlag war gar nicht so verkehrt. Aber wie sollten wir die militärische Anlage zerstören?

Die Basis war ein technisches Meisterwerk, und ich hatte auf einmal die Befürchtung, dass die Palets uns haushoch überlegen waren. Doch ich verwarf alle Zweifel wieder, als mir der Gedanke kam, dass ich ja überhaupt nicht wusste, wie der technische Fortschritt auf meinem Planeten war.

Da ich nicht wollte, dass die Palets das Universum eroberten, musste ich handeln und sagte: »Okay, wir jagen den Scheiß hier in die Luft!«

»Das ist mal ein Wort«, nickte Helmut mir begeistert zu. »Aber wie willst du das denn anstellen?«, fragte er neugierig.

»Habe noch keine Ahnung.«

Noch bevor ich mir etwas überlegen konnte, sah ich in Helmuts stutzige Miene.

»Wir werden dabei draufgehen«, sagte Helmut und ermahnte mich: »Denk an Jennifer!«

»Das habe ich getan«, sagte ich. »Du gehst mit ihr zurück, und dann fahrt ihr mit dem Lutek davon.«

»Das ist keine gute Idee«, fuhr Helmut mich an. »Da hast du den Gedanken aber nicht zu Ende gebracht«, ergänzte er. »Wie kommen wir an dem Monster in der Halle vorbei? Wohin sollen wir fahren, um aus der Gefahrenzone zu kommen? Was hast du ...«

»Jaja, schon gut«, leierte ich herunter. »War wirklich keine gute Idee von mir«, gab ich zu und sah Helmut schweigend an, dann fragte ich: »Hat denn jemand von euch einen anderen Vorschlag?«

Ich kratze mich verlegen am Ohr.

»Mist«, fluchte ich laut. »So nah am Ziel, und wir

haben keinen Plan«, ergänzte ich.

»Hat denn dieser Horyet nicht noch irgendetwas gesagt?«, fragte Jennifer.

»Nein«, schüttelte ich den Kopf und sagte dann: »Er hat mir die Kombination gegeben und ... noch gesagt, dass er nicht wüsste, wie es dann weitergehen soll ...«, erzählte ich, »... und ich müsste dafür Kontakt zu meiner Schwester aufnehmen.«

»Dann mach mal!«, forderte Helmut mich auf.

»Das funktioniert nicht auf Kommando.«

»Sollte es aber«, sagte Helmut.

Alles klar, Helmut. Zack! Verbindung da. Was glaubte er denn, was ich im Kopf implantiert habe? Ein Handy etwa, bei dem ich einfach eine Verbindungsnummer wählen kann?

»An was denkst du?«, fragte Jennifer plötzlich.

»Ach, nichts«, antwortete ich verlegen.

»Nichts?«

»Nichts, was wichtig wäre.«

»Okay.«

»Vielleicht sollte ich einfach mal da hinunterklettern und mich mal umsehen?«, schlug ich vor.

»Was hast du denn davon?«, wollte Jennifer wissen.

»Vielleicht finde ich ja etwas.«

»Und was?«, fragte sie.

Irgendwie ging mir im Moment die Konversation mit ihr und Helmut ein wenig auf die Nerven. Keine Ahnung, warum ich da hinunter wollte, aber ein Gefühl sagte mir, dass ich genau das tun sollte.

Klar, ich konnte hier weiter knien und mir ansehen, was da unten so vor sich ging. Natürlich konnte ich mich auch zur Rückkehr entschließen. Wir konnten uns dann gemeinsam davonmachen. Aber dann wäre der ganze Weg bis hierher völlig umsonst gewesen.

Schnell schnitt ich mit dem Lichtschwert das Gitter heraus und verstaute es wieder in der Laptoptasche. Zu meiner Verwunderung schwieg Jennifer und wollte mich auch nicht von meinem Vorhaben abbringen.

»Wie willst du da herunterkommen?«, fragte Helmut.

Als ich mir die Pipelines betrachtete, deutete ich auf die grüne links von mir. Sie war ziemlich breit und ging in einem leichten Winkel abwärts. Sie kam an einem hohen Behälter vorbei, an dem eine Leiter befestigt war, die nach unten führte. Genau diesen Weg wollte ich nehmen, also erklärte ich meinen Plan.

»Könnte funktionieren«, nickte Helmut.

Jennifer hingegen war da anderer Meinung. Sie befürchtete, dass ich auf der Pipeline abrutschen könnte. Die Gefahr bestand zwar, aber einen anderen Weg nach unten gab es nicht, also musste ich das Risiko eingehen. Ich schlüpfte durch das Loch und kletterte auf die Pipeline.

»Sei vorsichtig«, sagte Jennifer noch.

»Du brauchst dir wirklich keine Sorgen um mich zu machen«, wollte ich sie beruhigen. »Wirklich nicht.«

Sie verzog leicht die Mundwinkel.

Die Pipeline war zwar breit, dennoch war es eine wackelige Angelegenheit. Ich balancierte wie ein Artist im Zirkus und machte meine Sache gut. Die rettende Leiter kam näher, jedoch musste ich höllisch aufpassen, damit ich nicht kopfüber hinunterfiel.

Ups! Fast wäre ich ausgerutscht.

Ich blickte nach unten und war froh darüber, dass ich immer noch auf der Pipeline stand und nicht in etwa fünfzig Metern Tiefe blutüberströmt auf dem Boden lag.

Ich musste an meine Vergangenheit denken, und

mir wurde auf einmal klar, dass ich eine Spur der Verwüstung hinter mir herzog. Sollte der heutige Tag zum Erfolg führen, würde sich diese Spur weiter fortsetzen.

Endlich hatte ich die Leiter erreicht und kletterte nun vorsichtig nach unten. Das waren verdammt viele Sprossen bis zum Boden, und es würde eine Zeitlang dauern. Beim Abstieg konnte ich meine Muckis ein wenig trainieren. Doch nach einer Weile wurden meine Arme so langsam lahm. Noch etwa zehn Meter bis zum Ziel, das würde ich auch noch schaffen.

»Andor.«

»Was? Ja.«, sagte ich laut.

»Andor«, rief eine Stimme in meinem Kopf. »Hörst du mich?«

»Ja«, sagte ich, und mir fiel ein, dass ich ja gar nicht sprechen musste, um mich mit meiner Schwester zu unterhalten.

Beim Hinabklettern erzählte ich ihr, wo wir uns gerade befanden und was wir bis jetzt erlebt hatten. Meine Schwester staunte, als sie von mir erfuhr, dass Horyet mir den Code für die Tür gegeben hatte.

»Das muss die Flotte sein, mit der die Palets einen Angriff gegen uns planen«, vermutete Ranja.

»Vielleicht ist es nicht klug, aber ich sollte hier für ein wenig Chaos sorgen«, sagte ich.

»Das ist gefährlich, Bruder«, ermahnte Ranja mich deutlich, »Denk an deine Freunde.«

Mein Kommunikationsmodul übermittelte Ranja meine Koordinaten, damit konnte sie nun einen Gegenangriff planen. Doch mit ihrem Plan war ich nicht einverstanden, denn die Verluste auf beiden Seiten würden sicherlich verheerend sein. Außerdem hatte Horyet mich gewarnt, dass der Planet durch hochentwickelte Abwehrsatelliten geschützt wurde.

»Hast du denn eine andere Idee?«, fragte sie.

»Ja! Ich werde ein wenig Chaos anrichten, indem ich etwas in die Luft sprenge«, erklärte ich. »Habe allerdings noch keinen Plan, wie ich das anstellen soll«, gab ich kleinlaut zu.

»Geh aber kein Risiko ein«, ermahnte Ranja mich deutlich. »Bitte«, ergänzte sie noch.

»Okay«, beruhigte ich sie, »falls es zu gefährlich wird, verschwinde ich mit Jennifer und Helmut von hier.«

»Auf jeden Fall werden wir euch einen Tarngleiter schicken«, sagte Ranja, »der euch von Pelos abholen wird.«

»Okay.«

Ich war fast unten angekommen, als ich Ranja von den drei runden Säulen erzählte. Sie vermutete, dass diese Säulen für die Energieversorgung zuständig waren und die Raumschiffe mit dieser Energie aufgetankt wurden. Das konnte sogar stimmen, denn ich hatte große Leitungen gesehen, die von den drei Säulen in Richtung der Raumflotte verliefen. Also kam ich zu dem Schluss, wenn ich hier ein wenig Chaos anrichten wollte, dann musste ich genau an den Säulen ansetzen.

»Jetzt brauch ich nur noch einen Sprengsatz«, sagte ich beiläufig.

»Ich habe eine Idee«, sagte Ranja.

»Ja«, horchte ich gespannt.

»Du hast doch ein Lichtschwert bei dir.«

»Ja«, bestätigte ich.

»Daraus lässt sich eine kleine Bombe basteln.«

»Oh«, staunte ich, »dann schieß mal los.«

Dann erklärt sie mir ausführlich, wie ich aus einem

Larat eine Bombe basteln konnte. Im Prinzip war es ganz einfach, dennoch hoffte ich, dass ich mir die Handgriffe merken konnte.

»Wie weit stehen die Säulen auseinander?«, fragte Ranja.

»Vielleicht zehn Meter«, schätzte ich.

»Sehr gut«, sagte sie, »dann bring die Bombe an der Stelle an, an der die Leitungen für die Raumschiffe die Säulen verlassen.«

»Okay.«

»Ich hoffe, dass die Palets durch die Explosion und die Löscharbeiten so abgelenkt werden, dass wir vielleicht doch einen Angriff wagen können«, erklärte meine Schwester mir und sagte dann: »Ich bleibe dir dann mal so lange im Nacken sitzen, bis du die Bombe platziert hast.«

»Ich hoffe, dass die Verbindung hält«, sagte ich.

»Wird schon«, sagte Ranja.

Ich lächelte leicht und erinnerte mich, dass ich so etwas in der Art: *Meine Schwester sitzt mir im Nacken*, einmal zu Landau gesagt hatte. Als ich unten angekommen war, schlich ich an Rohren vorbei und ging hinter einem Container in Deckung, als ich Stimmen hörte. Ich hatte den Eindruck, dass es zwei Palets waren. Ein Wunder, dass mich noch niemand entdeckt hatte, aber die feindliche Basis war riesengroß, und in diesem Bereich lief fast niemand herum. Das meiste Gewimmel herrschte bei den Raumschiffen und den Gebäuden dahinter. Die runden Säulen waren schon zum Greifen nah, aber ich musste in Deckung bleiben, weil die beiden Palets scheinbar vor dem Container stehen geblieben waren. Reglos gegen den Container gepresst zu sein, während der Feind nur einige Meter entfernt stand, war ein schreckliches Gefühl.

Die Palets waren tief unter der Erde und fühlten sich hier scheinbar in Sicherheit. Das war sicherlich auch die Erklärung dafür, dass ich hier kaum Wachposten antraf. Auch Überwachungsanlagen oder Alarmanlagen hielten sie wohl für überflüssig. Ein schwerere Fehler, den sie schon bald bereuen würden.

Die beiden Stimmen wurden lauter und kamen näher. Ich befürchtete schon, dass die Palets mich entdecken würden. Doch dann entfernten die Stimmen sich rasch.

Ich kam langsam hinter dem Container hervor und schlich an Pipelines vorbei, die in Richtung der Säulen führten. Dann kam ich wieder an zwei Containern vorbei, bog um die Ecke und wäre fast vor Schreck umgefallen.

Shit. So kurz vor dem Ziel, die Säulen greifbar nah und ausgerechnet hier begegnete mir ein Palet. Er sah mich ebenfalls erschrocken an.

Ich fand den Anblick eines Palets abscheulich, aber der hier war die Krönung seiner Art. Er hätte bei einem Dämonenwettbewerb garantiert den ersten Platz belegt. Außerdem hatte dieser hier kurze, braune Haare auf dem Kopf, die von seinem Kopf abstanden, als hätte man ihn unter Strom gesetzt. Ansonsten trug er wie auch seine Kameraden einen schwarzen Kampfanzug, jedoch hatte dieser Palet keine grünen Augen mit schwarzer Pupille sondern sie waren insgesamt rabenschwarz.

Er öffnete den Mund und sagte etwas zu mir, während ich zwei Schritte zurückwich.

Ich rümpfte die Nase, und obwohl ich davon ausging, dass er mich nicht verstehen würde, fuhr ich ihn an: »Boah, du riechst ja aus dem Mund wie ein Elefant aus dem Arsch.« Ich hatte zwar noch nie an einem Ele-

fantenarsch gerochen, aber genauso stellte ich es mir
vor.

Der Palet aktivierte sein Larat.

»Hab dafür jetzt absolut keine Zeit«, schüttelte ich
den Kopf, »denn ich muss zuerst die Welt retten«, lächelte ich verlegen.

Mist! Mein Larat hatte ich in der Laptoptasche verstaut, und die war auf meinem Rücken.

»Was ist los, Bruder?«

»Hab ungebetenen Besuch.«

Der verdammte Schweinehund hieb zu. Ich wich
zur Seite aus, dabei kam das Lichtschwert gefährlich
nahe. Wieder hieb der Palet zu. Ich machte einen
schnellen Schritt rückwärts, so dass mich die Klinge
nur knapp verfehlte.

»So langsam habe ich die Schnauze voll«, fluchte
ich, als das Lichtschwert vor meinem Gesicht vorbei-
sauste. Gut, ich hatte mich heute zwar noch nicht ra-
siert, aber mit einem Lichtschwert wollte ich das auch
nicht nachholen.

»Sei vorsichtig, Bruder!«

»Lenk mich jetzt bitte nich ab!«

Meine Schwester schwieg.

Es gab ein summendes Geräusch, als die Klinge
mich abermals verfehlte und den Container traf. Das
war meine Chance. Ich trat zwei Schritte vor, holte
aus, und schlug dem Palet meine Faust ins Gesicht. Er
torkelte zurück. Sofort gab ich ihm noch einen Tritt
zwischen die Beine.

Na ja, das war vielleicht nicht die feine englische
Art, aber der Tritt zeigte seine Wirkung. Der Palet hatte wohl mit erheblichen Schmerzen zu kämpfen, während ich die Laptoptasche von den Schultern abnahm,
sie öffnete und nach meinem Lichtschwert griff. Ich

ließ die Laptoptasche fallen und aktivierte rasch das Lichtschwert.

Der Palet schnaufte mich wütend an, während er mit dem Lichtschwert nach mir schlug. Ich wehrte den Schlag ab und konterte sofort. Er brüllte mich an, und ich befürchtete, dass bald eine Einheit Soldaten hier auftauchen würde. Ich musste mich also beeilen und diesen Hurensohn ein für alle Mal ausschalten.

Sein Blick erinnerte mich an einen Wahnsinnigen, und seine abstehenden Haare passten irgendwie dazu. Zwischen den Haaren knisterte es leicht, als würden sie unter Strom stehen. Ihm fehlten noch ein paar Schlangen auf dem Kopf, dann würde dieser Typ gut zu Medusa passen.

Ich hatte Glück, dass er keinen Alarm schlug. Er wollte mich wohl allein erledigen. Gut so. Doch als er mich wieder angriff, änderte ich meine Meinung. Ein Alarm wäre vielleicht besser gewesen, als gegen einen verrückten Palet zu kämpfen, der die Attacke ohne Rücksicht auf sich oder mich durchführte. Mein Feind führte das Lichtschwert in hektischen Bewegungen von oben nach unten, von rechts nach links und umgekehrt, und ich hatte alle Mühe seine Schläge abzuwehren. Ich kam gar nicht mehr dazu, einen Angriff gegen ihn zu starten. Verdammt, hätte ich doch nur einen Schlag – Rübe ab – Schweinehund erledigt. Aber im Augenblick sah es so aus, als wenn ich derjenige wäre, der bald erledigt sein würde.

Manchmal holte er weit aus, um das Lichtschwert zu schwingen, doch als ich ihm dann einen Stoß verpassen wollte, musste ich seinen Schlag blitzartig abwehren.

Plötzlich hielt der Palet inne. Hatten ihn etwa seine Kräfte verlassen? Bekam ich nun meine Chance zu kontern?

Das war wohl nichts!

Es folgte eine Vielzahl kurzer, heftiger Hiebe, die mich niederstrecken sollten. Ich drehte mich zur Seite und wich einem Schlag nach dem anderen aus. Während er für einen Augenblick verharrte und dann erst nachlegte, schwang ich mich über ein Bündel aus dicken Leitungen. Der nächste Schlag von ihm erwischte mich leicht im Rücken, doch das Klatschen, als ich auf den Boden fiel, war schmerzhafter.

Der Palet brüllte auf einmal los, ich drehte mich zur Seite und ahnte Schlimmes, doch dann sah ich, dass sein Lichtschwert im Kabelbündel stecken geblieben war. Es schien mir so, als ob das Lichtschwert mit den Kabeln verschmolzen wäre. Funken sprühten. Der Palet sah mich mit weit aufgerissenen Augen an. Seine Schwerthand klebte am Griff fest, auch dann noch, als er zu Boden ging. Die Funken verblassten langsam. Das Lichtschwert durchschnitt jetzt die Leitungen, und die Hand des Palets löste sich vom Griff. Ich trat an den verkohlten Körper heran und war mir ziemlich sicher, dass er tot sein musste.

»Alles paletti«, sagte ich zu meiner Schwester. »Bist du noch da?«, fragte ich aufgeregt.

»Ja«, hauchte sie erleichtert.

Ich musste mich mit meinem Vorhaben beeilen, denn die zerstörten Leitungen würde nicht unbemerkt bleiben. Ich legte mein Larat in die Laptoptasche zurück, nahm das Lichtschwert des Palets an mich und eilte davon.

Als ich die mittlere Säule erreicht hatte, sagte ich mit Bedacht: »Kannst du bitte noch einmal die ersten Handgriffe beschreiben?«

Ob ich aus dem feindlichen Larat auch eine kleine

116

Bombe basteln konnte? Ich hielt es in der Hand und wartete auf Instruktionen.

»Natürlich kannst du das mit diesem Larat auch versuchen«, sagte meine Schwester und legte eine kurze Pause ein.

»Gut«, sagte ich jubelnd. »Ich habe nämlich zwei davon«, ergänzte ich, legte das feindliche Larat auf den Boden, und griff in die Laptoptasche hinein, um mit der linken Hand das Larat herauszuholen, das ich im Lutek gefunden hatte. Mit der rechten Hand nahm ich die silberne Kugel aus der Laptoptasche heraus und dachte: *Das Ding hier ist einfach genial und universal einsetzbar.* Ich legte die Kugel auf den Boden und berührte sie mit dem Zeigefinger und dem Daumen. Nach einigen Sekunden änderte sich die silbrige Fläche, sie wurde bronzefarben.

»Okay, sie ist aktiviert«, sagte ich und nahm sie wieder an mich.

»Halte sie nun an die Stirnseite des Larats«, erklärte meine Schwester mir langsam.

Ich blickte kurz auf das Lichtschwert in meiner linken Hand, dann auf die Kugel in meiner rechten Hand.

»Ja, hab ich«, sagte ich dann.

»Ron hat mir gesagt, dass es einfacher geht, wenn er die Sache in die Hand nimmt.«

»Wer ist Ron?«, fragte ich irritiert.

»Ist jetzt nicht so wichtig«, antwortete Ranja schnell.

»Gut«, sagte ich. »Hallo Ron. Ich hoffe, du weißt, was du zu tun hast?«, ließ ich noch ab.

»Hallo Andor«, hörte ich eine weiblich Stimme. »Und ja, ich weiß genau, was ich zu tun habe.«

»Ron ist eine Frau?«, stutzte ich, da ich mir einen Mann unter diesem Namen vorgestellt hatte.

»So etwas ähnliches.«

»Oha! Was meinst du denn damit?«, fragte ich verstört.

»Es ist eine ... intelligente Rechenanlage«, antwortete Ranja vorsichtig.

»Eine KI?«, fragte ich verstört.

»Was?«

»Künstliche Intelligenz«, erklärte ich kurz.

»Ja.«

»KI ... Ron ...«, pustete ich. »Ihr hättet ihn besser Kim getauft.«

»Jetzt blödele hier nicht herum und fang endlich an«, fuhr Ranja mich scharf an. »Kannst du bitte jetzt an *Übertragung starten* denken«, sagte sie rasch. »Dann programmiert Ron sofort von hier aus das Larat zur Bombe um. Das geht wesentlich schneller, als wenn du es von Hand tun musst. Dein Kommunikationsmodul wird als Übertragungseinheit dienen.«

»Und das geht?«

»Ja, mach schon!«, sagte Ranja etwas angenervt.

»'tschuldigung«, brummte ich zurück und dachte an: *Übertragung starten*.

Irgendwie war mir nicht wohl bei dem Gedanken, dass gleich ein *KI* in meinem Hirn herumspuken würde. Die bronzefarbene Oberfläche der Kugel wurde leuchtend blau.

»Cool«, staunte ich. »Und jetzt?«

»Abwarten«, sagte Ranja. »Ron fängt jetzt mit der Programmierung an.«

Irgendwie dauerte mir das zu lange. Ich sah mich hektisch um, denn ich befürchtete, dass mein Kampf und die zerstörten Leitungen schon bald meine Feinde anlocken würden.

»Wie lange dauert das denn ...« Auf einmal änderte

die Kugel wieder ihre Farbe und wurde bronzefarben .
Ich erfuhr von Ron, dass die Übertragung beendet
wurde.

»Jetzt besitzt du eine kleine Bombe«, flüsterte Ranja.

Die gleiche Prozedur wiederholten wir mit dem anderen Larat.

»Danke dir, Ron«, sagte ich.

»Gern geschehen, Andor. Hab noch einen schönen
Tag«, sagte sie mit sympathischer Stimme.

Ich stutzte. *Hab noch einen schönen Tag? Auwei, hoffentlich hat sie das Lichtschwert auch wirklich richtig umprogrammiert.*

Die Kugel änderte wieder ihre Farbe und wurde
silbrig. Ich legte sie in die Laptoptasche zurück und
schulterte sie.

»Was jetzt?«, fragte ich hastig.

Meine Schwester erklärte mir schnell, dass von den
Säulen Pipelines abgingen, die zu den Raumschiffen
führten, und dass ich bei der mittleren und rechten
Säule jeweils an dieser Stelle eine Bombe platzieren
sollte.

Nachdem ich ihre Anweisungen befolgt hatte, fiel
mir auf, dass ich eine wichtige Frage vergessen hatte.
»Wieviel Zeit bleibt bis zur Detonation?« Meine Stimme klang hektisch.

»So um die fünf Stunden«, antwortete Ranja.

»Das ist ja zu schaffen«, atmete ich erleichtert auf
und warf einen Blick auf meine Armbanduhr.

»Sonst hätte ich die beiden Larats auch nicht zu
Bomben umprogrammieren lassen«, sagte Ranja.

Ich machte mich auf den Rückweg, lief an Pipelines
und Containern vorbei, bis ich die Leiter erreicht hatte. Niemand stellte sich mir in den Weg. Es war leicht.
Zu leicht. Hatten sie mich vielleicht doch entdeckt?

Warteten sie darauf, bis ich meine Freunde erreicht hatte? Ich schnaufte laut, denn ich musste ein ganz schönes Stück die Leiter hinaufklettern. Als ich auf dem dicken Rohr war und zu unserem Versteck balancierte, war immer noch niemand da, um mich aufzuhalten. Ich konnte froh darüber sein, dennoch war ich voller Misstrauen und befürchtete, dass jeden Augenblick unsere Feinde zuschlagen könnten.

Ich kehrte zu Jennifer und Helmut zurück, die über meine Nachricht von den zwei Bomben nicht gerade erfreut reagierten. Doch als sie von mir erfuhren, dass die Detonation erst in etwa fünf Stunden erfolgte, waren sie ein wenig erleichtert. Ich berichtete ihnen dann, dass meine Schwester einen Gegenangriff plante und sie uns einen Tarngleiter schicken wollte, der uns abholen sollte.

»Fünf Stunden?«, hakte Helmut nach.

Ich nickte ihm leicht zu.

»Das müsste zu schaffen sein«, grübelte er. »Es sei denn, wir kommen nicht sofort an dem Monster in der Halle vorbei und müssen etwas länger warten, bis die giftige Flüssigkeit abgeflossen ist, und da wäre ja auch noch die Tür zur Höhle«, er blickte mich vorwurfsvoll an. »Wollen wir hoffen, dass sie geöffnet ist, wenn wir da ankommen. Und da wären ja auch noch die Käfer, an denen wir vorbei müssen.«

Verflucht, all das hatte ich nicht bedacht. Als ich mit meiner Schwester darüber reden wollte, war die Verbindung unterbrochen. Ich versuchte verzweifelt sie wieder herzustellen, doch es gelang mir nicht.

Kurz gesagt: Ein unvorhersehbares Ereignis, und wir sind alle tot.

Von Höhlen habe ich die Schnauze voll

7 *Herrgott noch mal!* Wir krochen in Windeseile durch den öden Gang, der endlos zu sein schien, und ich war nicht der Einzige, der dabei fluchte und der sich die Knie aufschürfte. Nach einer gefühlten Ewigkeit erreichten wir unser erstes Ziel und blickten in die kleine Halle hinunter.

»Wir müssen vorsichtig sein«, sagte ich zu Jennifer, die neben mir kniete, und wandte mich dann Helmut zu, der uns dichtauf gefolgt war. »Wenn das Monster uns entdeckt, werden wir mit ihm kämpfen müssen.« Helmut nickte leicht, und ich wandte mich wieder der Halle zu.

Das Monster jedoch war im Augenblick weder zu sehen noch zu hören. Die Halle war leer. Wir gingen ein großes Risiko ein, wenn wir da hinunterkletterten, doch uns blieb keine andere Möglichkeit. Der einzige Weg, um den rettenden Ausgang – die blaue Tür – zu erreichen, führte erst durch die kleine Halle und dann durch den beleuchteten Gang.

»Gehen wir«, sagte ich und machte den Anfang.

Als ich unten angekommen war, holte ich sofort mein Lichtschwert aus der Laptoptasche und aktivierte es. Jennifer kletterte indessen die Wand hinunter, während Helmut von oben in die Halle lugte.

Vorsichtig näherte ich mich dem Gang und horchte. Es war nichts zu hören. Ich wandte mich wieder Jennifer zu und sah, dass Helmut bereits schnell die Wand hinabkletterte.

Geschafft. Wir standen wohlbehalten beisammen und wandten uns gemeinsam dem Gang zu.

»Dann mal los«, sagte ich und machte den Anfang. Jennifer folgte mir. Helmut bildete das Schlusslicht.

Meine Nerven waren angespannt. Doch alles blieb ruhig. Das Monster hatte uns noch nicht bemerkt. Vielleicht war es auch bereits verschwunden. Der Hinweg von der blauen Tür in die kleine Halle hatte zwei Stunden gedauert, nun aber wollte ich den Weg eine halbe Stunde schneller schaffen. Ich legte einen Schritt zu und hoffte, dass Helmut und Jennifer Schritt halten konnten. Ich deaktivierte mein Lichtschwert, hielt es aber in der rechten Hand bereit.

Bis zur Detonation blieben uns etwa viereinhalb Stunden. Blöderweise hatte ich nicht nachgerechnet, wie lange wir vom Lutek bis zur feindlichen Basis gebraucht hatten. Das holte ich nun nach, und mir wurde bewusst, dass die Zeit knapp bemessen war. Ich ging alles noch einmal in Gedanken durch: *Also, vom Lutek bis zur ersten Tür ... Dann mussten wir abwarten, bis sich die Tür geöffnet und sich die Käfer auf das Bofs gestürzt hatten, das hatte ungefähr eine gute Stunde gedauert. Dann waren wir durch den Gang zur blauen Tür gegangen, etwa eine gute halbe Stunde. Von der blauen Tür bis in die kleine Halle hatten wir zwei Stunden gebraucht, und von der kleinen Halle durch den niedrigen Gang bis zum Gitter waren es nochmals eine gute halbe Stunde gewesen. Hinabklettern, umsehen, kämpfen und Bomben le-*

gen, hatte fast eine Stunde gedauert. Gut, hier muss ich nur den Hin- und Rückweg bis zum Gitter berücksichtigen, das waren etwa eine halbe Stunde.

»An was denkst du gerade, Bill?«, fragte Jennifer.

»Ich rechne aus, wie lange wir für den ganzen Weg gebraucht haben.«

»Und?«, fragte Helmut kurz.

»So etwa viereinhalb Stunden, wenn ich die Zeit für den Kampf und die Pausen abziehe«, antwortete ich.

»Das haut ja dann hin«, sagte Helmut, »falls nichts Unerwartetes geschieht«, ergänzte er.

»Ja«, bestätigte ich ihm mit ungutem Gefühl.

Ich blickte auf meine Armbanduhr. Wir waren gut in der Zeit. Wenn wir das Tempo beibehielten und uns das Monster in Ruhe ließ, könnten wir es schaffen. Allerdings wollte ich kein Risiko eingehen und erhöhte nochmals ein wenig das Tempo.

»Lass den Quatsch!«, sagte Helmut. »Der Weg ist noch lang, und wir wollen uns ja nicht verausgaben.«

»Okay«, sagte ich und reduzierte das Tempo.

»Besser so?«

»Ja«, brummte Helmut mich an.

Der eintönige Gang schlug mir aufs Gemüt. Ich war mir ziemlich sicher, dass es Jennifer und Helmut ebenso ergehen musste. War ich ein Narr gewesen, als ich die Bomben platziert hatte?

»Wie lange dauert es denn noch? Wir müssten doch bald da sein«, stöhnte Jennifer auf. Genau in diesem Augenblick war vor uns ein wütendes Knurren zu hören.

Sofort blieb ich stehen und aktivierte schnell das Lichtschwert.

»Es ist ganz nah«, hörte ich Helmut sagen.

»Es kommt näher«, stellte Jennifer besorgt fest.

»Ja«, hauchte ich.

Wieder erklang ein Knurren, und ich bemerkte, wie Jennifer zusammenzuckte. Um einen Kampf würden wir nun nicht mehr herumkommen. Ich gab Helmut ein Zeichen, dass er sich mit Jennifer zurückziehen sollte. Er zog seine Dienstwaffe und griff nach Jennifers Hand, weil sie sich zuerst weigerte mit ihm zu gehen. Ich wartete mit kampfbereitem Lichtschwert auf meinen Feind. Leicht wollte ich es dem Monster nicht machen. Ich malte mir aus, was mich erwarten würde. Eine Kreatur mit spitzen Zähnen, die sich in mein Fleisch bohrten wie die messerscharfen Zähne eines Hais. Ich schüttelte mich bei diesem Gedanken. Jedoch konnte ich die schrecklichen Vorstellungen, die mir von dem Monster durch den Kopf gingen, nicht so einfach abschütteln. Plötzlich schwirrte mir ein großes Monster mit langen Krallen durch den Kopf, das mich in Stücke riss. Ich schüttelte mich wieder.

Ein lautes, wütendes Knurren, das direkt auf mich zukam, riss mich aus meiner Gedankenwelt heraus. Ich hob das Lichtschwert über meinen Kopf und holte damit zum Schlag aus.

Wow!

Fuck!

»Was ist denn das?«, fluchte ich lauthals. »Zum Teufel mit dir!«

Ich senkte das Lichtschwert wieder und holte zum Tritt aus, als das Monster mich leicht ins Bein biss.

»Fuck«, schrie ich laut. »Hilfe«, jaulte ich auf und deaktivierte dabei aus versehen das Lichtschwert.

»Wirst du wohl ...«, schrie ich das Monster an. »Sitz! Mach Platz!«

Helmut kam mit schussbereiter Waffe angerannt.

»Verflucht, du kleines Biest!«, fluchte ich laut, als es

mich anknurrte. »Kusch! Husch!«, schrie ich es an.

»Sei doch nicht so fies zu dem armen Tier«, fuhr Jennifer mich an, als sie hinter Helmut hervortrat, »und du, nimm die Waffe herunter«, befahl sie Helmut.

Das kleine Monster verstummte, als Jennifer an meine Seite trat.

»Sieht es nicht süß aus?«, sagte sie.

»Über Geschmack lässt sich streiten«, antwortete ich ärgerlich. »Es hat mich gebissen.«

»Hoffentlich bist du gegen Tollwut geimpft«, lächelte Helmut mich an.

»Pass auf, was ...«, sagte ich.

»Das Ding hat eine gewisse Ähnlichkeit mit Alf«, stellte Jennifer plötzlich fest.

»Wer ist denn das?«, fragte ich.

»Sag bloß du kennst Alf nicht?«, schüttelte Jennifer den Kopf.

Ich überlegte, und mir wurde langsam klar, dass sie das kleine zottelige Viech aus der Fernsehserie meinte.

»Doch«, sagte ich. »Na klar, kenne ich Alf.«

Ich sah mir das Monster genauer an und stellte nun auch fest, dass es eine gewisse Ähnlichkeit mit dem Star aus dem Fernsehen hatte.

»Was machen wir mit ihm?«, fragte ich angenervt. Sofort knurrte das Viech mich wieder an.

»Jetzt brüll hier nicht so 'rum«, ermahnte Jennifer mich eindringlich. »Wir nehmen es mit«, sagte sie bestimmend.

»Was? Das ist doch wohl jetzt nicht dein Ernst«, brüllte ich sie wieder an.

»Pass auf!«, sagte Helmut schnell.

Hätte ich mein rechtes Bein nicht so rasch weggezogen, hätte mich das Viech noch einmal gebissen. So aber schnappte es ins Leere.

»Ganz ruhig«, sagte Jennifer und trat einen Schritt vor.

»Sei bloß vorsichtig«, ermahnte ich sie.

»Wir müssen weiter«, sagte Helmut plötzlich.

»Ja«, nickte ich.

»Komm«, wandte sich Jennifer unbedacht dem Monster zu und ging voraus.

Ich konnte es nicht fassen, als ich beobachtete, wie das kleine Monster ihr still folgte. Ich konnte mir auch nicht vorstellen, dass es uns gefährlich werden konnte, doch plötzlich dachte ich an die Überreste der Toten in der kleinen Halle. Ich überlegte hin und her und kam zu der Schlussfolgerung, dass für dessen Tod jemand anderes verantwortlich gewesen sein musste.

Als wir an der blauen Tür ankamen, befestigten wir die Steine unter unseren Schuhsohle. Merkwürdig die Tür war verschlossen. Woher war das kleine Monster bloß gekommen? Nun bemerkte ich rechts einen sehr schmalen Gang.

»Wo willst du denn hin?«, fragte Helmut hastig, als ich mich in den schmalen Gang quetschte.

»Bin sofort wieder da«, sagte ich.

»Wir haben keine Zeit dafür. Komm zurück!«, rief Helmut mir hinterher.

Ich hörte, wie das kleine Monster knurrte. Doch als Jennifer sanft zu ihm sagte: »Sei leise, und lass Bill in Ruhe«, schwieg es.

Die Schöne und das Biest, ging es mir durch den Kopf, jedoch schwieg ich und quetschte mich weiter durch den schmalen Gang hindurch.

Nach ein paar Metern gelangte ich in einen schwach beleuchteten Raum, in dem Schalttafeln standen und Leitungen verliefen. Hier drinnen musste sich das kleine Monster vor uns versteckt gehalten haben. Ich sah mich neugierig um.

»Bill!«, hörte ich Helmuts Stimme nach mir rufen. »Alles in Ordnung?«

»Ja«, rief ich. »Ich komme gleich zurück.«

Durch die schwache Beleuchtung konnte ich zwar nicht alles erkennen, aber als ich nichts Brauchbares fand, kehrte ich zu meinen Freunden zurück.

»Hast du etwas gefunden?«, fragte Helmut direkt.

»Nein«, schüttelte ich den Kopf, »dort hat sich das kleine Monster versteckt«, ergänzte ich und erzählte kurz, was ich entdeckt hatte.

»Ob noch mehr von seiner Art hier sind?«, wollte Helmut wissen.

»Dort auf jeden Fall nicht«, sagte ich und deutete schnell auf den schmalen Gang, der in den Raum mit den Schalttafeln führte.

»Okay«, sagte ich dann und trat an die Tür.

Die zwölf runden Felder blinkten hell auf, und als ich den Code eingeben wollte, um die Tür zu öffnen, sagte Jennifer mit besorgter Stimme: »Was wird aus ihm?«

»Was soll schon aus ihm werden?«, fuhr ich sie an.

»Wenn das Bofs kommt, wird er mit dem giftigen Zeug in Berührung kommen«, sagte Jennifer.

Er?, stutzte ich. *Es ist ein Es!*

»Oh Mann!«, stöhnte ich laut auf. »Na und«, gab ich herzlos von mir.

»Du willst doch nicht, dass er an diesem Zeug stirbt?«, fragte Jennifer entsetzt.

»Vielleicht ist es ja resistent gegen diesen Giftstoff«, entgegnete ich.

»Und wenn nicht?«, hakte Jennifer nach. »Nimmst du ihn?«, fragte sie.

»Also, ich habe keine Lust mich von diesem Viech beißen zu lassen«, sagte ich streng.

»Gut«, nickte Jennifer. »Dann nehme ich ihn halt.«

»Warte!«, schrie ich sie besorgt an, doch es war zu spät. Sie hatte sich das Monster schon gegriffen und hielt es behutsam in den Armen. Es wehrte sich nicht und ließ sich von Jennifer kraulen.

»Sag doch auch mal etwas«, fuhr ich Helmut an.

Er zuckte nur mit den Schultern.

»Vielleicht ist es ...«, sagte ich und brach ab.

Jennifer wollte nicht von mir hören, dass das kleine Monster vielleicht auch gefährlich sein konnte. Ich wandte mich den zwölf runden, blinkenden Feldern zu und tippte den Code ein. Dann öffnete ich die Tür. Wir betraten vorsichtig den beleuchteten Gang.

»Willst du das Ding da ...«, sagte ich und deutete auf das kleine Monster, »... eine halbe Stunde durch den Gang tragen?«

»Wenn es sein muss.«

»Okay«, leierte ich herunter.

»Er ist gar nicht so schwer«, lächelte Jennifer mir glücklich zu. »Er hat ein dickes Fell«, ergänzte sie.

»Das mal gewaschen werden müsste«, sagte ich und rümpfte die Nase dabei.

Jennifer giftete mich an.

Ich schwieg und ging voraus.

»Er ist wirklich niedlich«, hörte ich Helmut sagen, der neben Jennifer ging.

»Ja«, sagte sie sanft.

Das war total unfair von Helmut. Er fiel mir in den Rücken. *Wirst schon sehen, was du davon hast*, dachte ich. *Das Viech wird auch dich beißen. Hoffentlich!* Aber das Monster blieb ruhig. Es knurrte auch dann nicht, als Helmut es kurz berührte.

Als wir an den ersten hüfthohen Öffnungen vorbeikamen, blieb ich stehen. Ich bemerkte, wie das kleine Monster unruhig wurde. Es spürte bestimmt die Nähe der Jalts. Aber wir hatten großes Glück, dass wir keinen Jalt zu sehen bekamen.

Kein Bofs zu hören.

Keine Jalts in Sicht.

Besser konnte es für uns nicht laufen.

»Hast du dir schon einen Namen für ihn überlegt?«, fragte Helmut.

»Nein«, sagte Jennifer.

Boah! Das schlägt dem Fass den Boden aus, ging es mir durch den Kopf.

»Hast du eine Idee, Bill?«, fragte Jennifer.

»Das ist doch wohl jetzt ...«, sagte ich und blieb still stehen. Als ich mich den beiden zuwandte, sagte ich: »Also, meine Geduld ist fast am Ende.«

»Was hast du denn?«, fragte Jennifer völlig naiv.

Ich blieb stumm und kochte vor Wut.

»Versteh auch nicht, was du hast«, gab Helmut von sich.

»Ach«, sagte ich zu Helmut, »wirklich nicht?«

»Nein«, brummte er mich an. »Nur weil dich das Tier gebissen hat, benimmst du dich so komisch?«

»Ich also benehme mich komisch?«, fragte ich angepisst. »Und was ist mit euch? Ihr wollt diesem Ding da, einen Namen geben?«

»Wie wäre es mit Alf?«, sagte Jennifer, ohne mich zu beachten.

»Den gibt es doch schon«, wandte Helmut ein.

»Hm«, überlegte Jennifer, »und wie wäre es mit Bodo oder Knuddel?«

»Ach ne, das passt nicht zu ihm«, schüttelte Helmut den Kopf.

»Also Leute ...«, fing ich an, »... denkt ihr nicht, wir haben Wichtigeres zu tun, als uns einen Namen für dieses Viech zu überlegen?«, sagte ich ärgerlich. »In etwa zwei Stunden gehen die Bomben hoch«, ergänzte ich.

»Da bleibt uns ja noch etwas Zeit«, winkte Helmut ab.

»Nenn ihn doch einfach Alfred«, schmollte ich und wandte mich von ihnen ab. »Los! Weiter jetzt!«, befahl ich und ging voraus.

»Der hat aber eine miese Laune«, hörte ich Helmut sagen.

»Ach, lass ihn doch meckern«, sagte Jennifer. »Ich werde ihn Alf nennen.«

»Aber ...«

»Alf ist doch ein ganz normaler männlicher Name«, erklärte Jennifer. »Ich finde der passt zu ihm.«

»Okay«, sagte Helmut. »Nennen wir ihn Alf.«

Ich warf einen kurzen Blick auf meine Armbanduhr, als wir die Tür erreicht hatten, die die Höhle und die Basis voneinander trennten. Wir waren gut in der Zeit, und uns blieben noch knappe zwei Stunden, bis zur Detonation. Ich trödelte nicht, sondern ging zügig durch die offene Tür.

Glück?

»Also, wenn diese Tür geöffnet ist«, vermutete ich, »müsste das Bofs bald geflossen kommen.«

»Ja«, bestätigte Helmut mir knapp.

»Wir sollten uns beeilen«, sagte ich.

Als ich hinter uns Geräusche hörte, spürte ich, wie sich mein Herzschlag beschleunigte. Meine schlimme Befürchtung bewahrheitete sich, als wir uns langsam den Geräuschen zuwandten.

Vier Jalts standen hinter uns. Dann brummte einer

von ihnen uns an. Darauf zischten sie alle. Ihre langen Zungen schnellten immer wieder wie bei einer Schlange hervor. Mir fielen die kleinen messerscharfen Zähne auf ihrem schmalen Kiefer ins Auge. Wieder brummte ein Jalt, und es schien mir, als wären die Jalts aus irgendeinem Grund nervös.

»Bleibt einfach ganz locker stehen und beachtet die Jalts nicht«, flüsterte ich meinen Freunden zu.

Wir waren dem rettenden Ausgang so nahe, jedoch konnten wir nicht einfach hindurchgehen. Nun in Panik verfallen, wäre keine gute Idee gewesen. Ich nahm an, dass die Jalts uns dann angreifen würden, und falls sie es nicht tun sollten, dann wären da noch die Peliptiten auf der anderen Seite, die sich über unser rasches Erscheinen so erschrecken könnten, dass sie vielleicht über uns herfallen würden. Also, hielt ich es für das Beste, erst einmal abzuwarten.

»Bleib stehen!«, ermahnte ich den Jalt, der plötzlich einen Schritt auf uns zukam.

Ich drohte dem Jalt mit meinem Lichtschwert. Er wich nicht vor mir sondern vor Alf zurück, der ihn laut anknurrte. Der Jalt kehrte sofort zu seiner Gruppe zurück, und sie standen nun dicht beisammen und zischten leise vor sich hin. Als sie sich uns wieder zuwandten, zischte Alf laut zurück. Dann knurrte er wütend und schlug die Jalts damit in die Flucht. Ich staunte und machte mir so meine Gedanken über Alf.

»Das hast du gut gemacht«, lobte Jennifer ihn.

»Na ja«, sagte ich nachdenklich. »Also, ich finde ...«

»Was hast du denn nun schon wieder, Bill?«, fuhr Jennifer mich ärgerlich an.

»Also, wenn solche Monster ...« Ich deutete auf die Stelle, an der die Jalts eben noch gestanden hatten. »... Angst vor diesem Wollknäuel haben«, sagte ich mit

Nachdruck und deutete auf Alf, den Jennifer immer noch trug. »Was für eine Bestie verbirgt sich dann hinter ihm?«

Tja, nun stutzte auch Jennifer ein wenig, und ich bemerkte, dass auch Helmut nach einer Antwort auf meine Frage suchte.

»Lasst uns gehen!«, sagte ich schließlich und betrat vorsichtig den Höhlengang.

Jennifer und Helmut folgten mir. Als ich einen kurzen Blick zur Höhlendecke warf, krabbelten dort tausende Peliptiten herum. Ich hoffte – nein, ich betete, dass Alf jetzt keinen Ton von sich gab.

»Hört ihr das auch?«, fragte Jennifer mit zitternder Stimme.

»Ja«, nickte ich, »das Bofs kommt.«

»Sollen wir rennen?«, fragte Helmut.

»Nein«, schüttelte ich schnell den Kopf, »denn falls wir einen Peliptiten dabei zertreten sollten, tja ... dann wäre ...«

»Scheiße«, fluchte Helmut. »Daran hatte ich ja gar nicht mehr gedacht.«

Er blickte aufmerksam zu Boden, damit er nicht versehentlich einen Käfer zertrat. Niemand von uns wollte einen Kampf mit diesen krabbelnden Viechern riskieren, denn uns war allen klar, dass wir dabei den Kürzeren ziehen würden.

Die Peliptiten krabbelten hektischer umher und wirkten unruhig. Anscheinend spürten sie, dass ihre Nahrung geflossen kam. Nun krabbelten sie schnell auf den Wänden und der Decke in Richtung Tür an uns vorbei. Wir hatten schon wieder Glück, denn nur vereinzelnd krabbelte ein Peliptit auf dem Boden an uns vorbei.

Das Licht, das von dem erleuchteten Gang in den

Höhlengang hineinschien, wurde schwächer je weiter wir uns von ihm entfernten. Also nahm ich einen Leuchtstab aus der Laptoptasche heraus und aktivierte ihn. Wir blieben stehen und beobachteten, wie die grüne Flüssigkeit aus der Tür herausgeflossen kam. Die Käfer hatten sich nun alle dicht am Eingang versammelt und warteten auf diesen Augenblick. Sofort stürzten sie sich von der Decke herunter, auf das fließende Bofs.

Alf blieb still. Er knurrte weder, noch zischte er. Er schmiegte sich mit dem Kopf an Jennifers Schulter an. Es lief alles glatt. Uns blieb noch genug Zeit, um das Lutek vor der Detonation der Bomben zu erreichen.

»Okay«, sagte ich. »Gehen wir weiter.«

Das Bofs erreichte uns. Es war nur noch wenig von dem giftigen Zeug übrig, so dass die Steine unter unseren Schuhsohlen nur leicht umspült wurden.

»Da vorne wird es heller«, bemerkte Helmut.

»Ja. Gleich haben wir es geschafft«, vermutete ich, und nun wurde mir bewusst, dass das Licht am Lutek die ganze Zeit über gebrannt hatte. Ich zuckte zusammen, und mir kam ein erschreckender Gedanke. Was wäre, wenn das Lutek nicht mehr genug Energie besaß, um sich starten zu lassen?

»Hast du etwas?«, fragte Helmut.

»Nein«, antwortete ich rasch und behielt meine Befürchtung für mich.

Jennifer kraulte Alf hinter den Ohren. Es gefiel ihm wohl, denn er schnurrte fast wie ein Katze. Nun sah Alf mich auch noch mit einem treudoofen Katzenblick an. Dieses kleine Mistviech hatte Jennifer einfach so um den kleinen Finger gewickelt. Ich stutzte und überlegte, und mir kam ein fürchterlicher Gedanke. War ich etwa eifersüchtig auf Alf?

»Hipp, hipp, hurra!«, schrie Helmut mir ins Ohr, als wir den unheimlichen Gang verlassen hatten und den Höhlenraum betraten, wo das Lutek stand. Das vordere Licht am Lutek war aus, aber der etwa dreißig Zentimeter breite Streifen, der um die Karosserie des Luteks verlief, leuchtet uns den Weg.

Hipp, hipp, hurra?, dachte ich. *Seine Ausdrucksweise ist manchmal ein bisschen komisch – so Altbacken.*

Ich lächelte überaus fröhlich, als Jennifer mich glücklich ansah.

»Geschafft«, jubelte ich und lächelte sie an.

»Ja«, lächelte sie zurück.

Ich beobachtete, wie Alf an Jennifer schnupperte und seinen Kopf an ihrer Wange rieb. Ich lächelte in mich hinein.

»Ist er nicht lieb?«, sagte Jennifer fröhlich.

»Vielleicht will er ja, dass du ihn fütterst«, sagte ich.

»Er hat so einen süßen Blick«, stellte Jennifer fest.

»Ja, wie eine Katze«, sagte ich darauf, »aber diese Viecher kratzen manchmal«, ermahnte ich sie.

Anscheinend hatte Jennifer die Gefahr vergessen, in der wir uns augenblicklich befanden.

»Was frisst er denn?«, fragte Helmut.

Alf rieb wieder seinen Kopf an Jennifers Wange, und ich hoffte nur, dass dies keine Taktik von ihm war, womit er seine Beute in Sicherheit wiegte, um sie dann zu fangen.

»Das ist eine gute Frage«, wandte ich mich Helmut zu. »Ich will hoffen, dass er Vegetarier ist«, ergänzte ich.

Jennifer winkte ab und sagte: »Er ist ganz lieb.«

»Ja, sicherlich«, erwiderte ich genervt. *Eines Tages bekommst du die Quittung für deine Gutmütigkeit*, dachte ich.

Das Lutek stand in greifbarer Nähe.

»Diese Dinger sollten wir nun endlich abnehmen«, schlug Helmut vor und deutete auf seine Füße.

Die Steine hatten wir immer noch unter unseren Schuhen. Helmut hob seinen Fuß hoch, lachte plötzlich und fing an zu steppen. Auch er war froh darüber, dass wir unversehrt das Lutek erreicht hatten. Wie wir sehen konnten, hatte er seinen Humor behalten. Alf starrte Helmut irritiert an, als er ihn bei seinem Stepptanz beobachtete.

»Wie findet ihr mich?«, fragte Helmut fröhlich.

So hatte ich Helmut noch nicht erlebt, aber schön, dass es auch so einen Helmut gab.

»Warte mal«, sagte ich zu Helmut, da uns noch genügend Zeit blieb. Ich hatte vor lauter Glück das brennende Licht am Lutek aus meinen Gedanken vertrieben. »Ich mache mit.« *Auf ein paar Sekunden kommt es nun auch nicht mehr an*, dachte ich.

Ich fing an zu steppen. Helmut applaudierte und sah mir zu. Jennifer protestierte und zog die Augenbrauen hoch, und Alf beobachtete mich wie ein Beutetier. Egal, ich steppte weiter. Rechts, links, rechts, links und immer schneller. Alf knurrte mich wütend an.

»Sei still«, sagte ich scharf, doch das Viech knurrte weiter, böser denn je zuvor.

»Was hat er denn?«, fragte Helmut besorgt. »Das Knurren hört sich anders an als sonst.«

»Lass ihn doch, diesen Miesepeter«, winkte ich abwertend ab, bis es plötzlich Knacks machte.

Knacks und noch einmal Knacks.

Knacks, dachte ich und hörte mit dem Steppen auf.

Ich hob vorsichtig meinen linken Fuß hoch und blickte auf einen zertretenen Peliptiten. Ich stellte meinen linken Fuß wieder ab und hob meinen rechten

Fuß hoch und sah zwei weitere platt getretene Peliptiten. Weiß der Himmel, warum diese Viecher hierher
gekommen waren. Das Bofs befand sich in der anderen Richtung.

»Mist!«, schimpfte ich.

Jennifer presste kurz die Lippen zusammen. Helmut atmete schwer durch, und Alf jaulte hell auf.

»Bill Clayton, der Peliptiten-Dancer«, sagte Helmut
höhnisch.

Aus dem Höhlengang hinter uns hörten wir ein unheimliches Schaben und Huschen.

»Sag bloß, diese Käfer kommen und sind auf Rache
aus?«, fragte Helmut skeptisch.

Nun war doch noch Panik angesagt.

»Lauft zum Lutek! Schnell!«, brüllte ich. »Gib ihn
mir«, sagte ich zu Jennifer und deutete auf Alf, aber er
knurrte mich wieder wütend an.

»Mistviech«, schimpfte ich.

»Es geht schon«, sagte Jennifer, doch dann sprang
Alf von ihrem Arm herunter.

»Bleib hier«, rief Jennifer besorgt, doch sie brauchte
sich keine Sorgen um ihn zu machen. Alf rannte zum
Lutek und hatte es schon fast erreicht, als ich Helmut
hinter mir fluchen hörte. Ich wandte mich ihm rasch
zu und sah, wie er stolperte und bäuchlings auf den
Boden fiel.

»Verdammte Steine«, fluchte er.

»Hast du dich verletzt?«, fragte ich.

»Na, wonach sieht es denn aus?«, antwortete er.

Jennifer und ich halfen ihm wieder auf die Beine,
und wir rannten weiter. Ich dachte daran, die Steine
abzunehmen, aber dadurch würden wir wertvolle Zeit
verlieren. Wir hatten diese Käfer ja schon in Aktion gesehen, als sie sich geschwind auf das Bofs gestürzt

hatten. Sie waren verdammt schnell.

Alf saß schon auf dem hinteren Sitz, als wir endlich das Fahrzeug erreichten. Jennifer kletterte nach hinten ins Lutek zu Alf, der sich sofort an sie schmiegte wie ein Schoßhündchen. Helmut nahm rasch auf dem Beifahrersitz und ich auf dem Fahrersitz Platz. Doch wir waren noch längst nicht in Sicherheit, denn dafür mussten wir erst die Höhle verlassen.

»Verflucht«, murmelte Helmut ungläubig. Und etwas lauter: »Beeil dich!« Helmut ballte die Faust. »Los! Starte endlich die verfluchte Kiste, und dann nichts wie weg von hier!«, brüllte er mich an, während er entsetzt zum mittleren Höhlengang starrte.

»Jetzt verlier mal nicht die Nerven«, fauchte ich ihn an.

Hastig schüttelte ich den Kopf: »Es geht nicht.«

»Was?«

»Vermutlich hat es nicht mehr genug Saft, um zu starten«, sagte ich.

»Mist!«, fluchte Helmut.

Jennifer war schweigsam geworden. Alf jaulte elendig und suchte Jennifers Nähe.

Als ich sah, wie unzählige Peliptiten aus dem mittleren Höhlengang herausgekrabbelt kamen und sich direkt auf das Lutek zubewegten, lief mir eine Gänsehaut über den Rücken und mein Herz rutschte mir in die Hose. Immer und immer wieder versuchte ich das Lutek mit dem Steuerhebel zu starten, aber es fuhr einfach nicht an. Sollten wir aussteigen und zu Fuß fliehen? Diesen Gedanken verwarf ich rasch, denn diese Mistviecher waren verdammt schnell, und ich befürchtete, dass wir den Ausgang nicht lebend erreichen würden.

Und was würde aus uns werden, wenn wir es nicht

versuchen würden?

Aus und vorbei.

Wir würden den Tod finden. So oder so.

Nein!

Ich weigerte mich zu glauben, dass unser Leben hier und so enden sollte.

»Verdammte Käferkacke!«, fluchte ich, ballte vor Wut die Faust und schlug mit voller Wucht auf die Instrumententafel ein. Sie bekam einen Sprung. »Los, du verfluchtes Miststück, spring endlich an!«

»Ranja«, schrie ich. »Verdammt, antworte mir!«

»**JA**«, jubelte Helmut laut, als ich nochmals den Steuerhebel betätigte und das Lutek endlich losfuhr.

»Na, geht doch«, sagte ich.

»Man muss nur feinfühlig an die Sache rangehen«, schmunzelte Helmut. »Los, gib Gas!«

Das war Rettung in letzter Sekunde. Ich raste auf den Ausgang zu. Es blieb keine Zeit mehr, um die Büsche und das Geäst vor dem Höhleneingang wegzuräumen, die wir als Tarnung davor hingelegt hatten. Sie flogen in allen Himmelsrichtungen davon; uns knallten die Äste und Blätter förmlich um die Ohren. Doch wir hatten es letztendlich geschafft, den Peliptiten zu entkommen. Sie verfolgten uns nicht weiter und blieben in der Höhle zurück.

»Also, ich kann euch sagen«, schnaufte ich laut. »**Von Höhlen habe ich die Schnauze voll!**«

Ran an den Feind!

8 Hals über Kopf fuhr ich den Berg hinunter, ohne an die Unfallgefahr zu denken. Natürlich hätte ich vom Gas gehen können, denn wir hatten noch genügend Zeit, um aus der Gefahrenzone zu fliehen, aber diese Peliptiten hatten mir so einen Schrecken eingejagt, dass ich lieber gegen den Teufel als gegen diese Mistviecher gekämpft hätte, und genau deshalb fuhr ich so rasant.

»Fahr langsamer, Bill! Oder übst du schon mal für das nächste Paris-Dakar-Rennen?«, fuhr Helmut mich scharf an. »Wir werden uns noch mit der Kiste hier überschlagen«, ärgerte sich Helmut über mich.

Er hatte vollkommen Recht. Ich fuhr viel zu schnell den steilen Berg hinunter. Einen Unfall wollte ich nicht riskieren, also ging ich vom Gas.

»Besser so?«

»Ja«, nickte Helmut mir grimmig zu.

Es dauerte noch einige Minuten, bis wir endlich unten angekommen waren, und ich das Lutek anhielt. Es war spät am Nachmittag, und die Sonne stand schon tief. Wir nahmen die Steine von unseren Schuhsohlen ab.

»Wohin jetzt?«, fragte Helmut.

»Wir haben noch etwa eine gute Stunde, bis die Bomben hochgehen«, erinnerte ich ihn.

»Okay«, sagte Helmut und atmete durch, »aber das war nicht die Antwortet auf meine Frage.«

»Ja.«

»Wie weit müssen wir denn von hier verschwinden, damit uns nichts passiert?«, fragte Jennifer.

Auch darauf hatte ich keine Antwortet parat.

»Du hast keinen Schimmer, oder?«, fragte Helmut.

Ich schüttelte nur den Kopf.

»Frag doch mal deine Schwester, wohin wir fahren sollen«, sagte Helmut prompt.

»Tja, ich bekomme keinen Kontakt zu ihr.«

»Dann solltest du dir bei der nächsten Gelegenheit mal so ein neues ... Kommunikation ... äh ... Dingsda besorgen«, sagte Helmut ärgerlich.

Ich überlegte aus welcher Richtung wir gekommen waren und wollte in die entgegengesetzt Richtung fliehen. Warum? Für einen Fluchtweg mussten wir uns entscheiden, und genau dieser Weg schien mir die richtige Entscheidung zu sein.

»Dann fahr mal los«, sagte Helmut.

Schnell schwebten wir mit dem Lutek davon und verließen die Gefahrenzone. Trotzdem verspürte ich einen Knoten in der Magengegend, der bei mir leichte Übelkeit verursachte. Ich vermutete, dass es Angst war. *Angst? Kann nicht sein. Oder doch? Sollte ich es mir besser eingestehen, dass auch ich Angst haben konnte?* Mit aller Gewalt riss ich mich zusammen und versuchte es mit einem leichten Lächeln, als Jennifer zu Alf sagte: »Keine Angst, mein lieber Freund, wir haben es bald geschafft.«

Könnte ich doch auch nur so zuversichtlich sein wie Jennifer, dann würde es mir bestimmt besser gehen. Meine Schwester wollte uns einen Tarngleiter zur Rettung schicken. Wie sollten wir ihn erkennen? War er etwa beim Anflug getarnt? Und wo genau wollte er landen? Fragen auf die ich keine Antwortet wusste. Wir waren verloren, wenn nicht noch ein Wunder geschehen würde.

Ich wandte mich Helmut zu und beobachtete, wie er eine Faust ballte und auf die Instrumententafel schlug und dabei leise fluchte.

»Entschuldigung«, sagte er, »aber ich befürchte, wir bekommen Besuch.«

Helmut deutete nach rechts. Es näherten sich uns zwei unbekannte Flugobjekte.

»Könnten das die Tarngleiter sein?«, fragte Jennifer.

Das bezweifelte ich stark, denn meine Schwester hatte nur von einem Tarngleiter gesprochen, der uns hier abholen sollte. Ich lenkte das Lutek nach links. Nun hatten wir die Raumgleiter im Rücken. Ich gab Vollgas. Trotzdem holten die Raumgleiter auf.

»Ich bediene die Strahlenwaffe da vorne«, schlug Helmut vor und deutete auf die Motorhaube. »Du drehst um und fährst ihnen entgegen«, ergänzte er schnell.

»Also, ...«

»Mach schon! Die werden uns einholen, und dann ist es aus und vorbei«, sagte Helmut.

Damit hatte Helmut wohl Recht, aber wenn ich einen direkten Angriff riskierte, musste ich damit rechnen getroffen zu werden, und als ich dabei an Jennifer dachte, wollte ich das Risiko nicht eingehen.

»Nein, viel zu gefährlich«, schüttelte ich den Kopf.

»Hast du einen besseren Vorschlag?«

»Ja.«

»Und welchen?«, hakte Helmut nach.

»Ihr steigt aus«, sagte ich entschlossen, »und ich fahre den Angriff.«

»Scheiß Idee«, fuhr Helmut mich an.

»Warum?«

»Wie willst du gleichzeitig das Lutek steuern und die Waffe bedienen? Außerdem knallen die Jennifer und mich ab wie Hasen.«

Helmut war genervt. Ich war genervt. Jennifer hatte sich noch gar nicht geäußert. Komisch!

»Was meinst du dazu, Jennifer?«, sprach ich sie an.

»Wir sollten zusammenbleiben«, sagte sie.

Na, die Antwort war ja eigentlich klar gewesen. Die Frage hätte ich mir auch sparen können.

»Viel Zeit haben wir nicht mehr«, bemerkte Helmut. »Sie holen auf.«

»Ähm, okay«, nickte ich. »Wir greifen an.«

»Na bitte«, sagte Helmut zufrieden, »das habe ich doch gleich gesagt!«

»Was hat denn Alf für eine Meinung?«, wandte ich mich kurz Jennifer zu und grinste.

Alf hob schnell den Kopf und knurrte wütend die feindlichen Raumgleiter an. Ich stutzte. Hatte er mich etwa verstanden? Blödsinn! Quatsch! Das war bloß reiner Zufall, oder?

Ich holte tief Luft, denn Widerworte oder Fluchen nützte mir in dieser Lage nichts mehr. Wir hatten uns entschlossen den Feind anzugreifen, und genau das wollte ich nun tun. Das Gelände war eben, und es gab hier keine Deckung für uns. Ich musste an die Bomben denken, und mir war durchaus bewusst, je weiter wir uns von diesem Ort entfernten, desto besser waren die Überlebenschancen, dennoch ging ich vom Gas und fuhr einen Halbkreis, dann gab es kein Zurück mehr. Wir griffen den Feind an.

»Das ist vielleicht eine Höllenmaschine«, bemerkte Helmut, als ich das Lutek beschleunigte.

»Schieß!«, befahl ich. Helmut drückte sofort auf das rote Symbol. Der Kastar-Deliter auf der Motorhaube wurde aktiviert und feuerte einen Energiestrahl ab, der geradeaus flog und in der Ferne verschwand.

»Ich dachte, das verdammte Ding visiert das Ziel automatisch an«, fluchte Helmut.

»Tja ...«, sagte ich und überlegte.

»Was soll ich jetzt machen?«, fragte Helmut hastig.

»Keine Ahnung«, gab ich zu und riss das Fahrzeug dabei nach links. Keine Sekunde zu spät, denn ein Energiestrahl schlug direkt neben uns ein.

»Schwein gehabt«, sagte Jennifer schrill. Alf jaulte wehleidig, während Jennifer ihn kraulte.

Die beiden Raumgleiter jagten über uns hinweg.

»Sie drehen und kommen zurück«, sagte Jennifer.

»Dann gebe ich mal wieder Vollgas«, sagte ich und floh vor den Feinden.

Wie konnte man bloß den Kastar-Deliter auf ein Ziel ausrichten? Kontakt zu meiner Schwester bekam ich immer noch nicht, also waren wir auf uns gestellt.

»Sie holen auf«, bemerkte Jennifer.

»Also, diese Palets gehen mir so langsam auf ...« Ich schluckte die letzten Worte herunter. Mein Fluchen war in dieser Situation nicht hilfreich.

»Ob die Strahlenwaffe per Sprachführung funktioniert?«, fragte Helmut.

»Da muss ich passen«, antwortete ich.

»Hm«, überlegte Helmut. »Das Ding muss sich doch irgendwie einstellen lassen.«

Alf knurrte leicht.

»Was hat er denn nun schon wieder?«, fragte ich.

»Weiß nicht«, antwortete Jennifer.

Alf war wieder still.

»Was passiert denn, wenn du etwas länger auf das

rote Symbol drückst?«, fragte Jennifer

»Versuch es mal!«, wandte ich mich sofort Helmut zu.

»Okay«, sagte Helmut.

»Oh«, sagte Jennifer nur.

»Was ist los?«, fragte ich schnell.

Die Antwort auf meine Frage kam prompt, als links und rechts von uns je ein Energiestrahl in den Boden einschlug und uns durchschüttelte. Steine und Dreck flogen gegen das Fahrzeug. Zum Glück hatte sich das blaue Lichtschild bei der hohen Geschwindigkeit von selbst aktiviert und sich wie ein Wagendach über das Lutek gelegt, so dass die Steine daran abprallten.

Helmut hatte immer noch den Zeigefinger auf das rote Symbol gelegt, aber es tat sich nichts. Der Kastar-Deliter blieb geradeaus gerichtet.

»Vorschläge?«, fragte Helmut und nahm den Finger vom Symbol.

Ich zog das Fahrzeug scharf nach rechts und düste wieder in Richtung Berge.

»Das schaffen wir nicht«, bemerkte Helmut.

Das war mir klar, aber mir fiel in diesem Moment kein besseres Ziel ein.

»Was ist das da?«, fragte Helmut und deutete nach links. »Nebel?«

Keine Ahnung ob es Nebel oder eine Staubwolke war, aber es bot uns ein Versteck. Schnell drehte ich nach links ab, und wir schwebten auf die Wolke zu. Die Raumgleiter folgten uns und schossen vier Energiestrahlen ab. Zwei Energiestrahlen verfehlten uns, aber die beiden anderen kamen direkt auf uns zu. Ich hatte viel zu spät mit dem Ausweichmanöver begonnen und sah, dass Helmut stumm die Lippen zusammenpresste und vor Wut mit der Faust auf das rote

Symbol schlug. Doch dieses Mal feuerte der Kastar-Deliter keinen Energiestrahl sondern vier rote Lichtkugeln ab. Sie flogen zuerst ein Stück geradeaus, dann drehten sie um und kamen direkt auf uns zu.

»Gut gemacht«, brummte ich ihn an. »Festhalten!«, befahl ich lautstark, aber ob das etwas nützen würde, bezweifelte ich stark.

Wir rechneten mit einem Treffer der Lichtkugeln, doch die Lichtkugeln flogen dicht über uns hinweg und zerstörten die feindlichen Energiestrahlen, die in einem hellen Lichtblitz explodierten.

»Na, also«, schnaufte Helmut laut. »Geht doch.«

»Kannst du das auch wiederholen?«, fragte ich.

Helmut zuckte mit den Schultern und schlug mit der Faust auf das rote Symbol. Anscheinend war es purer Zufall gewesen, dass Helmut eben die Lichtkugeln aktiviert hatte, denn bei seinem erneuten Versuch tat sich nichts. Ich wandte den Kopf nach hinten. Das schlitzäugige Gesicht Alfs blickte mich grimmig an.

»Das rote Symbol blinkt«, bemerkte Helmut, und ich wandte mich dem Symbol zu. »Drück mal drauf«, sagte ich schnell.

Als Helmut kurz den Zeigefinger auf das Symbol legte, erschien über dem Armaturenbrett ein holografischer Bildschirm, auf dem die Umgebung zu sehen war. Wir sahen, wie die feindlichen Raumgleiter uns verfolgten.

»Und jetzt?«, fragte Helmut schnell.

Wenn ich darauf eine Antwort wüsste, wären wir ein Gegner für unseren Feind, so aber blieben wir die Gejagten. Die feindlichen Raumgleiter holten schnell auf. Helmut tippte auf dem Bildschirm herum, wohl in der Hoffnung, dass er so den Kastar-Deliter steuern konnte. Fehlanzeige. Der Kastar-Deliter bewegte sich keinen Millimeter. Musste er denn überhaupt auf sein Ziel ausgerichtet werden? Eben kamen die Lichtkugeln ja auch von selbst zurückgeflogen. Was konnten wir also tun?

»Kannst du nicht schneller fahren?«, fragte Jennifer.

»Ich fahre schon mit Vollgas«, antwortete ich.

Als ich zurückblickte, sah ich mit Schrecken, wie die beiden Raumgleiter in einer Kurve von links oben auf uns zuflogen. Ich verringerte die Geschwindigkeit, und Helmut brüllte mich an: »Was machst du denn da?«

Natürlich konnte ich mein Vorhaben erläutern, aber dafür hatten wir keine Zeit. Die feindlichen Jäger trennten sich voneinander, und ich ging voll auf die Bremse.

»Wow«, schrie Helmut auf.

Alf winselte. Jennifer schwieg. Ob sie mir vertraute oder ob sie aus Angst nichts sagte, blieb im Moment ein Geheimnis. Die Jäger befanden sich im Sturzflug und wurden von meiner Aktion überrascht, so dass sie an uns vorbei düsten. Ich gab wieder Gas und folgte ihnen.

»Los!«, schrie ich Helmut an. »Hau drauf!«

Helmut zögerte zuerst, doch dann betätigte er mehrmals mit dem Zeigefinger das rote Symbol. Vier rote Lichtkugeln jagten den feindlichen Raumgleitern hinterher. Der linke Jäger zog hoch und drehte nach rechts ab. Ihm folgten drei Lichtkugeln. Der andere Jäger flog geradeaus weiter. Nun erkannten wir auch, dass es keine Staubwolke sondern eine Nebelwand war, und genau darauf hielt der Jäger zu. Er wurde von einer Lichtkugel verfolgt.

»Du Teufelskerl«, lächelte Helmut mich fröhlich an.

»Noch haben wir nicht gewonnen«, ermahnte ich

ihn.

»Trotzdem«, nickte Helmut mir zu, »werden wir den da«, er deutete nach rechts, »erwischen.«

Helmuts Optimismus konnte ich nicht teilen. Der Raumgleiter vor uns schwenkte nach rechts ab, so dass die Lichtkugel an ihm vorbeiflog und direkt auf den Nebel zuhielt, um dann in ihm zu verschwinden. Der Raumgleiter drehte ab und flog der anderen Maschine hinterher.

Wir beobachteten gespannt, wie der andere Raumgleiter immer wieder die Richtung änderte und versuchte die drei Lichtkugeln abzuschütteln. Ich fuhr dabei mit Vollgas der Nebelwand entgegen.

»Macht schon! Los! Fliegt schneller!«, feuerte Helmut die Lichtkugeln an. »Verdammt«, schrie er auf, als eine Lichtkugel von dem herannahenden Raumgleiter vernichtet wurde.

Die Maschine, die von den beiden Lichtkugeln verfolgt wurde, zog nach links weg und ging dann in den Sturzflug über, doch die Lichtkugeln reagierten und fanden schließlich ihr Ziel. Die Verfolgung endete für den feindlichen Raumgleiter in einem Feuerball.

»Erwischt«, jubelte Helmut, doch der Jubel war nur von kurzer Dauer, denn ein Raumgleiter war ja noch übrig, der eine Schleife flog und auf uns zusteuerte. Wir waren wieder die Gejagten. Und nun waren wir es, die den Energiestrahlen ausweichen mussten. Rechts von uns schlug ein Energiestrahl ein, dann hörten wir dicht hinter uns einen lauten Knall, und schließlich donnerte ein Energiestrahl genau vor uns in den Boden.

So schnell konnte ich nicht reagieren, und wir schwebten rasant über den Krater hinweg, den der Energiestrahl in den Boden gerissen hatte. Als ich jedoch das Lutek in voller Fahrt nach rechts steuerte, hätte ich fast die Kontrolle über das Fahrzeug verloren.

»Pass auf!«, schrie Jennifer.

Ich versuchte gegenzulenken, doch das Fahrzeug kippte zur Seite und überschlug sich mehrmals, bis es auf der Beifahrerseite liegen blieb. Das schützende Lichtdach erlosch. Wir waren dem Jäger ausgeliefert.

Ich hörte, wie Jennifer schwer atmete und sah, wie Helmut reglos neben mir lag. Schnell fühlte ich nach seinem Puls. Er war bewusstlos. Mir lief Blut über das Gesicht. Vermutlich hatte ich eine Kopfwunde erlitten. Als ich mich Jennifer zuwandte, sah ich, dass mich Alf mit weit geöffneten Augen ansah. Vermutlich stand er unter Schock.

»Pass auf die beiden auf«, sagte ich zu ihm. »Ich werde mich den Palets stellen.« Hatte Alf mir gerade zugenickt?

Ich krabbelte benommen aus dem Fahrzeug heraus und aktivierte sofort mein Lichtschwert. Lichtschwert vs. Laserwaffe. Das waren keine guten Aussichten. Ich stand da und wartete auf den angreifenden Jäger. Es machte nicht den Anschein, als würde er Erbarmen mit mir haben.

Drei Energiestrahlen kamen direkt auf mich zu. Keine Chance ihnen zu entkommen. Einen direkten Treffer würde ich wohl kaum überleben. Er würde mich verdampfen lassen. Mich schauderte es, und plötzlich wandte ich mich vor Schreck dem Lutek zu. Hoffentlich wurde das Fahrzeug nicht getroffen. Dann schlugen die Energiestrahlen rings um mich herum ein.

Zu meiner Verwunderung verfehlten sie mich und auch das Fahrzeug. War das Absicht? Ich wollte nicht auf die nächste Salve warten und rannte los, um die

Aufmerksamkeit auf mich zu lenken, bevor der Jäger neue Energiestrahlen abfeuerte.

In diesem Moment kam ein weiterer Raumgleiter aus der Nebelbank herausgeflogen und feuerte eine Reihe von Energiestrahlen ab. Zeitgleich hatte der Jäger einen Energiestrahl auf mich losgelassen. Ich beobachtete verwundert, wie der Jäger in einem Feuerball zu Boden ging, dann streifte mich der Energiestrahl und ich stand in Flammen. Ich bekam noch mit, wie der fremde Raumgleiter landete, dann wurde ich ohnmächtig.

Als ich die Augen wieder aufschlug, war das Feuer gelöscht, doch die Schmerzen waren unerträglich. Ich sah in ein fremdes Gesicht, doch der altmodische Anzug, den der Fremde trug, kam mir bekannt vor.

»Wer sind Sie?«, fragte ich neugierig.

»Du erkennst mich nicht?«, fragte der Fremde und lächelte mich leicht an. »Hast ja mal wieder eine tolle Show geliefert«, sagte er und schüttelte den Kopf. Die Stimme des Fremden war mir ebenfalls vertraut.

»Ich muss mich wohl bedanken«, sagte ich. »Aber, wer ...«, wollte ich fragen, und plötzlich dämmerte es mir. »Das kann doch ... nein ... Sie sind nicht ...«

»Vielleicht hilft das hier deinem Gedächtnis auf die Sprünge«, sagte der Fremde und verwandelte sich in meinen gefährlichsten Feind – **Horyet**.

Ich überdachte die heikle Situation. Wenn Horyet mich hätte töten wollen, hätte er nicht den feindlichen Raumgleiter abgeschossen und die tödlichen Flammen auf meinem Körper gelöscht. Was also hatte er vor?

»Verschone die beiden, bitte«, flehte ich ihn an.

»Was hätte ich davon?«, fragte er kühl.

»Du hast doch mich.«

Er zog die Augenbrauen hoch.

Wir sahen uns einen Augenblick schweigend in die Augen. Was hatte dieser Mistkerl vor? Wollte er mich quälen, bevor er mich tötete?

»Ich muss jetzt gehen«, sagte Horyet plötzlich. »Es ist Hilfe für euch unterwegs.«

Ich brachte kein Wort über die Lippen.

»Ihr müsst schnell von hier verschwinden«, sagte er. »Die beiden Bomben werden bald hochgehen.«

Woher wusste Horyet von den Bomben? Er wandte sich langsam von mir ab, stieg in den Raumgleiter ein, und schon bald hob der Gleiter ab und verschwand. Zurück blieb die Ungewissheit, warum er mich und meine Freunde gerettet hatte. Plötzlich sah ich, wie ein weiterer Raumgleiter aus der Nebelbank kam. Er sah anders aus als die feindlichen Gleiter. Er hatte einen ziemlich spitzen Bug, ein sehr rundes Heck und war aerodynamischer geformt. Er erinnerte mich an einen überdimensionalen Tarnkappenbomber.

Mir wurde Schwarz vor Augen. Als ich wieder zu mir kam, hörte ich Stimmen und sah links von mir fremde Leute stehen.

»Bill! Mein Gott! Bill!«, schluchzte Jennifer, die an meiner rechten Seite kniete.

Nun sah ich auch Helmut, der direkt neben Jennifer stand und so besorgt auf mich herabblickte, als würde ich die Letzte Ölung erhalten.

»Wir haben es geschafft«, sagte ich freudestrahlend.

»Ja, das haben wir, Bill«, sagte Jennifer, und Tränen liefen dabei über ihre Wangen.

»Ist halb so wild«, winkte ich ab.

Sie schwieg.

»Da ist ja auch Alf«, bemerkte ich. Er stand plötzlich neben Helmut.

»Muss mich wohl etwas heftiger erwischt haben, als

ich dachte«, bemerkte ich. »Alf knurrt mich nämlich nicht an«, ergänzte ich.

Jennifer und Helmut schwiegen dazu.

»Wer sind diese Leute?«, fragte ich.

»Es sind deine Leute«, antwortete Helmut.

Mir ging es wohl doch beschiessen. Mein rechtes Bein fühlte sich taub an. Meinen linken Arm konnte ich nicht bewegen. Meine Haut brannte so stark, als würde das Feuer immer noch darauf lodern. Mir fielen langsam wieder die Augen zu.

»Bleib bei uns, Bill! Bill!«, hörte ich Jennifer besorgt rufen. Doch je öfters sie meinen Namen sagte, desto weiter entfernte sich ihre Stimme von mir.

»Schnell, auf die Trage mit ihm!«, befahl jemand.

Dann wurde ich hochgehoben und schaukelnd weggetragen. Jennifer war immer noch an meiner Seite, denn ich hörte sie weinen. Dann hörte ich, wie jemand sagte, dass dieser Bolop nicht mitkommen konnte.

Was um alles in der Welt ist ein Bolop?, ging es mir durch den Kopf, und dann hörte ich, wie Jennifer energisch darauf bestand, dass dieser Bolop zu uns gehörte und er mitkommen musste. Es wurde heftig diskutiert und gestritten. Ich bekam allmählich mit, dass diese Auseinandersetzung Alf betraf. Er sollte wohl sehr gefährlich sein, doch Jennifer ließ sich nicht unterkriegen. Sie wollte Alf nicht seinem Schicksal überlassen. Es wäre das Todesurteil für ihn gewesen, denn niemand konnte Jennifer garantieren, dass Alf der Detonation entkommen würde. Eine zweite weibliche Stimme erklang neben mir.

Ranja, schoss es mir durch den Kopf.

Ich wollte die Augen öffnen, aber der Versuch scheiterte. Ich bekam mit, wie Ranja sagte, dass Alf mit auf

den Raumgleiter durfte. Vorausgesetzt, dass Jennifer
ihn nicht aus den Augen ließ. Ich glaubte sowieso
nicht daran, dass Alf freiwillig von Jennifers Seite
wich. Dann stutzte ich plötzlich. Wieso sprachen die
Fremden eigentlich unsere Sprache?

Was war das? Mir lief es kalt über den Rücken. Total
verrückt. Dicke Schneeflocken rieselten vom Himmel
auf mich herab. Ich trieb auf dem Rücken durch kaltes
Wasser. Ein Traum? Vermutlich. Die unerträglichen
Schmerzen verblassten allmählich. Ich ließ mich von
der Strömung treiben. Wohin? Egal. In der Ferne rief
jemand nach mir: »Bill! Nein, Bill! Nein! Bleib bei mir!
Hörst du mich? Bleib bei mir!«
Ich wollte ja bleiben, aber an diesem Ort hatte ich
keine Schmerzen mehr. Hier war alles besser für mich.
Ich trieb auf ein helles Licht zu. Es war wundervoll.
Einzigartig. Noch nie in meinem ganzen Leben hatte
ich so ein wundervolles Licht gesehen. An diesem Ort
war es still. Nur das Geräusch meines Atems war zu
hören. Es war ein schöner Platz, ein Platz, an dem ich
gerne sterben wollte. Ich möchte den Atem anhalten,
tot sein, aber da waren plötzlich die Erinnerungen an
die gemeinsamen Tage mit Jennifer, und mit einem
Mal wollte ich wieder leben.
Ich trieb weiterhin auf das wunderschöne Licht zu,
und dann sah ich zwei Personen über mir schweben.
Vater und Mutter. Ich hatte sie also gefunden. Woher
wusste ich eigentlich, dass sie es waren? Tja, ich wusste es einfach. Es gab keinerlei Zweifel für mich. Sie
waren es und lächelten mich an und sagten mir, dass
sie sich auf mich freuen würden. Ich war so glücklich,
dass ich meine Eltern gefunden hatte, und konnte es
kaum noch erwarten, bis das helle Licht mich ver-

schlingen würde.

Plötzlich schäumte das Wasser um mich herum. Ich spürte, wie mein Körper schaukelte. Ich trieb nicht mehr auf das Licht zu, sondern lag nun unbeweglich im Wasser. Mein Vater wurde zur Seite gedrängt, und meine Mutter verschwand.

»Mutter«, schrie ich. »Bleib bei mir!«

Doch meine Mutter blieb verschwunden. Passierte das hier, weil ich an Jennifer dachte und nicht mehr sterben wollte? Und in diesem Moment sah ich den Grund, weswegen hier alles aus den Fugen geriet.

»**Horyet**«, brüllte ich. »Lass mir meinen Frieden!«

Horyet war gekommen, vertrieb erst meine Mutter und dann meinen Vater, und danach knipste er das wundervolle Licht aus.

»Ich werde dich ...«, sagte ich wütend.

»Du hast noch eine wichtige Aufgabe zu erledigen, Andor«, unterbrach Horyet mich energisch. »Du wirst diese Welt noch nicht verlassen. Jetzt noch nicht!«

Horyet schwebte zuerst über mir, dann lag er neben mir im Wasser und wandte sich mir zu: »Du wirst um dein Leben kämpfen«, sagte er. »Und wehe du stirbst hier, dann werde ich zu dir kommen, und ich schwöre dir, es wird die Hölle für dich sein.«

Warum wollte dieser Mistkerl, dass ich am Leben blieb? Ich hasste es, ihm etwas schuldig zu sein.

Ich zuckte zusammen, schlug die Augen auf und lag auf einem sterilen Tisch. Über mir sah ich verhüllte Gesichter, die mich irritiert anstarrten.

»Er ist bei Bewusstsein«, sagte jemand.

»Schnell, gebt ihm das ...«

Ich verlor wieder das Bewusstsein.

Tausend Tode sterben

9 Das war doch alles Kokolores, als ich wieder auf der Wasseroberfläche trieb und flehend Ausschau nach dem wundervollen Licht hielt.

Ich erinnerte mich an Jennifers zartes Gesicht, das vor Schreck völlig erstarrt war, als sie meine schweren Verletzungen gesehen hatte. Jennifer hatte wohl nicht damit gerechnet, dass einem von uns jemals so etwas hätte passieren können. Das war halt Schicksal. So war es nun mal.

Ich erinnerte mich, dass ich aus meiner Ohnmacht kurz aufgewacht war und gesehen hatte, wie ich auf einem Tisch lag und sich Ärzte um mich gekümmert hatten. Vielleicht war die Krankenstation auf diesem Raumschiff so weit entwickelt, dass die Ärzte in der Lage waren, mein Leben doch noch zu retten. Ob mein Körper sich von selbst heilen konnte, bezweifelte ich.

Ich erinnerte mich plötzlich daran, dass ich gehört hatte, wie jemand über mein rechtes Bein sagte, dass wohl sämtliche Knochen zertrümmert waren. Nun gut, hätte ich nur diese Verletzung, wäre mein Leben nicht in Gefahr, aber da war noch mein linker Arm, den ich nicht mehr spürte. Er war mehrfach gebrochen und hatte eine tiefe Wunde, aus der viel Blut geflossen war, bevor er von meinen Leuten verarztet wurde. Ich hatte von einem grauhaarigen Mann gehört, als er die

Wunde am Arm mit einem technischen Gerät heilte, dass ich wohl soviel Blut verloren hatte, dass sofort Blutplasma in der Krankenstation für mich bereit gestellt werden sollte. Na ja, würde ich jetzt von einem Vampir angegriffen werden, hätte er wohl keine Freude an mir.

Doch die meisten Sorgen machten mir die schweren Verbrennungen. Würden die Ärzte meine Haut heilen können? Was mich daran stark zweifeln ließ, war die Bemerkung einer jungen Frau, die gesagt hatte, dass meine Haut an vielen Stellen bis zur Unkenntlichkeit verkohlt war und dass eine Operation sehr aufwendig sein würde.

Bevor ich auf eine Trage gelegt wurde, wurden zwei Schläuche an mir angeschlossen, die an ein tragbares Gerät führten. Zu guter Letzt setzte jemand mir noch einen Helm auf. Was sollte denn dieser Schwachsinn? Ich hatte doch nicht vor, Moped zu fahren. Moped? Was waren das für bescheuerte Gedanken? Vielleicht war der hohe Blutverlust dafür verantwortlich.

Auf einmal spürte ich einen rasenden Schmerz in meinem linken Bein und schlug die Augen auf. Mein Bein war der Länge nach aufgeschnitten und Ärzte entnahmen ihm die zertrümmerten Knochen. Ich wollte laut schreien, mich bewegen und bemerkbar machen, doch die Ärzte waren mit der Operation so sehr beschäftigt, dass sie nicht mitbekommen hatten, dass ich aufgewacht war.

Horror.

Ich hörte, wie ein Arzt sagte, dass jemand ihm den neuen Oberschenkelknochen reichen sollte. Ich bekam noch mit, dass dieser neue Knochen aus meiner DNS regeneriert worden war und dass es wohl so aussah, dass diese Operation gut verlaufen würde.

Wow!

Der rasende Schmerz klang ab, und ich schloss die Augen, und kurze Zeit später trieb ich wieder auf der Wasseroberfläche. Was hatte es mit dem Wasser bloß auf sich? Konnte ich nicht irgendwo an einem Strand sitzen und den Sonnenuntergang genießen. Nein, ich musste auf dem kalten Wasser treiben.

Doch dann trieb ich plötzlich nicht mehr auf dem Wasser. Ich ging unter. Das war mir egal. Obwohl die Ärzte mein rechtes Bein erfolgreich operiert hatten, machte ich mir keine Hoffnung, dass sie den hohen Blutverlust ausgleichen konnten.

Eine Hand tauchte über mir auf, und die langen Finger dieser Hand bohrten sich erbarmungslos in meine Brust. Ich war fest davon überzeugt, dass mir jemand das Herz herausreißen wollte. Ich wollte die Hand mit allen Mitteln abwehren, doch zu meiner Verwunderung zog sie mich aus der Tiefe heraus, bis ich wieder auf der Wasseroberfläche trieb.

»Was habe ich dir gesagt?«, fuhr Horyet mich scharf an. »Hast du meine Drohung etwa vergessen?«

»Nein«, flüsterte ich. »Lass mich in Ruhe!«, ergänzte ich etwas lauter.

»Hör mir mal zu, Andor!«, blaffte Horyet mich an. »Reiß dich endlich zusammen! Du bist die Hoffnung für dein Volk.«

»Was interessiert das dich?«, fuhr ich ihn an.

»Wenn die Palets besiegt sind, ist es mir egal, wenn du aufgeben und dein Leben wegwerfen willst«, sagte Horyet seelenruhig. »Aber jetzt stirbst du mir nicht!«, fauchte er mich an und verschwand.

Schon wieder hatte er mich vor dem Tod bewahrt. Verdammt. Schon wieder war ich ihm etwas schuldig.

Ich hörte Stimmen. Jemand sagte, dass mein linker

Arm geheilt wäre und die Bluttransfusion bald abgeschlossen sein würde. Ich wollte jubeln und aus meiner Traumwelt erwachen und mit eigenen Augen sehen, was die Ärzte für Wunder an mir vollbracht hatten, es gelang mir nicht. Ich trieb auf dem Wasser und starrte in den blauen Himmel. Hinter mir schien die Sonne.

Ich sollte mit meiner Situation zufrieden sein. Ich lag zwar nicht an einem Sandstrand, aber dafür war herrlichstes Sommerwetter, und ich war noch am Leben. Ich schöpfte Hoffnung, dass ich Jennifer bald gesund wiedersehen würde. **Brr**, wenn das Wasser bloß nicht so kalt wäre.

Doch da war noch meine verbrannte Haut. Eine Salbe würde keine Heilung bringen. Es mussten eher ganze Hautpartien transplantiert werden. Wie lange konnte ich mit dieser verbrannten Haut überhaupt überleben? Hatten die Ärzte auf dem Raumschiff die Möglichkeit, mir eine neue Haut zu transplantieren? Woher sollten die Ärzte die Haut nehmen? Fragen auf die ich keine Antwort wusste, dann überlegte ich.

Hoffnungsschimmer – DNS.

Vielleicht bestand ja auch die Möglichkeit, meine Haut zu reproduzieren. Ich erwachte und bekam mit, wie mein nackter, waagerecht liegender Körper von einer ultravioletten Lichthülle umgeben war. Dann bemerkte ich, dass ich nicht mehr auf einem Tisch lag, sondern an Seilen aufgehangen war. Was war los? Ich beobachtete meine verbrannte Haut und stellte fest, dass sie heilte. Ich schrie auf, als eine Nadel in meine Wirbelsäule und anschließend eine Nadel in meine Lunge gestochen wurde.

Das hatte verdammt wehgetan. Seltsam war aber, dass ich keinerlei andere Schmerzen verspürte. Meine verletzte Haut musste mir doch höllische Schmerzen bereiten. Dann wurde mir klar, dass ich bestimmt Schmerzmittel erhalten hatte. Aber warum hatte ich dann die Einstiche der Nadeln gespürt?

So eine Kacke! Ich sollte besser die Augen wieder schließen und schlafen. Doch ich wandte behutsam den Kopf nach links, dann nach rechts. Niemand war zu sehen, dem ich hätte Fragen stellen können, und Fragen hatte ich viele. Hoffentlich gab es in dieser Welt nicht auch so einen Fachkräftemangel wie in Deutschland und zu wenig Pflegepersonal. Pah! Blödsinn. Der sterile Raum war nicht groß. Die Wände waren silbrig. Es gab weder Fenster noch Türen. Irgendwie kam ich mir vor, als würde ich in einem großen Sarg liegen und auf das Ende warten.

Meine Haut regenerierte sich indessen weiter und würde bald wieder so gut wie neu sein. Wieder stach mir eine Nadel in den Rücken. Was sollte der Scheiß? Wollte man meine Haut heilen und mich gleichzeitig erstechen?

Töricht von mir.

Vermutlich verabreichte man mir Medikamente, die meine Schmerzen lindern oder die Regeneration meiner Haut beschleunigen sollten. Ich brach die Gedanken ab und ließ das Piksen über mich ergehen.

Sollte ich meine Augen wieder schließen? Nein. Ich würde dann sehr wahrscheinlich wieder im Wasser treiben, das wollte ich mir keinesfalls mehr antun.

Auf jeden Fall wusste ich, dass Ranja den Befehl gegeben hatte, Pelos zu verlassen. Wir waren also außer Gefahr. Ob die beiden Bomben schon detoniert waren? Hatten sie großen Schaden angerichtet? Oder hatten sie für genügend Ablenkung gesorgt, dass die feindliche Basis angegriffen werden konnte?

Ich sollte brüllen, sollte toben, so dass endlich mal jemand zu mir kam, dem ich all diese Fragen stellen konnte. Die Ungewissheit war nur schwer zu ertragen.

Jennifer und Helmut waren zum Glück nicht verletzt worden. Aber wo waren sie? Wie ging es ihnen? Wie ging es Alf – dem Bolop? Bolop? Wer hatte sich denn so einen bescheuerten Namen ausgedacht? Ich wollte gerade schreien, da stieß jemand eine Nadel in mein Ohr, und Sekunden später trieb ich wieder auf dem Wasser.

Nun war ich überzeugt, dass man mich nicht heilen sondern piesacken wollte. Okay, ich war ungerecht zu meinen Rettern. Ich sollte ihnen dankbar sein, dass ich noch am Leben war.

Ich hatte keine Lust mehr, mich auf dem Wasser treiben zu lassen, doch untergehen wollte ich auch nicht, denn dann würde Horyet garantiert wieder erscheinen und mir beistehen. Ich wäre ihm wieder etwas schuldig – nein, das wollte ich auf gar keinen Fall.

Dann dachte ich an Helmut und daran, wie er mit dem Auto einen Palet angefahren hatte, der mit einer Strahlenwaffe auf mich schießen wollte. Helmut hatte mir damit das Leben gerettet. Dann war er in das Basrato hineingefahren, obwohl er nicht wusste, ob er jemals zur Erde zurückkehren konnte. Ich hatte Helmut immer noch nicht gefragt, ob er verheiratet war und Kinder hatte. Wir hatten schon sehr viel gemeinsam erlebt, dennoch wusste ich quasi nichts von ihm. Ich musste unbedingt mal mit Helmut ein Bier trinken gehen, damit ich all diese Dinge von ihm erfuhr. Oder gab es Gründe, dass er nur wenig von seinem Privatleben preisgab? Egal, irgendwann musste ich auf dieses Thema zu sprechen kommen.

»Sein Herz versagt«, hörte ich eine Frauenstimme

neben mir sagen. Die Frau schien sehr besorgt um mich zu sein.

»Schnell«, schrie ein Mann. »Den Schocker.«

»Jule holt ihn gerade.«

»Beeilung!«

»Ja.«

Schocker? Hört sich nicht gut an. Diese Panik galt also mir, und es sah im Augenblick so aus, als ob ich dem Tod doch noch ins Auge sehen sollte. Es wurden kleine Saugnäpfe an mir angeschlossen.

»Schocker an!«

Ich wollte die Zähne zusammenbeißen, weil ich mit einem gewaltigen Stromstoß gerechnet hatte, doch ich konnte es nicht tun. Warum? Ah, natürlich, weil ich sehr wahrscheinlich tot war.

»Nochmal.«

Der erste Versuch hatte wohl nichts gebracht.

»Schocker an!«

Ich spürte gar nichts. Konnte ich denn überhaupt an einem Herzversagen sterben?

»Schocker an!«, erklang wieder dieselbe Stimme.

Anscheinend ja, denn sonst würde man sich nicht solche Mühe geben. Mein Leben war also zu Ende, und dennoch war ich bei klarem Verstand. Wie war das möglich? Scheiße, ich wurde noch total verrückt. Ich musste auf jeden Fall aus dem kalten Wasser heraus, bevor ich eine Erkältung bekam. Was war das denn für ein eigenartiger Gedanke? Im Angesicht des Todes dachte ich an eine Erkältung.

»Er schafft es nicht«, hörte ich eine andere Stimme sagen.

»Nochmal. Schocker an!«

»Ah«, schrie ich auf, als Horyet plötzlich neben mir im Wasser schwamm.

Dieser Kerl gab wohl nie auf.

»Verdammt, Andor«, blaffte er mich an. »Du kratzt mir nicht ab.«

»Natürlich nicht«, sagte ich. »Warum sollte ich das tun?«

Horyet sah mich streng an.

»Ich habe Zahnschmerzen«, jammerte ich.

»Was?«, fragte Horyet verstört und ließ sich neben mir im Wasser treiben.

»Zahnschmerzen«, wiederholte ich.

»Bei Zahnweh kommt die Zahnfeh«, lächelte er mich blöde an.

»Weißt du was, Horyet? Auf diesen Satz, da scheiß ich was!«

»Du wirst schon nicht an Zahnweh sterben«, grinste er mich spöttisch an, »aber an einem Herzversagen schon.«

Plötzlich bekam ich einen Schrecken, als ich dran dachte, dass ich Jennifer nicht mehr wiedersehen würde.

Aus und vorbei.

Tod.

Für immer und ewig.

»Dann tu etwas dagegen«, schnauzte ich Horyet an.

»Warum sollte ich?«

»Mach schon!«

Horyet hatte mir in der letzten Zeit mehrmals das Leben gerettet. Warum kniff er jetzt?

»Aber ...«, versuchte ich ein Argument zu finden, dass Horyet antreiben sollte, mein Leben doch noch zu retten.

Warum grinste er mich so doof an?

»Tod bist du mir lieber«, sagte er kühl.

»Ja, aber ...«

Sprachlos trieb ich im Wasser und war zu keiner Bewegung fähig. Horyet war schweigsam geworden und ließ sich ebenfalls von der Strömung treiben. Was würde aus Jennifer werden, wenn ich hier und heute abkratzen sollte? Würden meine Leute sie und Helmut wieder zur Erde bringen? Besaßen sie überhaupt die Möglichkeit dazu? Oder würden beide mitten in einem furchtbaren Krieg ihr Ende finden? Ich hatte eine Wut im Bauch – auf mich, denn ich hatte Jennifer und Helmut erst in diese verflixte Lage gebracht.

Meine Augen fielen zu. Nein, ich durfte auf gar keinen Fall einschleifen. Nur mit Mühe konnte ich sie wieder öffnen. Ich blinzelte leicht, als ich in den klaren Himmel blickte.

Liebe, ging es mir schlagartig durch den Kopf. *Ich liebe Jennifer, und nun habe ich keine Möglichkeit mehr, ihr meine Liebe zu gestehen.*

Ich hob leicht den Kopf. Es gab nur einen Weg für mich, am Leben zu bleiben – Lebenswille. Ich hatte ihn verloren und musste ihn wiederfinden. Und meine Gedanken an Jennifer gaben ihn mir langsam zurück. Ich durfte noch nicht sterben – jetzt noch nicht.

Mein Atem ging schwerfällig, und als ich mich Horyet, diesem Idioten, zuwandte, grinste er mich nur blöde an. Von ihm konnte ich keine Hilfe erwarten. Das Atmen fiel mir immer schwerer, und plötzlich schnappte ich nach Luft wie ein Fisch, der aus dem Wasser genommen wurde. Ich trieb also sterbend auf dem Wasser. Der Himmel war wolkenlos. Horyet trieb immer noch neben mir und atmete laut, und trotzdem bekam ich keine Luft mehr.

»Herrlich, diese frische Luft«, schwärmte Horyet mir vor. »Und wie findest du sie?«

Ich würde elendig ersticken, und das Letzte, das ich

zu sehen bekommen würde, war die hässliche Visage von Horyet. Das hatte ich nicht verdient.

»Wo ist dein Lebenswille?«, hörte ich Horyet sagen, als ich mich dem Himmel zugewandt hatte. Hoffte ich etwa, dass ein Engel von dort oben herabkommen und mich ins Leben zurückgeleiten würde.

»Schon gut«, sagte Horyet. »O-kay«, murmelte er. »Ich dachte du wärst ein Mann – ein Kämpfer. Du bist ein Weichei, Andor«, warf er mir an den Kopf.

Horyet war eine Nervensäge. Ich wandte mich ihm zu. Im Angesicht des Todes sah ich nicht nur sein dämliches Gesicht, sondern musste mir auch noch einen weiteren doofen Spruch von ihm anhören.

»Bereit ins Leben zurückzukehren, Andor?«, fragte Horyet mich mit einem fiesen Lächeln, das ich ihm am liebsten aus dem Gesicht geschlagen hätte.

Mir wurde schwindelig, und langsam fielen meine Augen zu. Dann sah ich blitzschnell eine gewaltige Faust auf mich zukommen. Horyet verpasste mir einen Schlag mitten in die Fresse. Was sollte denn das? Dieser Mistkerl sollte mein Herz massieren, mich sanft aufwecken oder mich mit einem leichten Stromstoß ins Leben zurückholen, stattdessen verpasste er mir einen weiteren Schlag mitten ins Gesicht.

»Du Scheißkerl«, beschimpfte ich ihn laut.

Ich hätte ihm auch gerne einen Schlag verpasst, doch meine Glieder waren steif wie bei einem Toten.

»Fühlst du dich schon besser?«, fragte Horyet.

Horyet ließ sich nicht abringen und schlug weiter auf mich ein wie ein Besessener. Wieder und wieder traf mich ein Schlag voll auf die Zwölf. Aua, das tat weh. Doch anstatt k. o. zu gehen, erwachten meine Lebensgeister, dennoch kochte ich vor Wut und wollte zurückschlagen, doch meine Glieder waren immer noch steif.

»Ich hoffe, du nutzt jetzt deine Chance, Andor, und bleibst am Leben!«, sprach er eindringlich auf mich ein, und als Horyet nochmals zuschlug, flog ich mit dem Rücken auf einen harten Boden und schrie aus voller Kehle: »Du verdammter Schweinehund.«

Ich war orientierungslos. Wo war ich? Wo war das Wasser?

»Er lebt.«

»Ja.«

»Helft ihm! Schnell!«

»Den Schocker her!«, rief jemand.

»Lass das Ding bloß wo es ist, sonst verpasse ich dir einen Kinnhaken, der sich gewaschen hat«, brüllte ich wütend drauf los.

Ich lebte, jubelte ich im Stillen, und lag nackt in einem Raum, umgeben von Männern und Frauen. Eine Frau mit auffällig grünen Augen kontrollierte meine Pupillen, während ein Mann, mit einem kleinen Gerät, Messungen an mir durchführte.

Und wieder einmal war ich dem Tod entkommen.

Und wieder einmal hatte Horyet mich gerettet.

Und wieder einmal war ich diesem Mistkerl etwas schuldig.

Aus der Ferne heimgekehrt

10 Gott, der Herr über Leben und Tod, doch in meinem Fall war der Herr über mein Leben Horyet gewesen.

Es war ein hervorragend ausgerüsteter Tarngleiter, der uns auf Pelos aufgenommen hatte. Von Jana, einer Ärztin, hatte ich erfahren, dass dieser Tarngleiter auf dem neusten Stand der Technik war. Der Gleiter hatte vier Rettungskapseln, ein Lande- und Wasserfahrzeug, sowie eine vorzügliche Bewaffnung an Bord. Die Crew bestand aus einem Captain, zwei Piloten, vier Ärzten und drei weiteren Besatzungsmitgliedern. Ich war gerade mit Jana auf dem Weg zu Jennifer und Helmut, die im Heck des Schiffes eine Unterkunft bekommen hatten.

Jana hatte ich es auch zu verdanken, dass sich meine Haut so schnell regenerieren konnte. Dafür hatte ich mich von ihr auch genügend piksen lassen müssen. Sie war sehr hilfsbereit, sehr nett, und, ich muss zugeben, die kleinen Grübchen, die sich beim Lächeln in ihrer Wange bildeten, empfand ich als durchaus hübsch.

»Hier entlang«, sagte Jana und bog rechts in einen Gang ab.

»Okay«, nickte ich.

Jana besaß braune, halblange Haare, die zu einer

glatt fallenden Frisur geschnitten waren. Ihre Lippen waren schmal, und als ich sie ansah, fielen mir ihre großen blauen Augen auf.

»Wie geht es Ihnen?«, fragte sie und musterte mich kurz.

»Äh ...«, fing ich an zu stottern, »... es geht mir eigentlich ganz gut«, sagte ich. »Ich habe nur noch leichte Gliederschmerzen«, ergänzte ich.

»Ihr Körper ist kräftig und durchtrainiert, und ihre Selbstheilkräfte sind ganz hervorragend«, sagte Jana. »Sie werden schnell ganz gesund werden.«

Ich bemerkte, wie die Röte mir ins Gesicht stieg und dachte daran, dass Jana mich nackt gesehen hatte. *Gliederschmerzen. Peinlich. Oder?*, dachte ich. *Hätte ich besser Gelenkschmerzen sagen sollen?* Gut, Jana war eine Ärztin, aber trotzdem war es mir peinlich. Nun ja, ich sollte mir den Kopf nicht weiter darüber zerbrechen. Ich hatte ja schließlich von Gliederschmerzen und nicht von Gliedschmerzen gesprochen. Von Jana hatte ich eben erfahren, dass wir auf dem Weg nach Larg, meinem Heimatplaneten, waren. Endlich kam ich wieder nach Hause. Obwohl ich immer noch nicht genau wusste, wie mein Zuhause eigentlich aussah.

»Wo ist Ranja?«, fragte ich wieder. »Warum darf ich nicht zu ihr?«

»Sie ist der Captain und auf der Brücke und wird dort gebraucht«, antwortete Jana ruhig. »Sie wird Sie empfangen, wenn wir auf Larg gelandet sind.«

»Okay«, nickte ich.

»Nervös?«, fragte Jana und sah mir zu, wie ich mit den Fingern spielte.

»Ein wenig«, gab ich zu.

»Ihre Freunde werden sich freuen, Sie gesund und munter zu sehen«, sagte sie.

Ich lächelte sie leicht an.

»Da vorne ist es«, sagte Jana und deutete auf eine Tür.

»Ich lasse Sie jetzt allein«, sagte Jana freundlich und verabschiedete sich von mir mit einem Nicken.

»Danke für alles«, sagte ich.

Sie lächelte mich leicht an, und ich betrachtete mir ihre hübschen Grübchen.

»Auf Wiedersehen, Andor«, sagte sie noch.

»Auf Wiedersehen«, erwiderte ich.

Nun trennte mich nur noch diese Tür von Jennifer und Helmut, jedoch zögerte ich, die grüne Schaltfläche rechts neben der Tür zu berühren.

»Okay«, murmelte ich, und nach einigen Sekunden glitt die Tür lautlos nach links.

Jennifer und Helmut standen rechts von mir und hatten ihren Blick auf einen Wandbildschirm gerichtet, auf dem ein Film lief, in dem eine futuristische Stadt gezeigt wurde. Ob das meine Heimat war? Die beiden hatten mich nicht bemerkt. Ich trat leise ein. Die Tür schloss sich wieder. Alf, der links neben Jennifer stand, wandte sich plötzlich mir zu.

»Pscht«, machte ich leise und legte den Zeigefinger dabei auf meine Lippen. Alf wandte sich wieder dem Bildschirm zu.

»Ob Bill wieder ganz gesund wird?«, fragte Jennifer besorgt.

»Natürlich«, sagte Helmut und griff nach ihrer Hand. »Ganz bestimmt wird er das«, ergänzte er sanft.

Sie machten sich Sorgen um mich. Sollte ich mich bemerkbar machen? Doch ich verfolgte den Film und bewunderte die schöne Stadt. Es gab runde und eckige Gebäude. Überall flogen Raumgleiter herum, über und zwischen den Gebäuden. In Bodenhöhe gab es auch eine Art Schwebebahn.

»Taxi gefällig?«, sagte ich laut und sah, dass Jennifer zusammenzuckte. Jennifer und Helmut wandten sich mir zu, und ich grinste: »Haltet ihr etwa Händchen?«

Helmut lachte fröhlich. Alf stand nur da und sah mich irgendwie gelangweilt an.

»Da bin ich nur mal kurz fort, und du machst dich schon an meine Freundin heran«, sagte ich zu Helmut, der daraufhin Jennifers Hand losließ.

»Bill«, sagte Jennifer. »Du bist gesund?«

»Na ja, so fast«, sagte ich.

»Schön«, lächelte Helmut glücklich.

Jennifer kam schnell auf mich zu.

»Ich freue mich, dass du ...«, sie brach ab und gab mir einen Kuss.

Wow.

Ich wehrte mich nicht, sondern erwiderte ihren zärtlichen Kuss.

»Entschuldigung, Bill«, sagte sie verlegen und trat einen Schritt zurück.

Helmut kam und gab mir freudig die Hand. »Schön, dass es dir wieder besser geht«, sagte er frohgelaunt. »Einen Kuss kriegst du von mir aber nicht«, lächelte er mich an und drückte mich kurz an sich.

»Hast du deine Schwester schon gesehen?«, fragte er dann.

»Noch nicht«, schüttelte ich den Kopf. »Sie ist auf der Brücke.«

So stand ich nun quicklebendig vor den beiden, die natürlich wissen wollten, wie es den Ärzten gelungen war, mein völlig demoliertes Bein und meine bis zur Unkenntlichkeit verbrannte Haut zu retten. Gut, ich humpelte noch ein bisschen mit dem rechten Bein, aber es war schon erstaunlich, wie gut ich es schon be-

168

wegen konnte.

Jennifer trat an mich heran und betrachtete mein Gesicht und meine Arme und staunte, dass keinerlei Brandnarben auf der Haut zu erkennen waren.

»Wie ist es möglich, dass alles so schnell verheilt ist?«, fragte Jennifer. Ich konnte ihr ansehen, dass sie es nicht so recht glauben konnte, dass ich wohlauf vor ihr stand.

Nun staunte ich, als ich von ihr erfuhr, dass wir erst fünf Stunden mit dem Tarngleiter unterwegs waren. Eigenartig, mir kam die Zeit auf der Krankenstation eher wie Tage vor.

»Schön dich wieder bei uns zu haben«, sagte Helmut nochmals.

Ich wusste ja bereits von Jana, dass wir nach Larg unterwegs waren, aber ich hatte vergessen zu fragen, wie lange die Reise dauern würde, also stellte ich die Frage nun Jennifer und Helmut.

»So um die acht Stunden«, antwortete Helmut.

»Dann haben wir ja noch etwas Zeit«, sagte ich.

Der Raum war nicht groß, aber nett eingerichtet. Er besaß eine Sitzecke mit vier Sesseln, auf einem Sessel lag meine Laptoptasche, und eine Theke auf dem drei leere Teller standen. Anscheinend hatten Jennifer, Helmut und Alf eine Mahlzeit bekommen. Außerdem standen noch zwei blaue Becher auf der Theke. Die vier Metallhocker hatten eine hohe Lehne und luden zum Verweilen ein. Ich hatte auch Kohldampf, aber mich hatte niemand von der Crew gefragt, ob ich etwas Essen wollte. Mir fielen die schneeweißen Wände ins Auge. Ich persönlich hätte sie farbiger gestaltet. Was war das da für ein Gerät in der Wand? Als ich Jennifer darauf ansprach, erfuhr ich, dass es ein Nahrungsreplikator war, der Nahrung und Getränke erzeugte.

Da fackelte ich nicht lange, trat an den Nahrungsreplikator heran und wählte auf dem Display einen blauen Becher und ein Essen aus. Ich schnappte mir den Teller und den Becher und nahm auf einem Hocker Platz. Jennifer setzte sich rechts von mir und Helmut links von mir auf einen Hocker.

Alf wandte sich vom Bildschirm ab und sprang auf den leeren Hocker neben Jennifer. Als er saß, kraulte Jennifer ihn kurz am Nacken.

»Dann mal guten Appetit«, sagte Helmut.

»Danke«, erwiderte ich und trank einen Schluck. Das Getränk schmeckte erfrischend und erinnerte mich an Orangenlimonade.

Das Essen war eher spärlich, ein grünes Püree, ein kleines Stück Fleisch und etwas Salat. Wenn ich nach dem Essen noch Hunger haben sollte, konnte ich mir ja noch etwas holen.

Jennifer fragte mir Löcher in den Bauch. Ich erzählte von meiner Heilung und wie ich immer mal wieder aufgewacht war. Meine Begegnung mit Horyet fesselte Jennifer und Helmut so sehr, dass sie zwischendurch keine Fragen mehr stellten.

»Wow, eine tolle Stadt«, bemerkte ich und deutete auf den Bildschirm.

»Ja, das ist Xelvior, die Hauptstadt von Larg«, sagte Jennifer.

»Pass mal auf, Bill!«, sagte Helmut und wandte sich geschwind dem Bildschirm zu. »Programm ändern. Zeige die Außenansicht.«

Auf dem Bildschirm erschien ein Sternenhaufen und etwas später eine rot glühende Sonne, an der wir vorbeiflogen. Alf blickte kurz zum Bildschirm, aber scheinbar interessierte es ihn nicht besonders.

»Super. Was?«, sagte Helmut.

»Ja.« Ich war begeistert. »Wieso versteht das Ding denn unsere Sprache?«, stutzte ich.

»Es hat einen Kommunikationsübersetzer ... oder so etwas in der Art«, erklärte Helmut. »Und wir haben so ein provisorisches Übersetzungsmodul bekommen.« Helmut deutete auf ein dünnes, silbernes Plättchen in seinem Nacken.

Ich trank meinen Becher aus, während mein Blick auf den Bildschirm gerichtet war.

»Einfach überwältigend«, schwärmte ich.

Alf jedoch ließ sich lieber von Jennifer kraulen.

Wir flogen auf einen riesigen Planeten zu, das machte mir ein wenig Angst. Je näher wir dem Planeten kamen, desto größer wurde meine Angst, die ich mir aber nicht anmerken lassen wollte.

»Ich hoffe, dass der Pilot weiß, was er tut«, sagte Jennifer.

»Ich hole mir noch etwas zu trinken«, sagte ich und nahm den Blick vom Bildschirm. »Wollt ihr auch noch etwas?«

»Nein danke!«, sagte Helmut.

»Ja«, sagte Jennifer. »Ich nehme mal einen grünen Becher.«

»Okay«, sagte ich und wählte auf dem Bildschirm einen grünen und einen klaren Becher aus, die sofort ausgegeben wurden, und überreichte Jennifer den grünen Becher.

Dann wählte ich noch ein Essen für mich aus. In dem klaren Becher war Wasser. Das Getränk in dem grünen Becher schmeckte nach Ananas. Wir flogen immer noch auf den riesigen Planeten zu. Irgendwie ging mir der Vorbeiflug an die Nieren, denn der Tarngleiter kam verdammt dicht an den Planeten heran.

Wir sahen hohe Berge und tiefe Täler, sowie einen gigantisch grünen Ozean mit Riesenwellen. Dann hatten wir es geschafft und den Planeten passiert, das Schiff flog nun auf einen kleineren Planeten zu, der von hier oben so ähnlich aussah wie die blaue Erde.

»Ja, das ist Larg«, sagte ich.

»Woher weißt du das?«, fragte Jennifer.

»Ich erkenne ihn«, sagte ich. »Der Heilungsprozess hat scheinbar auch viele meiner verlorenen Erinnerungen zurückgeholt.«

Ich hatte die Hoffnung schon aufgegeben, jemals wieder meine Heimat zu sehen. Was mochte sich während meiner Abwesenheit alles verändert haben?

»Habt ihr eigentlich noch gesehen, wie die Bomben detoniert sind?«, fragte ich und steckte mir den letzten Bissen von meinem Essen in den Mund.

»Ja«, nickte Helmut mir zu, »es gibt eine Aufnahme davon.«

»Kann man sie abspielen?«, fragte ich interessiert.

»Natürlich«, antwortete Helmut und grinste breit.

»Mach es nicht so spannend, Helmut«, sagte ich und sah nun Jennifer flehend an. Sie sagte mit belegter Stimme: »Programm ändern. Zeige die Detonation auf Pelos.«

Alf jaulte jämmerlich, als Pelos auf dem Bildschirm erschien. Dann wurde der Berg eingeblendet, in dem sich die Höhle befand, in der wir Unterschlupf gefunden hatten.

Nun wurde der Tarngleiter eingeblendet, der auf Pelos gelandet war, und ich hörte, wie ein monotones Warnsignal erklang. Die Crew eilte zum Tarngleiter, der sich kurz darauf mit rasender Geschwindigkeit von Pelos entfernte.

Nun wurde die Planetenoberfläche eingeblendet.

Plötzlich riss der Boden um den Berg herum auf, und eine Feuersbrunst jagte aus der Erde heraus. Die Feuerwalze fegte über den ebenen Landstrich hinweg und zerstörte alles, was ihr in den Weg kam. Ich sah, wie die Feuerwalze die Stelle erreichte, von dem der Tarngleiter gestartet war, und wie das Lutek von den Flammen umschlungen wurde und dann explodierte.

»Auwei«, sagte ich entsetzt.

»Es kommt noch schlimmer«, sagte Jennifer.

Die Bomben rissen einen riesigen Krater in den Boden. Es folgten weitere Detonationen. Ich stellte mir vor, dass sich in der unterirdischen Basis eine Tragödie von unfassbarem Ausmaß abspielen musste. Nicht nur Jennifer und Helmut waren bleich vor Entsetzen, auch an mir gingen die schrecklichen Bilder nicht spurlos vorbei.

Nun sahen wir, dass sich der Raumgleiter mit hoher Geschwindigkeit von Pelos entfernte, und schon bald war Pelos nur noch ein kleiner, leuchtender Punkt im Weltraum.

»Das ist ja ...«, mir fehlten die Worte.

»Es ist Krieg«, sagte Helmut, »und in einem Krieg geschehen nun mal schreckliche Dinge.«

Ich schwieg.

Dann beobachtete ich auf dem Bildschirm, wie der Tarngleiter, als hätte man ihn mit einer Steinschleuder weg katapultieren, in der Unendlichkeit des Weltalls verschwand. Der Film war zu Ende. Kein Jubel, keine Fanfaren, nur ein schwarzer Bildschirm.

Die Tür öffnete sich. Ein junger Mann betrat den Raum und sagte uns, dass der Tarngleiter bald auf Larg landen würde. Er wandte sich dem Bildschirm zu und schaltete ihn wieder ein. Der junge Mann verließ den Raum, und wir konnten die Landung beobachten.

Der Tarngleiter tauchte in die Atmosphäre des Planeten ein und durchflog eine dichte Wolkendecke. Wir sahen riesige Gebäudekomplexe, wobei jedes irgendwie eine einzigartige Architektur besaß. Sie hatten wunderschöne Rundungen; es wurde sehr viel Glas verwendet; auch der Baustoff, sei es Stein oder eine Art Beton, war alles andere als farblos; auch wurde bei vielen Bauwerken Holz verarbeitet. Doch das Besondere waren die vielen Grünanlagen, Seen und Baumbestände. Der Tarngleiter näherte sich der Oberfläche verdammt schnell und nahm direkten Kurs auf einen Gebäudekomplex, im Zentrum der Stadt. Ein haushohes Tor glitt zur Seite; genau auf diesen Punkt steuerten wir zu. In einer Halle, so groß wie mehrere Fußballfelder, setzte der Tarngleiter zur Landung an. Nun war es also soweit. Ob ich bereit dafür war, wusste ich im Augenblick noch nicht. Ich schnappte mir meine Laptoptasche vom Sessel und atmete kräftig durch.

»Sollen wir?«, fragte Helmut.

Ich nickte ihm zu.

»Komm«, sagte Jennifer und nahm meine linke Hand. »Du auch, Alf, komm«, sagte sie sanft.

Alf Sprang schnell vom Hocker und stand auch schon an Jennifers linker Seite.

Ich war aus der Ferne heimgekehrt, jedoch fühlte ich mich irgendwie als Fremder.

Kommunikationsgenie

11 Ich war neugierig meine Welt zu sehen und hätte eigentlich vor Freude jubeln müssen, weil ich endlich wieder zu Hause war, dennoch war meine Stimmung gedrückt.

Hinzu kam noch, dass ich Ranja erwartet hatte, aber stattdessen war Jana gekommen und führte uns aus dem Gleiter hinaus. Sie sagte, dass meine Schwester uns später treffen würde. Und schon wieder hatte ich das Gefühl hier fremd zu sein. Was konnte für meine Schwester so wichtig sein, dass sie ihren langjährig vermissten Bruder nicht sofort sehen wollte? Hatte sie etwa Angst davor, mir nach so vielen Jahren direkt ins Gesicht zu blicken?

Ich hatte mir vorgestellt, dass sich die Mannschaft aus dem Raumgleiter beamen würde, doch stattdessen verließen wir den Gleiter über eine ganz gewöhnliche Rampe. Die Halle war beeindruckend. Rechts von uns standen noch zwei Raumgleiter. Als wir die Rampe verlassen hatten, kamen zwei schwebende Fahrzeuge ohne Verdeck auf uns zu, die sehr schnittig aussahen. Sie waren mit vier Sitzreihen ausgestattet, die über je zwei Sitzplätze verfügten. Drei Besatzungsmitglieder stiegen in das erste Fahrzeug ein. Jana trat an das zweite Fahrzeug heran und nahm vorne Platz. Bevor ich einstieg, beugte ich mich leicht vor und musterte interessiert das transparente Armaturenbrett, das mit einem Bildschirm und verschiedenen Kontrollanzeigen ausgestattet war. Dann beobachtete ich, wie Jana den Bildschirm bediente, und erfuhr, dass sie ein Ziel eingegeben hatte und dass man dieses Fahrzeug, das keinen Fahrer benötigte, Cabb nannte.

»Sie werden in Quartier Z001 erwartet«, sagte Jana, als sie wieder ausgestiegen war.

Wir wurden also erwartet. Na ja, man hätte uns zu einer Unterkunft fahren sollen, in der wir uns mal hätten duschen und ausruhen können. Wir mussten powern und auf alle Annehmlichkeiten verzichten.

»Haben Sie keine Unterkunft für uns?«, fragte ich schließlich.

»Später«, erwiderte Jana.

»Also, wenn ich noch lange in diesen Klamotten herumlaufen muss, kann ich für nichts garantieren«, sagte ich aufgewühlt.

Jana sah mich verdutzt an und sagte: »Sie werden eine Unterkunft bekommen, aber erst später.«

»Ich könnte an zu stinken fangen«, knurrte ich Jana an, die wohl immer noch nicht verstanden hatte, warum ich eine Unterkunft haben wollte.

»Bill!« Jennifer räusperte sich. »Du bist ...«

»Ja, schon gut«, unterbrach ich Jennifer und wandte mich Jana langsam zu: »Es tut mir leid, dass ich Sie so angefahren habe«, entschuldigte ich mich bei Jana. »Aber irgendwie fühle ich mich total ausgelaugt und würde außerdem gerne eine Dusche nehmen.«

»Das verstehe ich ja auch«, sagte Jana, »aber zuerst müssen sie alle ins Quartier Z001.«

»Okay«, murmelte ich.

Jana konnte ja nichts dafür, dass wir nicht sofort eine Unterkunft bekamen. Sie führte ja auch nur Befehle aus und hatte nicht die Befugnis, den Ablauf zu ändern.

Wir stiegen also in das Cabb ein. Helmut und ich nahmen vorne Platz, Jennifer und Alf setzten sich hinter uns.

»Kommen Sie nicht mit uns?«, fragte ich, als ich bemerkte, dass sich Jana von uns abwenden wollte.

»Nein, ich fahre mit meiner Crew mit«, antwortete Jana sanft.

»Okay«, sagte ich. »Danke für alles«, ergänzte ich noch. »Sehen wir uns noch mal wieder?«

»Vielleicht«, antwortete Jana, nickte mir leicht zu und zeigte wieder ein freundliches Lächeln.

Sie ging zum Cabb ihrer Crew, wandte sich noch einmal kurz um, dann schwebte das Cabb davon.

»Flirtest du etwa«, zwinkerte Helmut mir zu.

»Wie bitte?«, fragte ich.

»Aha, du bist nicht ganz bei der Sache, oder?«, sagte Helmut und sah kurz zu Jennifer. »Schon gut«, ergänzte er. »Ich halt meinen Mund.«

Unser Cabb schwebte langsam quer durch die Halle, auf eine runde Öffnung zu. Wir kamen an den beiden Raumgleitern vorbei. Ob das auch Tarngleiter waren? Einer von ihnen wurde entladen. Schwebende Fahrzeuge, die mit großen und kleinen Kisten beladen waren, bewegten sich die Rampe hinab. Ich rätselte, ob Waffen oder Medikamente darin waren. Vielleicht waren aber auch nur Dinge für das tägliche Leben darin: Duschgel, Zahnpasta oder Haarshampoo. Ja, mir fehlte wirklich eine erholsame Dusche.

»Quartier ... Z001«, murmelte Helmut. »Da bin ich ja mal gespannt, was uns dort erwartet.«

Das war ich auch. Das Cabb passierte die runde Öffnung und beschleunigte ein wenig. Wir schwebten durch eine hell erleuchtete Röhre. Die Fahrt verlief schweigsam. Ich wandte mich um und wollte sehen, was Alf machte. Er saß da und starrte Jennifer an, die ihn hinter den Ohren kraulte.

»Pass auf, dass er dich nicht beißt«, ermahnte ich sie.

»Warum sollte er das tun?«, fragte sie naiv.

»Na, weil er ein Tier ist«, erwiderte ich, »und weil er gefährlich sein soll.«

»Pah«, winkte sie ab, »diese Leute haben doch gar keine Ahnung.«

Da war ich mir nicht so sicher. Jeder von der Crew hatte Alf mit einem skeptischen Blick gemustert. Auch Jana hatte mich vor diesem Bolop gewarnt. Ich hatte ihr gesagt, dass er völlig harmlos sei, aber Jana hatte mich nochmals eindringlich gewarnt. Nun fiel mir auf, dass ich nie nachgefragt hatte, was Alf so gefährlich machte. Waren seine Bisse etwa giftig wie bei einer Schlange? Würde Alf jemandem an die Kehle gehen und sie ihm herausreißen? Mist, ich hätte doch besser mal danach fragen sollen.

»He, Alf«, sagte ich und schreckte zurück, als Alfs Kopf blitzschnell nach vorne schoss.

Wollte der Bolop mich etwa beißen? Was hatte ich ihm denn getan? Alf war gefährlich, dass war nun nicht mehr zu leugnen. Wir sollten ihn besser in die Obhut meiner Leute geben. Sie konnten ihn ja dann auf einem Planeten aussetzen, wo Lebensbedingungen herrschten, die für den Bolop geeignet waren.

»Was hast du denn, Bill?«, schüttelte Jennifer den Kopf.

»Er wollte mich beißen«, verteidigte ich mich laut.

»Sei nicht albern, Bill«, entgegnete Jennifer. »Alf wollte von dir gekrault werden.«

»Ach ja?«, sagte ich. »Wie kommst du denn darauf? Für mich sah es anders aus.«

Jennifer zog die Augenbrauen hoch.

»Komm her«, sagte sie zu Alf. »Der Herr dort hat Angst vor dir.« Alf lehnte sich an Jennifers Seite an und ließ sich weiter von ihr kraulen.

»Das gefällt dir«, sagte sie, »nicht wahr?«

Ich wandte mich wieder nach vorne und bemerkte, wie Helmut mich beobachtete.

»Was ist los?«, fuhr ich ihn scharf an.

»Nichts«, antwortete er seelenruhig, »alles in bester Ordnung«, sagte er. »Aber ich glaube auch nicht, dass Alf dich beißen wollte«, ergänzte er noch.

»Und warum haben dann alle Angst vor ihm?«

Helmut zuckte nur mit den Schultern.

Wir waren schon einige Minuten unterwegs, und ich konnte nicht sagen, ob wir uns noch im gleichen Gebäude befanden. Wir bogen nach links ab. Der Boden hatte ein starkes Gefälle. Ich hoffte, dass die Fahrt ohne Zwischenfälle verlaufen würde, denn an einem Notausgang waren wir nicht vorbeigekommen.

»Die Fahrt dauert aber lange«, bemerkte Helmut.

»Ja«, sagte ich genervt. »Die hätten uns besser einen Flug gebucht.«

Jennifer holte tief Atem, dann sagte sie: »So langsam würde ich auch gerne aus dieser Röhre hier raus.«

Ich wandte mich Jennifer zu, und mein Blick fiel auf Alf. »Schläft er etwa?«

»Lass ihn doch endlich mal in Ruhe!«, ermahnte Jennifer mich eindringlich.

Das Cabb summte leise. Was war nun schon wieder los? Es schwebte um die Ecke. Das Summen wurde lauter, und wir verließen die helle Röhre.

»Wir sind da«, jubelte Helmut, als wir durch einen

breiten Gang schwebten. Ein vollbesetztes Cabb kam uns entgegen. Wir schwebten aneinander vorbei. Rechts und links befanden sich Türen. Auf der rechten Tür stand Z224.

»Verdammt«, fluchte ich, als ich sah, dass die Türen durchnummeriert waren.

Auf dem Weg zum Quartier Z001 begegneten uns mehrere Cabbs. Eigentlich konnten wir froh sein, dass die Fahrt durch die sterile Röhre geendet hatte. Die Wände des breiten Flurs waren farbig gestaltet und mit Holz durchsetzt. Nun fuhr das Cabb langsamer und uns begegneten auch Leute, die zu Fuß unterwegs waren. Sie trugen keine Uniform sondern leichte, bunte Kleidung.

»Wird wohl noch ein Weilchen dauern, bis wir am Ziel sind«, sagte Helmut.

»Ja«, sagte ich.

»Kannst du dich nun wieder an deine ganze Vergangenheit erinnern?«, wandte sich Helmut mir zu.

»Nein«, antwortete ich, »leider noch nicht an alles. Ich weiß, wie ich zur Erde gekommen bin, und mir ist wieder eingefallen, dass der Wissenschaftler Reolan Leeonex das Basrato erfunden hatte und er deswegen für diesen Krieg verantwortlich ist. Aber ich weiß nicht, wer meine Freunde und Kampfgefährten sind. Keine Ahnung, ob ich eine Wohnung oder ein Haus habe ...«

»Der Rest deiner Vergangenheit wird dir bestimmt auch irgendwann einfallen«, winkte Helmut ab. »Ist nur eine Frage der Zeit«, war er sich sicher.

»Ja«, murmelte ich.

»Kannst du dich auch an deine Kindheit erinnern?«, wollte Jennifer wissen.

»Ja«, lächelte ich, »ein wenig.«

Wir schwebten an Quartier Z144 vorbei.

»Mein Vater hatte meine Schwester und mich oft auf seinen Wanderungen mitgenommen«, sagte ich. »Während unsere Mutter zu Hause ein tolles Abendessen vorbereitete, ganz auf altmodische Weise«, lächelte ich. »Sie benutzte dafür nicht den Nahrungsreplikator, sondern kochte dann immer das Essen selber«, erzählte ich, »und das war verdammt gut. Ich hatte mich immer auf die gemeinsamen Wanderungen gefreut, aber wenn sie zu Ende gingen und wir abends am Tisch saßen und gemeinsam gegessen hatten, das bereitete mir immer die meiste Freude.«

»Das ist schön«, sagte Jennifer.

Die Laptoptasche lag auf meinem Schoß, und mir fiel ein, dass sich außer dem Laptop noch ein Lichtschwert, eine silberne Kugel und ein Lederetui mit einem goldenen Medaillon darin befanden. Was es mit diesem Medaillon auf sich hatte, war mir immer noch nicht eingefallen.

»Was überlegst du?«, fragte Helmut.

»Ich habe über das Medaillon nachgedacht«, sagte ich. »Habe noch keine Ahnung, wofür das Ding gut sein soll.«

»Vielleicht weiß deine Schwester es«, sagte Jennifer.

»Ah, Quartier Z048«, stellte Helmut fest, »dann kann es ja jetzt nicht mehr lange dauern.«

»Bin hundemüde«, gähnte ich.

»Ja, ich auch«, nickte Helmut.

Jennifer schwieg. Alf schlief. Wenigstens einer von uns, der ein Auge zumachen konnte.

Die Bewohner von Xelvior, die uns begegnet waren, waren durchweg schlank. Ihre Haut war mal hell, mal leicht gebräunt und mal braungebrannt.

Das Cabb gab noch mal ein wenig Gas, und einige

Minuten später hielten wir vor dem Quartier Z001.

»Und nun?«, fragte Helmut.

»Wir steigen aus«, sagte ich.

»Okay«, nickte Helmut mir zu.

»Wir können auch im Sitzen warten«, sagte Jennifer. »Alf schläft noch.«

»Okay«, nickte ich.

Ich hatte erwartet, dass uns jemand empfangen würde, aber niemand war hier. Eine zierliche Frau kam den Gang entlang, direkt auf uns zu. Sie hatte einen auffälligen Hüftschwung. Ihr rotes, welliges Haar, das aus der Stirn gekämmt war, fiel nach hinten, bis auf die Schulter herab.

»Oha! Ob das unser Empfangskomitee ist?«, fragte Helmut begeistert.

Als die Frau an uns vorbeiging und uns freundlich zulächelte, sah ich Helmuts enttäuschtes Gesicht.

»Schade«, sagte er schließlich.

Die Tür von Quartier Z001 glitt zur Seite, und ein junger, schlanker Mann, der eine weiße Hose und ein weißes Jackett trug, trat heraus.

»Entschuldigen Sie die kleine Verspätung«, sagte er hastig, »aber ich hatte noch ein paar Vorbereitungen zu treffen.«

»Schon gut«, winkte ich ab und verließ das Cabb. Helmut blickte beim Aussteigen sehnsuchtsvoll der rothaarigen Frau hinterher.

»Komm Alf! Wir sind da«, sagte Jennifer und stieg aus. Alf sprang ihr hinterher und landete vor dem jungen Mann, der vor Schreck zusammenzuckte. Es dauerte eine Weile, bis er die Sprache wiedergefunden hatte.

»Das ist ... ja ... ein ...«, stotterte er.

»Bolop«, beendet ich seinen Satz. »Und er ist müde

und hungrig, genauso wie ich, also Vorsicht«, sagte ich ernst.

»Es ist nicht erlaubt ein ...«, sagte er ängstlich, und ich unterbrach ihn: »Doch ist es. Er gehört zu uns.«

Er trat einen Schritt zurück.

»Komm zu mir Alf«, sagte Jennifer sanft.

Alf gehorchte ihr aufs Wort.

»Er ist harmlos«, sagte Helmut.

»Ach ja«, sagte der Mann misstrauisch und legte die Stirn in Falten, »kann ich mir nicht vorstellen.«

Der junge Mann ging voraus. Wir folgten ihm ins Quartier Z001.

»Er ist also harmlos«, flüsterte ich Jennifer zu.

»Ist er ja auch«, sagte sie.

»Und warum haben dann alle Angst vor ihm?«

Sie zuckte nur mit den Schultern.

»Knurr mal den jungen Mann da böse an!«, blinzelte ich Alf zu, der Jennifer folgte und total gelangweilt aussah. Wahrscheinlich war Alf wirklich genauso müde und hungrig, so wie ich.

Wir kamen nicht in einem Besprechungszimmer oder einem Aufenthaltsraum an, sondern wie es schien in einem Untersuchungszimmer. Eine Liege stand rechts von uns an der Wand, daneben befanden sich allerlei technische Geräte auf einem kleinen, quadratischen Tisch. In der Mitte des Raums stand ein ovaler Tisch mit einem Stuhl davor. Eine hellhäutige Frau, die einen weißen Kittel trug, betrat durch eine Zwischentür den Raum. Sie hatte ein blinkendes Gerät bei sich und legte es auf den quadratischen Tisch. Sie warf einen prüfenden Blick auf Alf, der kurz ihren Blick erwiderte.

»Der Oberarzt wird gleich bei Ihnen sein«, sagte der junge Mann im weißen Jacket und verließ zusammen mit der Frau den Raum.

»Tja, hier tragen die Ärzte auch weiße Kleidung«, lächelte Helmut gequält.

»Keinen Bock darauf«, brummte ich los.

»Du weißt ja noch gar nicht, was die Ärzte von uns wollen«, ermahnte Jennifer mich.

»Ist doch egal«, brummte ich wieder los. »Ich bin total müde.«

»Bill! Jetzt warte doch erst einmal ab«, ermahnte Jennifer mich abermals mit strengem Blick.

»Okay«, murmelte ich.

»Das ist ganz mein Bruder«, erklang hinter uns eine weiblich Stimme.

Wir wandten uns um. Da stand sie nun vor uns – meine Schwester. Irgendwie war ich wie gelähmt, auch schien ich meine Stimme verloren zu haben. Ich starrte sie nur an, ohne mit der Wimper zu zucken.

»Hallo«, grüßte Helmut verlegen.

Sie lächelte ihn an und kam auf mich zu.

»Was ist los, Bruder?«, sagte sie fröhlich. »Willst du deine Schwester nicht begrüßen?« Ranja wandte sich Jennifer zu und sagte: »Wenn er müde und hungrig ist, ist er ein Brummbär, das war schon immer so.«

Mir stieg die Röte ins Gesicht, und mir wurde heiß.

»Ach komm her«, lächelte Ranja und kam auf mich zu. Kurz danach umarmte sie mich fröhlich und sagte: »Es ist schön, dich wieder in den Armen zu halten.«

»Ja, das ist es«, sagte ich glücklich und erwiderte ihre Umarmung.

Es schien, als ob sie mich gar nicht mehr loslassen wollte. Doch schließlich ließ sie mich los und begrüßte auch Helmut und Jennifer.

»Alf ist ja auch noch bei euch«, sagte sie.

»Er ist auch ganz friedlich«, erwiderte Jennifer, die

wahrscheinlich befürchtete, dass jemand ihr das neue Haustier wegnehmen könnte.

»Schon möglich«, sagte Ranja, »dass der Bolop bei dir friedlich ist, aber ...« Sie brach ab. Wahrscheinlich wollte meine Schwester unsere erste Begebung nicht mit Belehrungen beginnen.

»Es wird ein kleiner Gesundheitscheck gemacht, dann könnt ihr euch in euren Unterkünften etwas ausruhen«, erklärte Ranja uns freundlich. »Das gehört hier zur Vorschrift«, ergänzte sie noch.

»Okay«, nickte ich und hatte mich wieder beruhigt.

»Wie ich sehe, hat die Ärztin schon Vorbereitungen für die Untersuchung getroffen«, sagte Ranja. »Der Oberarzt wird gleich auch noch hinzukommen.«

Die hellhäutige Frau kam mit einem Mann in weißer Kleidung zurück, der sich als Oberarzt vorstellte. Der Oberarzt kam langsam auf Jennifer zu. Sie sollte auf der Liege Platz nehmen. Alf knurrte ihn sofort an. Der Oberarzt blieb stehen.

»Alles in Ordnung, Alf«, sagte Jennifer ruhig und kraulte ihn kurz. »Komm mit«, ergänzte sie.

Als Jennifer auf der Liege lag und sich Alf auf dem Boden neben der Liege hingelegt hatte, zögerte der Oberarzt, doch dann begann er mit der Untersuchung und benutzte das blinkende Gerät. Die Ärztin assistierte ihm dabei.

»Faszinierend«, staunte Ranja und deutete auf Alf. »Es ist selten ... eigentlich eher unwahrscheinlich, dass ein Bolop so anhänglich ist. Sie sind eher Einzelgänger und Jäger«, erklärte sie und näherte sich Jennifer.

Ich bemerkte, wie Helmut meine Schwester musterte. Sie schien ihm wohl sehr zu gefallen. Ob es an ihrer bunten und bauchfreien Kleidung lag oder ob sie ihn mit ihrem Lächeln eingefangen hatte, konnte ich nicht sagen. Vielleicht spielten aber auch andere Dinge dabei eine Rolle – Hormone. Meine Schwester hatte auch eine verdammt gute Figur und einen ...

»He, wo schaust du denn hin?«, flüsterte ich Helmut ärgerlich zu. »Willst du ... du dich etwa ...«

Ranja wandte sich uns zu, und ich schwieg.

»Gleich sind Sie an der Reihe«, sprach Ranja Helmut an. »Du brauchst keine Untersuchung mehr«, sagte sie zu mir. »Du bekommst ein neues Kommunikationsmodul.«

Ranja wandte sich Jennifer zu, und da bemerkte ich sorgenvoll, dass ihre rechte Hand auf dem Rücken lag. Eine lederne Scheide hing an einem schmalen Gürtel, in der ein Lichtschwert steckte. Also hielt sie den Bolop wahrscheinlich doch nicht für so ungefährlich.

»Was würde deine Frau jetzt dazu sagen, wenn sie sehen könnte, wie gierig du sie anstarrst?«, fuhr ich Helmut leise an.

»Keine Ahnung«, sagte er nur.

»Das ist ja wohl ... dann denk wenigstens an deine Kinder.«

»Gut«, lächelte Helmut mich breit an. »Dann kann ich ja noch etwas länger deine Schwester anstarren«, sagte er missgelaunt.

»Das ist ja wohl ... «, fuhr ich aus der Haut.

»Was habt ihr denn?«, fragte Ranja plötzlich.

»Kleines Missverständnis«, antwortete Helmut.

»So«, verzog Ranja die Mundwinkel, »hat sich aber anders angehört.« Sie wandte sich wieder Jennifer zu.

»Tja, mein lieber Bill ... Andor«, grinste Helmut, »da hab ich ja großes Glück, dass ich nicht verheiratet bin und keine Kinder habe.«

Boah, das war vielleicht peinlich.

»Äh ... das ist ... äh, mir jetzt aber ... unangenehm«,

stotterte ich. »Entschuldigung«, bat ich kleinlaut um Verzeihung.

»Okay«, nickte Helmut. »Vielleicht solltest du mir demnächst direkt sagen, was dir auf dem Herzen liegt, anstatt um den heißen Brei herumzureden.«

»Ja«, sagte ich kurz und blickte verlegen zu Boden.

»Der Nächste«, sagte der Oberarzt, und Helmut machte sich auf den Weg zur Liege.

Der Oberarzt führte die gleiche Untersuchung wie bei Jennifer durch. Nach der Untersuchung bestätigte der Oberarzt, dass beide gesund waren.

Komisch, dachte ich. *Ist es hier üblich, dass mehrere Patienten gleichzeitig in einem Raum untersucht werden.* Als ich meine Schwester darauf ansprach, erfuhr ich, dass sich der Oberarzt dazu entschlossen hatte, uns gemeinsam zu untersuchen, damit wir schneller fertig wurden und uns endlich ausruhen konnten.

»So, jetzt zu Ihnen«, sprach die Ärztin mich an. »Ich setze Ihnen ein neues Kommunikationsmodul ein. Nehmen Sie bitte dort Platz.«

Der Oberarzt verabschiedete sich von uns und verließ den Raum, während ich mich auf den Stuhl setzte.

Die Ärztin griff nach einem von drei handgroßen, runden Geräten, die auf dem ovalen Tisch lagen. Das Gerät hatte oben ein Display und unten einen kleinen Trichter. Sie legte es mir vorsichtig in den Nacken.

»Wird es weh tun?«, fragte ich.

Helmut grinste. Ich sah in wütend an.

»Es pikst nur ein wenig«, sagte die Ärztin.

»Okay«, sagte ich. »Wie lange dauert es?«

»Du bist aber ganz schön nervös, Bill«, bemerkte Jennifer.

»Das Gerät wird einige Messungen durchführen«, erklärte die Ärztin und tippte auf dem Display herum.

»Wenn es damit fertig ist, injiziert es Ihnen eine leichte Betäubung und tauscht dann das Kommunikationsmodul aus.«

»Hört sich ja gar nicht mal so schlimm an«, sagte ich. »Aua.« Das musste der Nadelstich der Betäubung gewesen sein.

Der operative Eingriff dauerte nur etwa eine Minute, dann sagte die Ärztin: »So, der Nächste, bitte!« Sie sah Helmut an, legte das gebrauchte runde Gerät beiseite und nahm ein neues rundes Gerät vom ovalen Tisch.

»Ähm«, sagte Helmut nur.

»Moment«, sagte Ranja zur Ärztin und wandte sich Helmut zu: »Auf dem Tarngleiter hat man Ihnen ein silbernes Plättchen in den Nacken gelegt, das als Übersetzter funktioniert.«

»Ja«, nickte Helmut.

»Deswegen verstehen Sie auch unsere Sprache«, sagte Ranja. »Also, wenn Sie möchten, implantieren wir Ihnen ein Übersetzungsmodul. Es läuft stabiler als das provisorische Teil, das Sie im Augenblick tragen. Außerdem kann man das Übersetzungsmodul auf mehrere Sprachen programmieren.«

»Wow«, staunte Jennifer. »Wieviel Sprachen kann man damit verstehen?«, fragte sie.

»So um die hundert Sprachen«, antwortete Ranja.

»Also, ich will so ein Ding haben«, nickte Jennifer und setzte sich schnell auf den Stuhl.

»Der Eingriff ist auch völlig ungefährlich«, sagte die Ärztin und fing mit der kleinen Operation an.

»Ich habe mich schon immer sehr für die spanische Sprache interessiert. Das ist eine Sprache von der Erde«, sagte Jennifer, als die Ärztin nach kurzer Zeit fertig war. »Könnte das Gerät so eingestellt werden, dass ich diese Sprache verstehen würde?«

»Ja, das wäre möglich. Das Modul muss dazu mit der silbernen Kugel konfiguriert werden«, erklärte Ranja.

»Hurra, ich werde zu einem Kommunikationsgenie!«, jubelte Jennifer.

»Und wie funktioniert das mit der Kugel genau?«, fragte Helmut skeptisch.

»Wir haben unendlich viele Sprachen in unserer Datenbank«, erklärte Ranja. »Spanisch gehört zwar nicht dazu, aber wenn Sie wieder auf der Erde sind, kann man mit der silbernen Kugel zum Beispiel die spanische Sprache ... speichern ... und in das Modul übertragen. Aber so genau kann ich Ihnen das nicht erklären, da müssen Sie unsere Ingenieure fragen.«

»Möchten Sie auch ein Modul?«, fragte die Ärztin an Helmut gewandt.

»Ja ... doch ... kann nicht schaden«, sagte Helmut und nahm auf dem Stuhl Platz.

Die Ärztin begann mit dem Eingriff. Als Helmut das Implantat erhalten hatte, sagte Ranja: »Dann zeige ich euch jetzt eure Unterkünfte.«

Die Ärztin verabschiedete sich von uns, und wir verließen den Raum.

»Ist eine tolle und moderne Stadt. Gibt es hier auch schöne Restaurants?«, sprach Helmut meine Schwester an.

»Ja«, lächelte sie ihn an.

»Die Ärztin hätte ihm besser das provisorische Modul entfernt und ihm kein Kommunikationsmodul verpasst«, flüsterte ich Jennifer zu.

»Das hab ich gehört«, sagte Helmut und lachte. »Wir könnten ja mal zusammen Essen gehen oder etwas anderes unternehmen«, schlug Helmut Ranja vor.

»Mal sehen«, sagte Ranja. »Vielleicht ... okay.«

»Oh Mann!«, brummte ich leise und drängte mich an die Seite meiner Schwester.

»Nehmen wir nicht das Cabb?«, fragte Jennifer.

»Nein, wir fahren mit dem Aufzug«, antwortete Ranja. »Er ist gleich da vorne.«

Wir gingen auf den Aufzug zu, während ich meiner Schwester viele Fragen stellte, sah ich, dass Alf nicht von Jennifers Seite wich. Wir hatten zwar über das Kommunikationsmodul Kontakt gehabt, aber es war schön, wieder mit ihr persönlich sprechen zu können.

Die ovale Aufzugtür öffnete sich, und wir stiegen ein. Ranja betätigte ein paar Symbole auf einem Display, das sich rechts neben der Tür befand.

»Der Aufzug fährt aber langsam«, bemerkte Helmut.

»Findest du?«, fragte Ranja gelassen und warf einen Blick auf das blickende Symbol auf dem Display. »Wir haben gerade das fünfzigste Stockwerk passiert.«

Ah, jetzt duzen die beiden sich auch schon, dachte ich genervt. *Warum passt es mir nicht in den Kram, dass Helmut versucht Ranja anzubaggern?*

»Ist etwas, Bill?«, fragte Jennifer.

Na, vermutlich, weil sie meine Schwester ist, ging es mir durch den Kopf.

»Nein«, sagte ich verzögert. »Alles okay.«

Als wir im achtzigsten Stockwerk angekommen waren, öffnete sich die Aufzugstür.

»Hier entlang«, sagte Ranja und bog nach rechts ab. »Die Unterkünfte sind gleich da vorne.«

In diesem Flur begegneten uns keine Cabbs. Die Wände waren hell, und der Boden war mit Mosaiken ausgelegt. Auf den Wänden befanden sich etwa alle zehn Meter Bildschirme, auf denen Naturbilder in gewissen Zeitabschnitten wechselten. Auf mich machte alles einen freundlichen Eindruck. Wenn die Unterkünfte auch so schön waren, ließ es sich hier aushalten.

»Das ist deine Unterkunft«, sagte Ranja an Helmut gewandt und öffnete die Tür. »Rechts befindet sich ein blauer Sensor, damit lässt sich die Tür öffnen; darüber ist eine Sprechanlage, falls Besuch kommt«, erklärte sie noch.

»Dann kann ja jeder meine Unterkunft betreten«, stellte Helmut fest.

»Nein«, schüttelte Ranja den Kopf. »Du musst den Daumen auf den Sensor legen, dann wird die Anlage auf dich eingestellt.«

»Wow«, staunte Helmut laut, als er in die Unterkunft eintrat. Als ich mir das auch mal ansehen wollte, sagte Helmut: »Kriegst dein eigenes Zimmer.«

»Ihr bekommt Luxusunterkünfte, die eigentlich nur für Handels- und Staatsbesucher anderer Planeten bereitgehalten werden«, erklärte Ranja.

»Klasse«, schwärmte Helmut. »Komm schon rein«, grinste Helmut mich an.

»Ja, ist auch besser so«, sagte Ranja, »dann brauche ich alles nur einmal zu zeigen. Die Unterkünfte sind nämlich gleich.«

Vom kleinen geschmackvollen Flur betraten wir den großzügig angelegten Wohnraum. Ich blickte nach links. Eine gelbe Sitzecke, die aus einer halbrunden Couch und zwei Sesseln bestand, lud zum Verweilen ein; auf dem hellbraunen runden Edelholztisch stand ein Kommunikator mit Bildschirm. Ein blaues Liegesofa stand rechts von uns an der Wand. Daneben war ein Nahrungsreplikator in die Wand eingelassen.

»Das Sofa ist etwas Besonderes«, sagte Ranja, »es

hat ein Musikcenter und eine 3D-Matrix integriert«, schwärmte sie.

»Wow«, staunte ich, obwohl ich keine Ahnung hatte, was eine 3D-Matrix war.

»Was ist eine 3D-Matrix?«, wollte Helmut wissen.

»Du ziehst dir diesen Helm über, legst dich auf das Sofa und erlebst eine dreidimensional Bilderwelt mit einem fantastischen Sound.«

»Werde ich gleich mal ausprobiere«, sagte Helmut.

Meine Schwester erklärte, uns ausführlich wie die 3D-Matrix funktionierte. Wenn man wollte, konnte man auch aktiv in einem Film mitspielen. Danach deutete sie auf den Nahrungsreplikator, an dem wir uns mit Essen und Getränken versorgen konnten. Da wir so ein Gerät im Raumschiff ausgiebig getestet hatten, brauchte meine Schwester uns dies nicht zu erklären.

Die Schlafzimmermöbel waren mir etwas zu modern; doch die Farbenpracht der Wände, die zwei Skulpturen, sowie der Wandschmuck erinnerten mich irgendwie an Afrika, damit wirkte das Zimmer wieder wohnlich.

»Na, da kann Helmut diese Nacht bestimmt gut schlafen«, grinste Jennifer ihn an. Alf blieb weiterhin an Jennifers Seite.

Ranja zeigte und erklärte uns das geräumige Badezimmer; auf der Wand war eine bunte Farbmischung aufgetragen; mitten im Raum stand eine ovale Badewanne; in der rechten Ecke befand sich eine separate Schalldusche; in der linken Ecke eine übliche Wasserdusche.

Wir gingen wieder ins Wohnzimmer. Ranja erklärte uns noch den Kommunikator, der auf dem runden Edelholztisch stand. Als sich Ranja schon von Helmut verabschieden wollte, entdeckte Helmut noch eine ovale Tür, die wir übersehen hatten, weil sie die gleiche Farbe hatte wie die Wand.

»Oh, das hätte ich ja beinahe vergessen«, sagte Ranja. »Das ist ein weiteres Unterhaltungsprogramm für unsere besonderen Gäste.« Sie schnippte mit den Fingern und sagte: »Folgt mir mal.«

Wir betraten einen schneeweißen Raum. Meine Schwester ging zu einer Konsole, die rechts neben der Tür an der Wand hing und öffnete sie, dann erklärte sie uns die Funktion des Touchscreens. Anschließend wählte sie einen Naturfilm über Eschgadier aus. Das war ein Schutzreservat auf Larg. Plötzlich erschien Eschgadier mit seiner einmaligen Landschaft, seinen hohen Bergen, tiefen Seen und den verschiedensten Tierarten, die nur in Eschgadier zu finden waren.

»Das ist ja ein Holodeck«, staunte Helmut.

»Es ist eine Holografie-Matrix«, erklärte Ranja.

»Kann ich durch die Landschaft gehen?«, fragte Helmut interessiert.

»Natürlich«, sagte Ranja, »die Holografie-Matrix wird sich auf deine Anwesenheit hier anpassen.«

»Ich werde gleich erst mal *schallen* gehen«, grinste Helmut. »Schalldusche«, wandte er sich mir zu, als ich ihn fragend ansah. »Und dann geht es auf's Holodeck«, ergänzte er.

Als ein Raubtier an uns vorbeikam, das einem Löwen ähnelte, erschrak ich mich fast zu Tode, und Alf fletschte die Zähne und knurrte laut. Als Jennifer ihn kraulte und sanft zu ihm sprach, beruhigte er sich sofort. Ranja sagte: »Keine Angst. Hier kann euch nichts passieren.«

Ranja schaltete die Holografie-Matrix aus, und wir verließen den Raum.

»Gleich kommt noch jemand vorbei und bringt euch ein paar Anziehsachen«, sagte Ranja. »Falls ihr wollt, könnt ihr sie anziehen.«

»Morgen Vormittag findet eine Besprechung statt. Ihr werdet dann hier abgeholt«, sagte Ranja zu uns und verabschiedete sich dann von Helmut.

»Eure Unterkunft ist gleich da vorne«, sagte Ranja.

»Unsere?«, fragte ich erstaunt.

»Ja, ich ... dachte ... ihr«, stutzte Ranja. »Dann habe ich da wohl etwas missverstanden«, sagte sie leise.

»Kein Problem. Da ist Ihre Unterkunft«, sagte Ranja an Jennifer gewandt.

»Ich habe nichts dagegen, wenn wir uns duzen«, schlug Jennifer vor.

Ranja nickte und sagte: »Gerne.«

»Wer von euch nimmt Alf?«, fragte Ranja.

»Er kommt mit mir«, antwortete Jennifer prompt.

Ich wollte von meiner Schwester noch wissen, ob ich eine eigene Wohnung oder Haus hatte und erfuhr, dass ich ein eigenes Haus außerhalb der Stadt besaß, das an einem schönen See lag. In Xelvior besaß ich zwar ein Apartment, dass aber in einem anderen Stadtteil lag. Ranja wollte uns vorerst in diesem Gebäude zusammen unterbringen.

Ich fragte nach meinen Freunden und natürlich nach meinen Kampfgefährten und erfuhr, dass sie fast alle im Einsatz waren.

Dann betrat auch ich meine Unterkunft. Sie war genauso eingerichtet wie Helmuts Unterkunft. Durch die breite Glasfront im Wohnzimmer hatte ich einen phantastischen Blick über die Stadt.

194

Das Lallen geht mir auf die Nüsse

12 An diesem sonnigen Morgen hatte ich den Durchhänger überwunden, denn ich hatte tief und fest geschlafen, gerade geduscht und war dabei mir ein heißes Getränk am Nahrungsreplikator auszuwählen.

Als ich den braunen Becher mit der dampfenden, schwarzen Flüssigkeit in der Hand hielt und aus der breiten Fensterfront den Sonnenaufgang beobachtete, musste ich an Jennifer denken. Es wäre schön, wenn sie jetzt bei mir wäre und wir zusammen eine Tasse Kaffee trinken würden. Ich nahm einen Schluck zu mir und stellte verblüfft fest, dass das Getränk tatsächlich nach Kaffee schmeckte. Ich wählte mir am Nahrungsreplikator ein Frühstück aus, ein Mix aus Getreideflocken und getrocknetem Obst. Schmeckte gar nicht mal so übel.

Was ist aus Horyet geworden?, dachte ich plötzlich. *Ist sein Raumschiff beschossen und beschädigt worden? Trieb er nun in den Weiten des Weltraums umher?*

Ich hoffte, dass es nicht so war, denn ich wollte ihm noch einmal begegnen. Ich hatte Fragen und wollte außerdem von ihm wissen, warum er mir geholfen hatte.

Nachdem ich den Becher ausgetrunken und das Frühstück gegessen hatte, nahm ich mir noch ein heißes Getränk und ging nervös im Zimmer auf und ab. Was würde mich gleich auf der Besprechung erwarten? Würde ich jemanden dort wiedererkennen? Warum sollten Jennifer und Helmut daran teilnehmen? Ob Jennifer Alf mitnehmen würde? Als ich darüber nachdachte, war mir klar, dass sie Alf nicht allein zurücklassen würde. Eher würde sie der Besprechung fernbleiben.

Es summte an der Tür. Ich trank den Becher aus, stellte ihn auf den Tisch und öffnete die Tür. Ein graubärtiger Mann begrüßte mich. Er hatte Jennifer und Helmut schon abgeholt. Und wie ich schon vermutet hatte, war Alf auch dabei.

»Er kommt mit uns?«, fragte ich Jennifer, obwohl ich die Antwort ja schon kannte.

»Natürlich«, sagte sie entschlossen. »Entweder Alf kommt mit uns, oder ich bleibe hier.«

Der Besprechungsraum schien im gleichen Gebäude zu sein, denn wir nahmen den Aufzug und fuhren abwärts.

»Hier entlang«, sagte der graubärtige Mann, als wir aus dem Aufzug gestiegen waren.

Dieser Flur machte einen nüchternen Eindruck auf mich, weiße Wände, grauer Boden und keine Bilder an den Wänden.

»Hier bitte«, sagte der Mann freundlich und öffnete uns eine Tür, dann verabschiedete er sich von uns.

Als wir den Besprechungsraum betraten, sah ich Ranja an einem Tisch stehen. Sie nickte uns freundlich zu, doch die anderen Anwesenden schienen wohl ihren Augen nicht zu trauen, als sie Alf bemerkten. Sekundenlang herrschte ein verdutztes Schweigen. Dann eröffnete Ranja rasch das Wort, in dem sie uns begrüßte und den Anwesenden kurz vorstellte. Niemand in diesem Raum begrüßte mich so, als ob wir uns näher kennen würden.

Ranja und die anderen Anwesenden trugen weiße Uniformen, während wir legere Kleidung anhatten. Irgendwie kam ich mir mit Hose und Hemd fehl am Platz vor. Als ich kurz in Helmuts Miene blickte, schien er wohl derselben Ansicht zu sein. Jennifer hingegen strahlte fröhlich, als Ranja sie aufforderte am runden naturbelassenen Holztisch Platz zu nehmen.

»Ritter der Tafelrunde«, flüsterte ich Helmut zu, der mich leicht anlächelte und mir zustimmend zunickte.

Jeder der fünfzehn Anwesenden hatte seinen festen Platz. Auf dem Tisch waren Namensschilder verteilt. Ich saß links neben meiner Schwester, der Platz rechts von ihr war unbesetzt. Jennifer hatte den Platz neben mir, und neben Jennifer erspähte ich das Namensschild von Helmut. Der wuchtige Holzstuhl mit der hohen Rückenlehne war viel bequemer als er aussah. Es war nicht zu übersehen, dass wir von neugierigen Blicken gemustert wurden. Menschen waren mit großer Wahrscheinlichkeit selten auf Larg. Vielleicht waren Jennifer und Helmut sogar die ersten Besucher von der Erde. Ich war kein Mensch, mich musterte man aus einem anderen Grund.

Wir erfuhren von Ranja, dass Staatsoberhäupter, Militärführer und die Leiterin der Sicherheitsabteilung von Larg anwesend waren. Da war ich mal gespannt, warum wir an dieser Besprechung teilnehmen sollten. Ich blickte in die Runde, aber kein einziges Gesicht kam mir bekannt vor. Der Mann, der neben Helmut saß und ein auffälliges Tattoo an der linken Schläfe hatte, war der Befehlshaber der Raumflotte. Er schien mir allerdings für den Posten noch etwas zu jung zu sein.

»Gibt's hier nichts zu trinken?«, flüsterte Helmut, an Jennifer vorbei, mir zu.

»Soll ich mal nachfragen?«, sagte ich, und genau in diesem Moment betraten vier Damen den Besprechungsraum und verteilten Becher, Kannen und Gebäck auf dem Tisch. Geschwind füllten sie die Becher auf und verließen wieder den Raum.

Einige Sekunden lang beobachtete ich, wie Helmut den Becher musterte. Vermutlich war er sich nicht ganz sicher, ob er schon etwas trinken sollte. Als der Befehlshaber des Heeres, ein Mann im mittleren Alter, an seinem Becher nippte, griff auch Helmut nach dem Becher und trank einen Schluck.

Ich war tief beeindruckt von meiner Schwester. Sie führte die Versammlung und machte eine verdammt gute Figur dabei. Ihre Aussprache war direkt und sachlich. Sie wusste genau, was sie wollte. Schade, dass unsere Eltern diesen Anblick nicht mehr erleben konnten. Aus meiner Schwester war eine wundervolle Frau geworden, die es verstand ein Volk zu führen.

Der erste Punkt auf der Besprechungsliste war: *Die Vernichtung des Basratos und der feindlichen Basis auf Pelos*. Hierzu gab Ranja einen Lagebericht ab, und wir erfuhren, dass zum jetzigen Zeitpunkt keine Offensive gegen die Hauptbasis auf Pelos eingeleitet werden sollte. Dann kam ich zu Wort und erzählte kurz und bündig, was sich auf Pelos ereignet hatte. Helmut gab kurze, aussagekräftige Antworten, während Jennifer ein wenig vom Thema abschweifte, als sie aufgefordert wurde, etwas über Alf zu erzählen.

»Es ist besser für uns alle, wenn wir diesen Bolop

einsperren«, sagte ein Offizier und deutete auf Alf, der still bei Jennifer auf dem Schoss hockte und über die Tischkante zu dem Offizier blickte.

Hoffentlich blieb Alf jetzt ruhig und fing nicht an zu knurren, denn Jennifer antwortete energisch: »Das lasse ich nicht zu! Ich werde mit Alf schon fertig.«

»Es ist ein wildes und gefährliches Tier. Es wäre wirklich ...«, sprach der Befehlshaber der Raumflotte.

»Nein«, fuhr Jennifer ihm ins Wort, »das kommt gar nicht in Frage.«

»Ich glaube kaum, das Sie in der Lage sind, diese Entscheidung zu treffen«, entgegnete ein Ratsmitglied mit finsterer Miene.

»Und Sie haben diese Befugnis?«, giftete Jennifer ihn an. Ihre Augen wurden zu Schlitzen.

Auweia, die Diskussion geriet aus den Fugen. Ich fand es eigenartig, dass sich Ranja nicht einmischte und den Disput stoppte.

»Wir sollten abstimmen«, sagte eine zierliche Frau, was sie für eine Position hatte, hatte ich vergessen.

»Über was?«, wandte sich Jennifer an sie.

»Ob wir dieses Tier da wirklich frei herumlaufen lassen sollten«, antwortete sie.

»Also, das ist ... ja ... jetzt.« Jennifer suchte wohl nach Argumenten.

»Alf hat doch niemandem hier etwas getan«, stand Helmut Jennifer bei und fragte dann: »Also, warum wollen Sie ihn einsperren?«

»Natürlich aus Sicherheitsgründen«, argumentierte die Leiterin der Sicherheitsabteilung.

»Na klar doch«, winkte Helmut ärgerlich ab. »Wenn ihr alle vor so einem kleinen Tier Schiss habt, wie wollt ihr denn eine Horde Palets besiegen?«, donnerte Helmut der Gruppe entgegen.

Nun wurden heftige Geschütze aufgefahren, als ein untersetzter Mann sagte: »Ende der Diskussion. Sie hat hier nichts zu sagen.« Er deutete auf Jennifer. »Der Bolop wird eingesperrt!«

Ich sah Jennifer an, dass sie kurz vor der Explosion stand, und dann ergriff ich das Wort: »Also, meine sehr verehrten Damen und Herren«, fing ich ruhig an, »Alf ist ein Mitglied unserer Gemeinschaft geworden«, dabei deutete ich auf Jennifer, Helmut und mich, »und er ist kein wildes Tier, dass eingesperrt gehört«, sagte ich mit Nachdruck. »Alf wird bei Jennifer bleiben!«

»Das wird er nicht«, sagte der Befehlshaber der Raumflotte. »Der Bolop wird unverzüglich …« Als der Befehlshaber dabei in Richtung Jennifer zeigte, knurrte Alf und wollte nach ihm schnappen. Glück, dass Helmut zwischen ihnen saß, sonst hätte der Befehlshaber der Raumflotte ein paar Finger weniger gehabt.

»Ganz ruhig, Alf«, sagte ich und kraulte ihn hinter den Ohren. »Sei bitte ganz ruhig.«

Ich atmete erleichtert auf, weil Alf mich nicht auch noch anknurrte, was er ja sonst häufig machte.

»Also, das wird mir hier jetzt zu kindisch«, sagte ich scharf. »Wir haben Wichtigeres zu tun, als darüber zu streiten, ob wir diesen Bolop hinter Gitter bringen sollen oder nicht. Es geht doch bei dieser Besprechung darum, eine Möglichkeit zu finden, diese Palets zu besiegen«, sagte ich mit Nachdruck. »Also, damit das jetzt für alle hier am Tisch klar und verständlich ist: Alf wird nicht eingesperrt!«

Ein großes Schweigen machte sich breit. Ob es nun ein gutes Zeichen war, konnte ich noch nicht mit Bestimmtheit deuten.

»Ihr habt meinen Bruder gehört«, unterbrach Ranja

das Schweigen am Tisch. »Hat jemand hier in diesem Raum noch irgendwelche Einwände?« Ranja wartete einen Augenblick ab. »Dann können wir uns ja jetzt wieder den wichtigen Themen zuwenden.«

Bums, das hatte gesessen! Ich blickte in verblüffte Gesichter. Da niemand Einwände erhob, ging Ranja wieder zum eigentlichen Punkt auf der Besprechungsliste über: *Die Vernichtung des Basratos und der feindlichen Basis auf Pelos.* Ranja hatte noch einige Anmerkungen zu machen und erklärte noch kurz, wie meine Rettung gelungen war und sagte, dass ich einen Helfer hatte: **Horyet**.

Als ich diesen Namen hörte, stieg mein Blutdruck und mein Herzschlag beschleunigte sich. Am liebsten würde ich diesen Kerl zu Tode würgen, jedoch hatte er mir in letzter Zeit oft das Leben gerettet.

»Alles in Ordnung, Bill?«, hörte ich Jennifer sagen.

»Nein«, wandte ich mich ihr zu.

»Was hast du denn?«

»Immer wenn ich den Namen *Horyet* höre, flammt Wut in mir auf.«

»Er hat dir doch geholfen«, wunderte sich Jennifer.

»Aus reinem Eigennutz«, vermutete ich.

»Das weißt du doch gar nicht.«

»Oh, doch!«, sagte ich und wandte mich wieder der Besprechung zu und bekam mit, dass Ranja von dem Einsatz auf Pelos sprach und erzählte, dass wir dort Außergewöhnliches vollbracht hatten. Sie erhob uns in den Heldenstatus. Mir war das ein wenig peinlich, doch an den Gesichtern der Anwesenden bemerkte ich, dass sie von der Geschichte angetan waren. Es ging ein Raunen durch die Menge, als Ranja von der Detonation erzählte. Dann wurde es ganz still am Tisch, als Ranja auf meine schweren Verletzungen und die schwierige Operation zu sprechen kam.

Den Teilnehmern schien die Geschichte zu gefallen, doch mich langweilte es allmählich. Ich wandte mich Jennifer zu. Sie kraulte Alf sanft den Nacken, während er dabei die Augen geschlossen hatte. Genoss Alf Jennifers Berührungen oder war er schon vor lauter Langeweile eingeschlafen? Ich blickte an Jennifer vorbei und beobachtete, wie Helmut mit abwesendem Blick auf den Tisch starrte und dabei mit den Fingern spielte.

Ich konnte mich nicht erinnern, eingeschlafen zu sein, aber auf einmal hielt mich ein verrückter Traum gefangen. Ich befand mich wieder in der Höhle auf Pelos, über mir hing die düstere Decke. Horyet kniete auf dem Boden, über ihm schwebte ein mächtiger Steinblock. Bevor ich ihn fragen konnte, was das sollte, fiel der Steinblock auf ihn herab. Horyet hob die Arme und fing ihn mit den Händen auf.

»Ich habe nicht viel Zeit«, sagte Horyet.

Er sah müde aus, und seine Beine zitterten leicht.

»Sosehr du dir auch wünschst wieder zu Hause zu sein«, fing Horyet an, »sosehr willst du auch wieder zur Erde zurück.«

Er hatte Recht. Natürlich freute ich mich wieder unter meinen Leuten und bei meiner Schwester zu sein, jedoch vermisste ich auch mein zu Hause auf der Erde.

»Nun kommt die Stunde, da du dich entscheiden musst, Andor«, sagte Horyet stumpf.

Dieser Heuchler. Als ob ihn wirklich interessierte, was aus mir wurde. Ich sollte von hier verschwinden und Horyet diesem Steinblock überlassen, strafende Gerechtigkeit.

»Wie geht es dir, Horyet? Bist du müde?«, dröhnte meine Stimme ihm entgegen.

Ich wusste ganz genau, jede Sekunden könnte er mit seiner Kraft am Ende sein, und dann würde der Steinblock auf ihn stürzen und er seine gerechte Strafe erhalten.

»Willst du ein einsames Leben auf Larg?«, sagte Horyet bissig, »oder willst du ein gemeinsames Leben mit Jennifer auf der Erde führen?«

Lange würde Horyet nicht mehr so einen Blödsinn schwafeln. Seine Beine zitterten immer mehr, und seine Arme gaben langsam unter der schweren Last nach. Und dann: Plumps. Platt. Aus und vorbei.

»Wie entscheidest du dich, Andor?«, setzte Horyet mich unter Druck. »Wie?«, lächelte er mich gehässig an. »Entscheidest du dich vielleicht für Larg ... und deine Schwester, oder«, sagte er dumpf, »entscheidest du dich doch für die Erde ... und Jennifer?«

Bums. Warum schlug er mir nicht gleich die Faust ins Gesicht? Verdammter Hurensohn. Ich sollte ihn durch den Stein richten lassen, doch was ich nun tat, überraschte mich zutiefst. Ich zog eine Laserwaffe aus dem Halfter am Gürtel und schoss den Steinblock in kleine Stücke, die auf Horyet herabrieselten wie Schneeflocken.

»Ah«, staunte Horyet. »Du rettest mir das Leben?«

»Geh«, forderte ich ihn auf und bedrohte ihn mit der Pistole, »bevor ich es mir anders überlege.«

»Das Monster, das du in mir suchst«, sagte Horyet und trat einen Schritt vor, »wirst du niemals in mir finden. Dein Plan ist fehlgeschlagen.«

Was für ein Plan?, dachte ich. *Ich hatte mir niemals solch einen Plan zurechtgelegt.*

»Wie wenig du von mir doch weißt, mein junger

Andor«, belächelte Horyet mich. »Doch sei auf der Hut, denn in diesem Moment werden Entscheidungen gefällt, die dein Leben bestimmen werden. Entscheide dich also ...«, sagte Horyet und holte Atem, »... für deine Schwester ... oder für die Frau, ... die du liebst!«

Idiot, dachte ich nur.

Horyets gemeines Lachen hallte in der Dunkelheit wider und ließ den Boden beben, bis ich befürchtete, dass gleich die ganze Höhlendecke einstürzen und ich unter tonnenschwerem Gestein begraben würde.

Ich fuhr vor Schreck hoch, als mich jemand berührte und sagte: »Wach auf, Bill!« Jennifer rüttelte abermals an meinem Arm.

»Oh, verdammt!«, sagte ich erschrocken und blickte in die Runde. »Habe ich lange geschlafen?«, flüsterte ich Jennifer zu. Sie schüttelte den Kopf. »Hat jemand etwas bemerkt?« Jennifer schüttelte wieder den Kopf.

Dann wurde ich aufmerksam, als Ranja mit fester Stimme sagte: »Kommen wir nun auf den zweiten Punkt auf der Liste zu sprechen: *Argumentation für und gegen eine Offensive gegen die Hauptbasis der Palets.*«

Vielleicht wurde die Besprechung nun wieder etwas interessanter für mich. Ranja erzählte nochmals, wie wir einen Teil der feindlichen Basis auf Pelos zerstört hatten. Hoffentlich ging die Lobeshymne nicht wieder von vorne los. Sie kam schnell auf das eigentliche Thema zu sprechen. Wir hatten zwar einen Teil der unterirdischen Basis einschließlich des Basratos auf Pelos vernichtet, jedoch existierte auf diesem Planeten noch die Hauptbasis der Palets und diese sollte durch einen Großangriff zerstört werden. Jedoch umkreisten Abwehrsatelliten den Planeten, die ein Durchkommen unserer Raumflotte fast unmöglich machten.

Es wurde eine heftige Diskussion geführt. Verluste gegen Erfolge eines Angriffs ausgewertet. Ich fand die Diskussion nicht so berauschend. Hier wurde über Leben und Tod entschieden. Das passte mir ganz und gar nicht. Was konnte ich dagegen tun?

»Die Palets haben doch noch andere Basen dieser Größenordnung«, wandte ein Mitglied des Rates ein, blickte in die Runde und sagte mit fester Stimme: »Wir verheizen nur unsere Leute, bei dieser Offensive.«

Ja, dieser Meinung war ich auch und schloss mich ihr lautstark an, aber aus irgendeinem Grund wurden meine Befürchtungen von den anderen Teilnehmern ignoriert.

Dann sprach Ranja und erzählte, dass diese Hauptbasis, in dieser Größenordnung, die einzige wäre, die die Palets besitzen würden. Jedoch wollte sie keinen Angriff befehligen, ehe die Abwehrsatelliten nicht ausgeschaltet waren. Dieser Vorschlag hörte sich für mich schon mal vernünftig an.

Die Debatte wurde noch eine Stunde geführt, und wie ich vorausgesehen hatte, schlossen sich alle dem Plan meiner Schwester an.

Nun musste nur noch ein Weg gefunden werden, wie wir diese Satelliten ausschalten konnten.

»Der Angriff kann kurzfristig erfolgen«, bestätigte der Befehlshaber der Raumflotte.

Dann wäre ja alles geklärt. Bitte den nächsten Punkt auf der Besprechungsliste, ging es mir durch den Kopf. Ich hatte keine Lust mehr, und außerdem plagte mich der Hunger.

Und endlich sagte Ranja: »Nun kommen wir auf den dritten Punkt zu sprechen: *Horyet*.«

Ich wandte mich meiner Schwester zu und war gespannt, was sie über Horyet zu sagen hatte.

»Bevor Horyet hier erscheint, möchte ich vorab noch etwas zu seiner Person erzählen«, verkündete Ranja und warf mir einen strengen Blick zu.

Rums. Fast wäre ich vom Stuhl gefallen. Horyet war hier? Ich erweckte wohl den Anschein, dass ich gleich aufspringen wollte, um aus der Tür zu stürzen und über Horyet herzufallen, denn Ranja ermahnte mich eindringlich: »Falls dir Horyets Anwesenheit etwas ausmacht, kannst du die Besprechung verlassen.« Ich blieb stumm. »Falls du hier bleibst, Andor, benimm dich zivilisiert!«

»Ja ... okay«, nickte ich ihr zu. »Ich verspreche es.«

Ranja stellte Horyet vor. Gut, wir erfuhren, dass er ein Kopfgeldjäger gewesen war und im Auftrag der Palets gehandelt hatte. Ranja erzählte, dass er mich gejagt hatte und den Palets ausliefern wollte. Wir erfuhren auch von Horyets Sinneswandlung, dass er nicht mehr länger den Palets dienen wollte, weil er eingesehen hatte, dass er einen großen Fehler begangen hatte. Die Palets hatten ja schließlich seine Eltern und sein Volk getötet. Sie erzählte noch einiges mehr, aber ich schaltete ab, weil ich die Geschichte von Horyet ja schon kannte. Vertraute meine Schwester wirklich diesem Bastard? Gut, in der letzten Zeit hatte Horyet mir tatsächlich einige Male das Leben gerettet, und er hatte uns geholfen, die feindliche Basis zu zerstören. Ohne seine Hilfe wären wir vermutlich gescheitert. Aber trotzdem stellte ich mir die Frage: Was war der eigentliche Beweggrund für seine Handlungen? An seine Gutmütigkeit wollte ich nicht so recht glauben.

Dann betrat Horyet den Raum. Er hatte immer noch das menschliche Aussehen behalten, so wie Jennifer, Helmut und ich ihn kannten. Er trug nicht mehr den schäbigen Anzug, sondern hatte eine braune Uniform an. Ich wäre ihm gerne an die Gurgel gesprungen, doch mein Versprechen Ranja gegenüber wollte ich nicht brechen.

»Hallo Andor«, sagte Horyet nur und nickte mir zu.

»Hallo Horyet«, erwiderte ich und bemerkte, wie Alf unruhig wurde.

Jennifer ließ ihn los, und im gleichen Augenblick sprang Alf von ihrem Schoss und lief über den Tisch. Becher kippten um. Schreie durchdrangen den Raum. Ich hoffte, dass Horyet nun die Quittung für seine Gräueltaten erhielt. Alf sprang vom Tisch und lief direkt auf Horyet zu. Alf knurrte leicht. Ich vermutete, dass Alf Horyet gleich die Kehle durchbeißen würde. Hoffentlich ließ Alf ihn etwas leiden. Es sah für mich so aus, als wäre Horyet vor Schreck wie gelähmt, als Alf ihn ansprang.

»Da bist du ja«, sagte Horyet freudig und hielt Alf auf seinem linken Arm, während er ihn mit seiner rechten Hand kraulte. »Habe dich verzweifelt gesucht.«

»Du kennst ihn?«, fragte Jennifer deprimiert.

»Ja«, nickte Horyet fröhlich. »Hat er dir sein Leben zu verdanken?«

Jennifer nickte.

»Ich danke dir«, sagte Horyet und verbeugte sich leicht. Dann setzte er Alf ab und trat an den Tisch. Alf kehrte zu Jennifer zurück, die ihn wieder auf den Schoss nahm.

»Bist du immer noch wütend auf mich?«, wandte sich Horyet mir zu.

Wütend?, dachte ich. *Das war wohl eher ein milder Ausdruck, wenn ich daran dachte, was er mir alles angetan hatte.*

Nun erfuhren wir von Horyet wieder etwas, dass

den Palets eine Niederlage einbringen könnte. Er machte uns auf das goldene Medaillon aufmerksam, das ich in der Laptoptasche bei mir hatte und sagte, dass dort Information gespeichert waren, mit denen die Abwehrsatelliten abgeschaltet werden konnten. Außerdem befanden sich Pläne der Hauptbasis darauf. Und ich hatte wohl Informationen gesammelt, mit denen ein Virus entwickelt werden konnte, mit dem dann die Energieversorgungsanlagen auf allen Planeten der Palets abgeschaltet werden konnten.

Wow. Falls das alles stimmen sollte, sollte ich ein wenig mehr Dankbarkeit Horyet gegenüber zeigen. Vielleicht wären mir diese Informationen auch wieder eingefallen, aber dann hätte es für uns zu spät sein können.

Ich griff nach der Laptoptasche, die neben mir auf dem Boden stand, und nahm das goldene Medaillon heraus. Ich überreichte es meiner Schwester, die mir bestätigte, dass es sich um ein Speichermedium handelte und dass die ovale silberne Fläche auf diesem Medaillon ein Interface war, um verschiedene Systeme miteinander zu verbinden. Ranja überreichte das Medaillon der Leiterin der Sicherheitsabteilung, die sich sofort damit auf den Weg machte, um die Daten von ihren Mitarbeitern entschlüsseln zu lassen.

»Dann muss ich mich wohl jetzt bei dir bedanken«, sprach ich Horyet an.

»Musst du nicht«, sagte er.

Ich warf einen kurzen Blick zu Jennifer, die mir zunickte.

»Okay«, fing ich an, »ich danke dir für alles, was du für uns getan hast und möchte mich für meine ...«

»Lass es gut sein, Andor«, unterbrach Horyet mich und ersparte mir damit die Peinlichkeit. »Ich glaube, es wird langsam Zeit für mich zu gehen«, ergänzte Horyet.

»Was wird aus Alf?«, fragte Jennifer vorsichtig.

»Er wird sich seinen Gefährten oder«, antwortete Horyet, »Gefährtin aussuchen«, lächelte er Jennifer an.

»Nun ja, Alf«, sagte Jennifer und kraulte ihn sanft, »ich glaube, es wird das Beste für dich sein, wenn du mit Horyet gehst.«

»Ich dachte du willst ihn ... «, sagte ich, und Jennifer unterbrach mich: »Ich denke, dass ich auf die Erde zurückkehren werde und dass dort für Alf kein Platz ist. Ich würde das schon wollen, aber es ...« Jennifer brach ab, und eine Träne kullerte ihr die Wange hinab. »Mach es gut, Alf«, sagte sie liebevoll.

»Na, dann komm zu mir, Alf«, sagte Horyet freudig und wandte sich Jennifer zu: »Der Name gefällt mir. Ich werde ihn auch so nennen«, nickte er. »Und, na ja, vielleicht sehen wir uns ja mal wieder«, ergänzte er.

»Ja«, nicke Jennifer betroffen. »Vielleicht«, sagte sie noch.

»Also, ich glaube, dass sich Alf darüber sehr freuen würde«, sagte Horyet und verließ zusammen mit Alf den Raum.

Und nun kamen wir auf das Thema zu sprechen, dass Jennifer eben schon kurz erwähnt hatte. Es war der vierte und letzte Punkt auf der Liste: *Die Rückkehr von Helmut und Jennifer auf den Planeten Erde.*

Weil der Ausgang des Krieges unbestimmt war, schlug Ranja vor, dass es besser wäre, wenn Jennifer und Helmut auf die Erde zurückkehren würden. Das ging mir gewaltig gegen den Strich, aber als Ranja mir eindringlich klarmachte, dass ich an die Sicherheit meiner Freunde denken sollte, argumentierte ich nicht mehr dagegen.

Zuerst aber sollten die Auswertung der Daten auf dem goldenen Medaillon und die Vorbereitungen für den Angriff abgeschlossen sein. Also blieben uns noch etwa vier Tage, bis es hieß: **Abschied voneinander zu nehmen**.

Was ich für eine Aufgabe in diesem Krieg erhalten sollte, würde sich noch herausstellen. Horyet durfte zur Raumflotte, weil er unter anderem über wichtige technische Informationen der feindlichen Hauptbasis verfügte. Endlich beendete Ranja die Sitzung, das war auch gut so, denn langsam ging mir das Geschwafel auf die Nerven.

Friedliche Ruhe ist besser

als Ruhe in Frieden

13 Der Morgen war viel zu schön, um an Krieg zu denken, deswegen hatte ich mich auch mit Jennifer und Helmut verabredet. Wir wollten einen Streifzug durch die Stadt unternehmen, um meine Heimat näher kennenzulernen. Es war nicht so, dass es mir völlig egal war, welche Aufgaben ich im Krieg erhalten würde, doch im Moment wollte ich verlorene Erinnerungen wiederfinden.

Jennifer holte mich an meiner Unterkunft ab. Sie war gut gelaunt und freute sich auf den gemeinsamen Ausflug. Sie trug ein buntes Kleid, das ihr bis zu den Knien reichte, und hatte sich für flache, bequeme Schuhe entschieden.

»Siehst gut aus in dem Kleid«, schwärmte ich.

»Dankeschön«, lachte Jennifer fröhlich.

Ich hatte mir eine blaue Hose und ein braunes Shirt angezogen. Die Hose kam mir im Schritt viel zu weit vor. Es sah so aus, als würde ich Windeln tragen oder hätte mir in die Hose geschissen.

»Schade das deine Schwester keine Zeit hat«, sagte Jennifer.

»Ja«, murmelte ich enttäuscht, »sie hat eine dringende Einsatzbesprechung im Hauptquartier und dann noch ein Meeting ... hab's vergessen, worum es dabei geht.«

»Heute Nachmittag aber wollte sie sich ja Zeit für uns nehmen«, sagte Jennifer.

»Es wird bei ihr eher so gegen Abend werden«, korrigierte ich Jennifer und sagte schnell: »Komm, wir gehen Helmut abholen.«

Wir schlenderten zu Helmuts Unterkunft. Sie lag nur ein paar Türen weiter als meine. Anscheinend hatte Helmut uns schon sehnsüchtig erwartet, denn er öffnete sofort die Tür als Jennifer die Sprechanlage betätigte. Auch Helmut trug eine blaue Hose. Jedoch hatte er sich für ein helles Hemd entschieden. Wir gingen gemächlich zum Aufzug und fuhren ins Erdgeschoss. Dort verließen wir das Gebäude durch eine gläserne Tür, die so riesig war, wie ein Tor von einem Hangar.

»Hoffentlich verlaufen wir uns in der Stadt nicht«, sagte Helmut.

»Hm«, kam es von Jennifer. »Was sollen wir denn zuerst unternehmen?«

»Hab schon alles organisiert«, antwortete ich und lächelte verschmitzt.

»Aha«, sagte Helmut nur und verzog leicht die Mundwinkel.

»Sollte eine Überraschung werden«, verteidigte ich mich schnell.

»Dann bin ich mal gespannt, was du dir ausgedacht hast«, sagte Jennifer frohgelaunt.

»Ja, bin ich auch«, brummte Helmut leise vor sich hin, der auf mich ein bisschen beleidigt wirkte, weil ich ihn vermutlich mit meinem Vorschlag überrumpelt hatte, jedoch als Helmut von mir erfuhr, dass Ranja die Stadttour zusammengestellt hatte, hellte sich seine Miene sofort wieder auf.

»Was haben wir denn heute so alles vor?«, fragte er interessiert.

»Zuerst machen wir eine kleine Stadtrundfahrt, dann besuchen wir eine Parkanlage und anschließend ein Museum für Luft- und Raumfahrt, dann machen wir eine Pause in einem urigen Wirtshaus«, erzählte ich mit heiterer Miene, »und zum Abschluss geht es in die Luft.«

»Mein lieber Herr Gesangverein!«, staunte Helmut sichtlich angetan, und ich dachte bei mir: *Das ist aber ein altbackener Spruch.* »Da haben wir ja einiges vor«, ergänzte Helmut.

»Super«, freute sich Jennifer und fragte: »In welche Richtung gehen wir?«

»Wir gehen nicht zu Fuß«, wandte ich mich Jennifer zu. »Da steht unser Fahrzeug«, sagte ich und deutete auf das gelbe Cabb, das in einer breiten Parkbucht am Straßenrand für uns bereitstand. Es hatte ringsherum breite Scheiben und ein kugelförmiges Glasdach. Auf jeder Seite befand sich eine große Tür. Wir traten an unser Cabb heran.

»Hat jemand einen Autoschlüssel?«, fragte Helmut, als wir davorstanden und sich nichts tat.

Wie bekamen wir das Cabb auf?

»Tja«, sagte ich und überlegte. »Ich hab vergessen, Ranja danach zu fragen«, gab ich kleinlaut zu.

»Vielleicht muss man dort einen Code eingeben«, rätselte Jennifer und deutete auf einen kleinen Bildschirm, der auf dem Fenster an der Fahrerseite hell aufleuchtete. Auf ihm befanden sich Symbole sowie eine Tastatur. Ich warf einen neugierigen Blick ins Wageninnere. Dort sah ich zwei Sitzreihen mit je drei Sitzen. Eine Sitzreihe war in Fahrtrichtung, die andere in entgegengesetzter Richtung angeordnet.

»Ruf doch mal Ranja an«, schlug Helmut vor und deutete grinsend auf das Kommunikationsmodul in meinem Nacken.

»Gute Idee«, nickte ich, trat aber zuvor noch einmal dicht an den Bildschirm heran.

Soll ich meinen Zeigefinger auf ein Symbol legen?, dachte ich.

Unerwartet kam ein grüner Lichtstrahl aus dem Bildschirm heraus und tastete mein rechtes Auge ab. Wie von Geisterhand öffneten sich beide Türen, in dem sie am Fahrzeug entlang nach hinten glitten.

»War doch gar nicht so schwer, oder?«, sprach ich Helmut an.

»Glückskind«, gab Helmut zurück.

Jennifer nahm schnell auf dem mittlerem Sitz in Fahrtrichtung Platz. Helmut setzte sich links und ich rechts von Jennifer hin. Die Sitze waren sehr bequem und sportlich. Die Türen schlossen sich automatisch.

»Bitte bereiten Sie sich für die Abfahrt vor«, erklang eine weibliche Stimme.

»Wow, das Auto spricht mit uns«, staunte Helmut. »Vorbereiten ... okay. Wo sind denn die Gurte?«, fragte Helmut suchend.

»Bitte definieren Sie ihre Frage neu«, sagte die weibliche Stimme des Bordcomputers.

»Also, falls wir einen Unfall haben sollten, würde ich mich gerne anschnallen«, erklärte Helmut.

»Im Falle eines Unfalls, der sehr unwahrscheinlich ist, wird ein Kraftfeld dafür sorgen, dass Sie im Sitz bleiben«, erklärte die weibliche Stimme freundlich.

»Okay«, sagte Helmut langsam und kratzte sich am Kinn. »Sympathische Stimme«, bemerkte er noch.

»Danke«, sagte die weibliche Stimme. »Mein Name ist Alisha.«

»Okay, Alisha, dann kann es ja losgehen«, sagte ich gespannt.

»Wir beginnen mit einer Stadtrundfahrt«, sagte Alisha und ordnete sich langsam in den Verkehr ein.

»Was hast du gestern Abend gemacht, Helmut?«, fragte Jennifer neugierig.

»Also, ich ... äh ... war noch ein schöner Abend ... ja«, antwortete Helmut.

»Soso«, blinzelte Jennifer ihn an. »Was war denn so schön an diesem Abend? Hast du die Holografie-Matrix ausprobiert?«

»Nö«, schüttelte Helmut den Kopf, aber Jennifer ließ nicht locker und quetschte den armen Kerl regelrecht aus. Aus irgendeinem unerklärlichen Grund wollte Helmut nicht damit rausrücken, was er gestern Abend noch unternommen hatte. Er wich Jennifers Fragen immer wieder aus, aber als Jennifer dann sagte: »Ich habe euch gesehen«, schrak Helmut zusammen.

»Ach ja«, sagte Helmut irritiert und warf mir einen verlegenen Blick zu. »Okay, ich war noch mit Ranja einen Drink nehmen«, gab Helmut schließlich zu.

»Ach ja«, sagte ich erstaunt.

»Na ja, vielleicht waren es auch zwei Drinks«, sagte Helmut und schwieg wie ein Grab.

»Da hat sie mir ja gar nichts von erzählt«, sagte ich mit wütender Stimme und wandte mich Jennifer zu: »Wo warst du denn gewesen, als du Helmut und Ranja gesehen hast?«

»Ich wollte zu dir, aber auf dem Display an deiner Tür stand etwas, dass ich nicht lesen konnte«, erklärte Jennifer, »dann kam deine Schwester vorbei und hat mir gesagt, dass es: *Bitte nicht stören*, heißt. Also bin ich wieder zu meiner Unterkunft gegangen. Deine Schwester hat mich begleitet und blieb dann vor Helmuts Tür stehen.«

»Okay«, sagte ich aufgewühlt und dachte, dass es eine verdammt lange Erklärung von ihr war. »Wie war denn die Bar?«, fragte ich Helmut.

»Klasse«, nickte Helmut. »Sie ist direkt ein Gebäude weiter«, erzählte er freudig. »Wir können heute Abend ja alle zusammen dort hingehen«, schlug er vor.

Jennifer und ich waren damit einverstanden. Dann schauten wir aus dem Fenster, während Alisha uns etwas über die Entstehungsgeschichte der Stadt erzählte.

Unterhalb des Blickfeldes, auf dem Fenster neben mir, befand sich ebenfalls ein kleiner Bildschirm, auf dem sich Symbole und eine Tastatur befanden.

»Schade, dass man das Cabb nicht selber fahren kann«, sagte Helmut.

»Ja, schade«, bestätigte ich ihm.

Der gesamte Verkehr wurde von hochentwickelten Computeranlagen gesteuert. Der große Vorteil war, dass es angeblich keine Staus und Unfälle geben sollte. Wir saßen also gemütlich da und konnten aus dem Fenster sehen, während das Cabb mit uns durch die Stadt fuhr. Die Oberflächen auf den Verkehrsstraßen bestanden aus einem metallischen Belag. Vermutlich hatte es etwas mit der Schwebetechnik zu tun. Es waren auch ausreichende Parkmöglichkeiten für die Cabbs vorhanden. Als angenehm empfand ich es auch, dass es keine Ampelanlagen gab, an denen wir warten mussten. Als wir links abbogen, ordnete sich das Fahrzeug im Reißverschlussverfahren ein. Wir passierten eine Kreuzung, an der die Fahrzeuge kreuz und quer darüber hinweg fuhren, ohne Crash und Wartezeit. Ansonsten waren die Straßen so angeordnet wie auf der Erde. Fußgängerwege befanden sich rechts und links neben der Straße. Obwohl Unfälle mit dem Cabb ausgeschlossen waren, befanden sich an den Straßenrändern helle Kraftfelder, die die Fußgänger schützen sollten. Es herrschte ein reger Verkehr, der flüssig und ohne Zwischenfälle verlief. Die Cabbs bewegten sich so leise fort, dass kein Fahrgeräusch an unsere Ohren drang.

»Diese Stadt gefällt mir schon mal«, sagte Helmut.

»Ja, mir auch«, nickte Jennifer begeistert.

Die Stadt konnte sich wirklich sehen lassen; nicht auszudenken, dass in einem fürchterlichen Krieg alles zerstört werden konnte.

Wir bewunderten die eindrucksvollen Gebäude, die aus viel Glas und Holz bestanden. Wir fuhren an gewaltigen Statuen vorbei, die hohe Persönlichkeiten auf diesem Planeten darstellten. Es gab viele kleine und große Parkanlagen, und an einer dieser Parkanlagen hielten wir an. Neben mir piepste es plötzlich. Der Bildschirm ging an. Meine Schwester erschien darauf und fragte: »Wie gefällt es euch?«

Wir teilten ihr unsere glühende Begeisterung mit und erfuhren von ihr, dass sie gerade Pause hatte und die Besprechung zähflüssig verlief.

»Wir wollen heute Abend alle zusammen in die Bar gehen, in der wir gestern waren«, sprach Helmut Ranja an. »Kommst du mit uns?«, fragte Helmut leise.

»Ja, freue mich schon darauf«, sagte sie und lächelte vergnügt.

Wo die Liebe hinfällt, dachte ich, machte aber keine Anspielungen; es hatte für mich den Anschein, dass es zwischen den beiden wirklich gefunkt hatte.

»Wir sind gerade am Luna-Park angekommen und werden ihn gleich besichtigen«, sagte ich.

»Viel Spaß dabei«, sagte Ranja. »Es ist die schönste Parkanlage hier auf Larg. So, ich muss wieder los. Die Besprechung geht gleich weiter«, verabschiedete sich Ranja von uns.

Wir stiegen aus und betraten die Parkanlage durch ein rundes Tor, an dem grüne Pflanzen rankten. Der Spaziergang tat uns gut. Die Gras bewachsenen Flächen waren sehr kurz geschnitten. Es gab Laubbäume die vereinzelt standen und Flächen, auf denen die Bäume sehr dicht beisammen wuchsen. Kleine Brücken führten über Bäche, und am Horizont der Parkanlage sahen wir Berge und eine glutrote Sonne. Die Häuser von Xelvior waren alle verschwunden. Wir vermuteten, dass die Landschaft auf irgendetwas projiziert wurde, vermutlich auf ein Kraftfeld. Wir schlenderten gemütlich durch den Park und hatten dafür zwei Stunden Zeit. Erst gegen Mittag sollten wir wieder bei dem Cabb sein. Wir besuchten zwei Gewächshäuser mit unterschiedlicher Bepflanzung und ein sehenswertes Vogelgehege. Anschließend legten wir in einem gemütlichen Café, das sich in einem subtropischen Gewächshaus befand, eine Pause ein. Wir saßen also mitten in diesem subtropischen Klima, jedoch war der Bereich des Cafés angenehm klimatisiert. Die Getränke waren kostenlos. Auf einem großen Bildschirm lief ein Informationsfilm über diese subtropische Landschaft, jedoch zogen wir es vor, uns ein wenig zu unterhalten.

Nach einer gewissen Zeit warf ich einen Blick auf meine Armbanduhr und sagte: »Schade, so langsam müssen wir zum Cabb zurück.«

»Ja, aber ich werde mir diesen Park ... vielleicht zu-

sammen mit ... Ranja ... irgendwann noch einmal an-
schauen«, gab Helmut voller Hoffnung von sich.

Ich schwieg dazu.

»So langsam bekomme ich Hunger«, sagte Jennifer.

»Wir werden heute Mittag im Museumsrestaurant
Essen gehen.«

»Schon fast Mittag«, murmelte Helmut. »Die Zeit ist
verdammt schnell vergangen, wie im Fluge.«

»Ja«, nickte ich ihm zu.

»Es war aber sehr schön hier im Park«, schwärmte
Helmut.

Wir tranken unsere Tassen aus und gingen zum
Cabb zurück. Alisha begrüßte uns und sagte, dass wir
nun zum Museum für Luft- und Raumfahrt fahren
würden. Die Fahrt dauerte nur wenige Minuten.

Als wir das Museumsrestaurant betraten, erinnerte
mich die Einrichtung an eine nüchtern eingerichtete
Kantine. Ich hatte etwas außergewöhnliches erwartet –
ein Weltraumrestaurant mit einer Kuppel, auf dem
Sterne projiziert wurden. Als Sitzplatz hätte man auch
etwas Besonderes kreieren können, wie zum Beispiel
einen Raketensitz, aber stattdessen gab es lediglich
einfache Plastikstühle. Das Restaurant haute mich
nicht vom Hocker, aber das Essen war verdammt lecker. Es kam ja hier auch nicht auf das Restaurant an
sondern auf das Museum, und das musste einmalig
sein. Ein Essen und ein Getränk waren hier ebenfalls
inklusive, und ein kleiner Trost für uns war, dass nach
dem Museumsbesuch noch ein uriges Wirtshaus auf
der Ausflugsliste stand.

Nachdem wir uns gestärkt hatten, betraten wir das
Museum. Der gigantische Saal, in dem die gesamte
Entwicklung der Luftfahrzeuge bis zur heutigen
Raumflotte ausgestellt war, beeindruckte uns sehr. Die

Modelle der Luftfahrzeuge hingen von der Decke herab. Vier Stockwerke von Galerien zogen sich am Rand des Saals entlang, deshalb konnten die Besucher die Ausstellungsstücke aus unterschiedlicher Höhe und Perspektive betrachten.

Das Museum war gut besucht, jedoch verteilte sich das Publikum auf der Fläche, so dass wir uns in Ruhe umsehen konnten. Wir gingen gemächlich die Rampe zur Galerie im ersten und zweiten Stock hoch und bestaunten kleine Raumschiffe, Raumkapseln und Satelliten.

»Ist sehr interessant hier«, sagte Helmut.

»Ja«, nickte Jennifer und sagte: »Schade, dass wir nicht mehr Zeit haben.«

Die Besichtigungstour war bis 16:00 vorgesehen, aber ich musste zugeben, mir reichte die Zeit für den ersten Besuch hier völlig aus.

In der Galerie im dritten Stock, bestaunten wir winzige Skulpturen aus Stein und Gold, welche die verschiedenen Stufen der Evolution des Planeten darstellten. Die berühmten Bilder des Malers Galijere, welche das Meer von Warschover und die Berge von Garniset zeigten, gefielen Jennifer besonders gut.

Das düstere Wandbild vor dem Aufgang zur letzten Galerie hatte nicht nur auf mich sondern auch auf Jennifer und Helmut eine unheimliche Wirkung. Der junge Künstler Berinje Maloa hatte eine außerirdische Welt mit Lebewesen erschaffen, die mich stark an den Film Alien erinnerten. Auf einer silbernen Tafel rechts neben dem Wandbild erfuhren wir, dass es diese Welt wirklich gab. Links auf dem Bild war eine Gestalt in einem Raumanzug zu erkennen. Als ich sie mir näher betrachtete, bemerkte ich, dass in dem Raumanzug ein Skelett steckte.

»Das ist schon ein wenig makaber«, sagte Helmut, der an meiner linken Seite stand.

»Schau dir mal die spitzen Zähne von diesem Viech da an«, sagte ich und deutete auf einen Alien. »Sollen wir weitergehen?«, fragte ich nach.

»Gute Idee«, antwortete Jennifer an meiner rechten Seite.

In der letzten Galerie waren holografische Modelle und Schautafeln ausgestellt. Dort konnten wir etwas über die Stadt- und Landentwicklung erfahren. Auf einem holografischen Stadtbild war ein eigenartiges Raumfahrzeug zu sehen, das Rotoren wie bei einem Hubschrauber besaß. Wir rätselten, wofür die Rotoren benötigt wurden.

»Sollen wir noch mit dem Aufzug zur Sternwarte hochfahren?«, fragte ich nach und warf einen Blick auf meine Armbanduhr. »Wir haben noch eine Stunde.«

»Okay«, sagte Helmut prompt.

»Ja«, stimmte Jennifer zu. »Gibt es hier auch etwas zu trinken?«, fragte sie.

»Ich habe unten auf einem Schild gelesen, dass es in der Sternwarte ein Café gibt«, antwortete ich.

Am Ende der Galerie gab es einen Aufzug, der zur Sternwarte hinaufführte. Als sich die Türen öffneten, stiegen wir ein und fuhren vor Schreck zusammen, denn der Künstler Berinje Maloa hatte die Aufzugswände gestaltet, auf denen er eine düstere Unterwasserwelt mit allerlei Lebensformen dargestellt hatte. Die Meerestiere auf diesem Bild bewegten sich, und eine Art riesige Muräne schnappte nach uns. Wir waren froh, als sich die Türen wieder öffneten und wir aussteigen konnten.

Das Café war klein aber fein. Hier gab es keinerlei Plastikzeug sondern schöne helle Holztische und

Stühle. Die mediterrane Dekoration und Topfpflanzen trugen zu einer besonderen Atmosphäre bei.

Ich fragte eine Bedienung, wie das hier mit der Bezahlung gehen würde, und erfuhr, dass zwei Getränke gratis waren. Daraufhin bestellte sich jeder von uns ein kaffeeähnliches Getränk. Jennifer kam auf Alf zu sprechen, daraufhin erzählte Helmut eine lustige Story von dem Hund seines Nachbarn, dabei verging die Zeit wie im Fluge, so dass uns kaum noch Zeit blieb, die Sternwarte zu besichtigen. Nun ja, die braune Brühe – ich nannte sie Kaffee – schmeckte uns gut, so dass wir uns noch eine Tasse davon bestellten und gemeinsam beschlossen, die Sternwarte ein anderes Mal in Augenschein zu nehmen.

Es wurde langsam Zeit zu gehen. Als wir im Erdgeschoss ankamen, sahen wir, durch die gläserne Wand am Eingang des Museums, unser Cabb stehen. Nachdem Alisha uns kurz begrüßt hatte, fuhr das Cabb los, zum urigen Wirtshaus.

»Also, der Besuch im Museum hat sich wirklich gelohnt«, gab ich zufrieden von mir.

»Ja, es war schon sehr beeindruckend«, stimmte Helmut mir zu.

»Schaut mal da«, sagte Jennifer und deutete nach rechts.

Wir kamen an einem imposanten, gläsernen Gebäude mit einem halbrunden Eingang vorbei, vor dem eine Warteschlange stand. Von Alisha erfuhren wir, dass es sich um einen Zoo handelte, in dem es auch Tiere von anderen Planeten zu sehen gab.

»Da müssen wir auch mal hin«, schwärmte Helmut.

»Bin sofort dabei«, sagte Jennifer spontan.

Während wir die malerischen Eindrücke der Stadt schweigend in uns aufsaugten, stellte ich mir dabei vor, wie es wäre, wenn ich mal mit Jennifer alleine einen Ausflug unternehmen würde. Vielleicht würden wir uns dann ein Stück näher kommen. Ich könnte meinen Arm um sie legen ... und vielleicht ... ja vielleicht könnte ich sie dabei küssen.

Als wir am Friedensplatz vorbeifuhren, auf dem zwölf Obelisken standen, welche die Nationen von Larg symbolisierten, und ein Mahnmal in den Himmel aufragte, das zu Ehren der Gefallen errichtet wurde, wurde mir wieder bewusst, warum ich eigentlich auf Larg war, und mir war mit einem Schlag wieder klar, dass Jennifer und Helmut den Planeten schon bald verlassen würden.

Wir parkten am Straßenrand und betraten voller Neugier das Wirtshaus namens *Bart's*. Es sollte ein uriges Wirtshaus sein, aber dass es so urig war, hatte ich mir nicht träumen lassen. Die Inneneinrichtung hatte eine karibische Atmosphäre. Es war viel Holz und Bambus verbaut. Rechts und links vom Eingang befanden sich zwei dunkle Holztheken mit Barhockern davor.

Auf der einzigen Holzbank in der hinteren Ecke saß ein grauhaariger Mann und nippte an seinem Becher. Die runden Holztische, an denen bis zu vier Gäste Platz fanden, waren gut besetzt. Einige Gäste musterten uns verstohlen. Als wir ihre Blicke erwiderten, schauten sie rasch weg. Die linke Theke war nicht besetzt, aber hinter der rechten Theke erwartete uns ein außergewöhnlicher Barkeeper.

»Ui«, staunte Helmut. »Verärgere mir den Kerl bloß nicht«, ermahnte er mich leise, während wir zur Theke schritten.

»Schau dir mal das wundervolle Meer an«, sagte Jennifer und deutete auf einen riesigen Bildschirm, der an der Wand hinter der Theke hing. Über den Barkeeper verlor sie kein einziges Wort. Hatte Jennifer den Typen vielleicht noch gar nicht wahrgenommen?

Vom Kragen bis zum Fuß war der wohlgenährte Barkeeper, ein älterer Mann mit grauem Vollbart, in schwarzes Leder gekleidet. Er hatte ein Halsband mit messerscharfen Zähnen um, das an seiner Brust klapperte. Er sah mir nicht wie einer der Typen aus, die ich gerne gereizt hätte, sei es absichtlich oder unabsichtlich.

»Das Lokal hier war wirklich eine Empfehlung von deiner Schwester?«, hakte Helmut nach.

»Ja«, nickte ich. »Soll hier sehr begehrt sein.«

»Ist ziemlich urig hier«, bemerkte Jennifer. »Gefällt mir.«

Wow, dachte ich. *Hat sie denn den Barkeeper mit der eisigen Miene immer noch nicht gesehen?*

»Wo sollen wir uns hinsetzten?«, fragte ich.

»Na, an die Bar«, schlug Jennifer vor.

»Okay«, sagte ich langsam.

»Von mir aus«, sagte Helmut lässig und zog langsam die Augenbrauen hoch, als er einen flüchtigen Blick zum Barkeeper warf.

Also nahmen wir, wie Jennifer es wünschte, an der Bar Platz. Jennifer saß rechts und Helmut links von mir.

»Was kann ich Ihnen bringen?«, kam der Barkeeper auf uns zu.

»Äh … tja … also«, stotterte ich.

Jennifer wandte sich mir sichtlich verstört zu, so als ob sie mich fragen wollte: ***Hast du deine Sprache verloren, Bill?***

»Was können Sie uns denn empfehlen?«, fragte Jennifer an den Barkeeper gewandt, der ihr daraufhin ein freundliches Lächeln entgegenbrachte und sagte: »Für einen ganz besonderen Tag empfehle ich den *Black Berinje Maloa*.«

»Das ist doch der Name eines Künstlers«, sagte ich.

»Ja, so ist es«, nickte er mir zu.

»Ist er stark?«, fragte Helmut.

»Wie bitte?«, entgegnete der Barkeeper.

»Ob das Getränk in den Kopf steigt?«, fragte Helmut.

»Nein«, schüttelte der Barkeeper den Kopf. »Er ist nicht so stark, dass man davon betrunken wird.«

»Dann probiere ich einen *Black Berinje Maloa*«, sagte Jennifer freudig.

Der Barkeeper wartete auf meine Antwort und fixierte mich mit eisblauen Augen.

»Okay, ich nehme auch so einen Drink«, sagte ich und hoffte, dass ich diese Entscheidung später nicht bereuen würde.

»Also, ich hätte auch gerne so einen *Black Maloa*«, sagte Helmut, noch bevor sich der Barkeeper ihm ganz zugewandt hatte.

»Gut, also dreimal den *Black Berinje Maloa*«, nickte er zufrieden und machte sich an die Arbeit.

Wir unterhielten uns über den Museumsbesuch.

Der Barkeeper kam mit drei kleinen Schnapsgläsern an und sagte: »Hier ist noch ein spezieller Met auf Kosten des Hauses. Er stammt hier aus der Gegend«, erzählte er. »Direkt aus dem Sirostal.«

»Danke«, sagte Jennifer. Helmut und ich nickten ihm dankbar zu, als er das Getränk vor uns abstellte.

»Übrigens, mein Name ist Bartag«, stellte sich der Barkeeper uns vor und ging rasch davon.

»Hört sich irgendwie klingonisch an«, flüsterte Helmut mir zu und grinste breit.

»Mein Name ist ... **Bartag**«, wiederholte ich mit dunkler Stimme, »und meine Bar heißt **Bart's**«, sagte ich noch und warf einen erschrockenen Blick zum Barkeeper. Er stand am anderen Ende der Bar und bereitete die Getränke für uns zu.

»Ihr seid albern«, ärgerte sich Jennifer über uns. »Auf den schönen Tag«, sagte sie und hob ihr Glas.

»Ja, auf diesen schönen Tag«, lächelte Helmut freudig und stieß mit Jennifer an.

Dann stieß ich mit Jennifer an und sagte dabei: »Auf diesen wunderschönen Tag.«

»Und der Tag ist ja noch nicht vorbei«, sagte Helmut frohgelaunt und stieß mit mir an.

»Wie war der Met?«, fragte der Barkeeper, als er mit einem Tablett ankam, auf dem unsere Drinks standen.

»Der war gut«, nickte ich ihm zu.

»Ja, fand ich auch«, sagte Jennifer.

»Ich hatte mal einen Met getrunken, der hatte nach Pferdepisse geschmeckt«, fing Helmut an, »aber der hier, der war wirklich verdammt gut.«

Der Barkeeper lachte vergnügt und verteilte die hohen, schmalen Gläser. Der Drink sah genauso finster aus, wie die Werke des Künstlers selbst. Als ich einen Schluck getrunken hatte, war ich überrascht, wie gut das Mischgetränk schmeckte. Jennifer und Helmut teilten meine Begeisterung. Der Barkeeper verbeugte sich leicht und sagte mit sichtlicher Freude: »Es freut mich, dass es Ihnen mundet. Es ist meine eigene Kreation.«

Der Barkeeper wurde an einen Tisch gerufen.

»Tja, Leute«, fing Helmut an, als sein Glas halb leer war. »Womit wollen wir hier eigentlich bezahlen? Ich glaube nicht, dass es hier überall etwas umsonst gibt, oder?«

Ups, daran hatte ich noch gar noch gedacht. Die Getränke im Park waren für alle Besucher kostenlos. Ebenfalls war der Eintritt in das Museum und ein Essen mit einem Getränk für alle frei. Aber ob alles auf Larg kostenlos war, bezweifelte auch ich. Die Antwort kam prompt vom Barkeeper, der wieder hinter der Theke stand und sagte: »Die Rechnung übernimmt Ranja Largo.«

»Okay«, nickte ich freudig. Aber woher wusste der Barkeeper, dass Ranja unsere Rechnung übernehmen wollte? Es waren ja schließlich noch andere Gäste hier.

»Was überlegst du, Bill?«, fragte Jennifer.

»Nicht so wichtig«, winkte ich ab.

»Gleich steht noch eine Fahrt mit dem Luftschiff auf dem Programm«, sagte Helmut.

»Oh, etwa mit dem historischen Luftschiff Holga?«, fragte der Barkeeper interessiert.

»Ja«, bestätigte ich ihm mit einem leichten Nicken.

»Das ist etwas ganz Besonders«, schwärmte der Barkeeper. »Im letztem Jahr habe ich auch einen Flug mit dem Luftschiff unternommen. Kann ich wirklich nur jedem empfehlen«, ergänzte er.

»Da hat sich deine Schwester aber eine schöne Tour für uns ausgedacht«, lobte Jennifer.

»Ja, das hat sie«, erwiderte ich.

»Oh«, staunte der Barkeeper. »Ranja Largo ist Ihre Schwester?«, fragte er nach.

»Ja«, bestätigte ich ihm.

»Ist mir eine Ehre, Sie kennenzulernen«, nickte der Barkeeper mir leicht zu.

»Danke«, sagte ich. »Sie haben ein wirklich schönes Lokal«, ergänzte ich.

Der Barkeeper freute sich sehr, dass uns sein Lokal gefiel. Er war ein angenehmer Gesprächspartner und sehr höflich, da hatte ich ihn anfangs wohl völlig falsch eingeschätzt.

»Irgendwie bin ich etwas müde«, fing ich an, »und könnte etwas Ruhe und eine Dusche vertragen, bevor wir heute Abend meine Schwester treffen und mit ihr ausgehen werden.«

»Ja, geht mir genauso«, sagte Jennifer.

»Okay«, sagte Helmut. »Können ja ein anderes Mal mit dem Luftschiff fliegen.«

Ich war sehr froh darüber, dass Jennifer und Helmut ebenfalls keine Lust mehr hatten, einen Ausflug mit dem Luftschiff zu unternehmen. Wir bestellten uns jeder noch einen *Black Berinje Maloa*, bevor wir uns auf den Rückweg zu unsere Unterkunft machten.

Als wir vor meiner Unterkunft standen und uns verabschieden wollten, kam Ranja den Flur entlang. Sie schlug uns ein anderes Lokal für heute Abend vor, das Molou. Sie erzählte uns begeistert, dass es sich auf der Plattform eines Wolkenkratzers befand und ein durchsichtiges Kuppeldach haben sollte, durch das man den Sonnenuntergang und später dann den Sternenhimmel genießen konnte. Das hörte sich gut an. Also beschlossen wir in das Molou zu gehen und verabredeten uns dafür in drei Stunden.

»Da bin ich mal gespannt«, sagte ich.

»Ja, ich auch«, sagte Helmut.

»Freue mich schon sehr auf den Sternenhimmel«, schwärmte Helmut uns vor, »und auf friedliche Ruhe«, ergänzte er noch.

»Friedliche Ruhe ist besser als Ruhe in Frieden«, sagte ich und verabschiedete mich so von meiner Schwester und meinen Freunden.

Zum Abschied lächeln oder weinen?

14 Sooft Jennifer mich auch tadelte, ich wich nicht von meiner Meinung ab, sondern trieb auch noch einen Keil zwischen uns, als ich vor allen Anwesenden aufgewühlt sagte: »Nicht schon wieder, Jennifer, das hatten wir schon. Du und Helmut kehren zur Erde zurück. Und damit basta!«

»Du dickköpfiger Hornochse«, schrie Jennifer mich an. »Ich habe hier zu entscheiden, was für mich das Beste ist«, sie wandte sich Ranja zu und sprach sie deutlich an: »und niemand hier kann mich zwingen, zur Erde zurückzukehren. Ich bleibe in Xelvior und warte, bis die Schlacht vorüber ist. Und damit, genug jetzt!«

Jennifer hatte einen verdammten Dickkopf, dass wusste ich ja bereits von der Arbeit her. So saßen wir in einer kleinen Runde beisammen und diskutierten angeregt darüber, wann Jennifer und Helmut zur Erde zurückkehren sollten. Ferner wollte meine Schwester noch ein paar Details bekanntgeben, die gestern bei den Besprechungen festgelegt wurden.

Zu meiner Rechten saß meine Schwester. Sie sah mich fragend an und zog die linke Augenbraue hoch und ließ Jennifer, die rechts neben ihr saß, ihre Meinung äußern.

»Jetzt komm mal wieder runter, Bill«, fuhr Helmut mich scharf an, als ich Jennifer Kontra gab. Er saß an meiner linken Seite.

Wir hatten uns etwa vor einer Stunde im gleichen Besprechungsraum eingefunden, in dem wir gestern an der großen Besprechung teilgenommen hatten. Nun saßen wir am runden naturbelassenen Holztisch und kamen zu keinem Ergebnis.

Ranja hatte uns mitgeteilt, dass eine Rückkehr zur Erde nichts mehr im Wege stand. Auf Larg war zwar die Entwicklung mit dem mobilen Empfangsgeräten noch nicht ausgereift, aber die Ingenieure hatten eine Möglichkeit gefunden, ihr System mit den mobilen Empfangsgeräten, die von den Palets stammten und sich bereits auf der Erde befanden, zu verbinden.

Als sich die Tür vom Besprechungsraum öffnete, fluchte ich in meinen Gedanken: *Wenn man denkt es geht nicht schlimmer, schlimmer kommt es immer.*

Horyet und Alf kamen in den Besprechungsraum hinein, traten an den runden Tisch heran, während ich vom Stuhl aufsprang und lauthals fluchte: »Verdammt, was will der denn hier?«

Warum ich so wütend auf Horyet reagierte, konnte ich nicht sagen. Wahrscheinlich deshalb, weil mir diese Besprechung den letzten Nerv raubte und ich einen Schuldigen dafür suchte.

Horyet hatte das menschliche Aussehen behalten und trug die braune Uniform.

»Andor«, lächelte Horyet mich hämisch an. »Auch schön dich zu sehen.«

»Warum zeigst du nicht dein wahres Aussehen?«, sprach ich Horyet an.

»So kennt ihr mich doch und wisst, wer ich bin«, antwortete Horyet ruhig und ergänzte: »Außerdem passt diese Erscheinung besser in diese Welt.«

»Setz dich, Bruder«, sprach Ranja mich ärgerlich an: »Sofort!«, befahl sie.

Widerwillig nahm ich Platz, während Ranja Horyet freundlich begrüßte.

»Bitte, Horyet, setz dich zu uns«, sagte Ranja sanft.

So ein Schmus!, dachte ich.

»Warum ist sie bloß so überfreundlich zu dem Kerl?«, flüsterte ich Helmut zu und erntete mir von meiner Schwester einen bösen Blick.

»Horyet nimmt an dieser Besprechung teil, weil ich gleich noch ein paar Details bekanntgeben möchte, die gestern beschlossen wurden«, erklärte Ranja uns noch einmal, »und Horyet ist gestern einstimmig gewählt worden. Aber bevor wir uns diesemThema zuwenden, werden wir zuerst das erste Thema abschließen.«

Horyet nahm neben Jennifer Platz. Alf freute sich sehr, dass er Jennifer wiedersah. Sie nahm ihn freudig auf den Schoss.

»Wie geht es dir, mein lieber Freund«, sagte sie sanft und kraulte Alf hinter den Ohren, dann warf sie mir einen zerschmetternden Blick zu.

»Hm«, brummte ich.

»Was ist?«, fuhr Jennifer mich wütend an.

»Oh, ein kleiner Partnerstreit?«, bemerkte Horyet und sah zu mir herüber.

»Sei du still!«, fuhr ich Horyet an.

Ranja erklärte Horyet kurz, an welchem Problem wir festsaßen. Horyet lächelte mich spöttisch an und sagte: »Du solltest Jennifers Meinung akzeptieren. Wenn sie hier auf dich warten möchte, sollte sie das tun dürfen. Alf wird auch hier in Xelvior auf meine

Rückkehr warten.«

»Also, erstens geht dich das Thema nichts an und zweitens hat dich niemand nach deiner Meinung gefragt«, sagte ich kochend vor Wut, »und drittens reden wir hier von einem Menschen und nicht von so einem blöden Bolopviech«, schimpfte ich und deutete dabei auf Alf.

Alf hob den Kopf und knurrte mich wütend an. Hätte Jennifer ihn nicht festgehalten und sanft auf ihn eingeredet, wäre er auf mich losgegangen.

»Schmeißt ihn hier raus«, sagte ich erbost. »Das Tier weiß ja nicht, was es tut.«

»Alf weiß genau, was er tut«, fing Horyet ruhig an, »aber du ... du bist ein Sturkopf«, schimpfte er laut. »Merkst du denn nicht, warum sie hierbleiben will?«

Ich schaute Horyet verdutzt an.

»Oh, dieser blöde Brag«, sagte Horyet kopfschüttelnd, was immer das auch bedeuten mochte, ein Kompliment war es sicherlich nicht.

Wir belauerten uns wie Raubtiere.

»Willst du wissen, warum sie hierbleiben will?«, fragte Horyet nochmals.

Ich schwieg. Klar, wollte ich nicht von Jennifer getrennt sein, aber hier konnte ihr etwas Schlimmes zustoßen.

»Na, weil sie dich liebt«, antwortete er seelenruhig, »du blöder Brag«, ergänzte er noch.

Helmut grinste mich an, während Jennifer verlegen wegsah. Ich wurde knallrot im Gesicht und hatte meine Sprache mit einem Schlag verloren. Ranja zog die Augenbrauen hoch, als sie mich ansah. An ihrem Gesichtsausdruck konnte ich ablesen, dass sie mich wohl für meine unverschämten Äußerungen scharf verurteilte.

Was sollte ich sagen? Sollte ich mich bei Jennifer entschuldigen? Jeder hier am Tisch teilte offenbar Jennifers Meinung.

»Also, ich möchte mich auch mal zu dem Thema äußern«, fing Helmut ruhig an und wandte sich Ranja zu: »Ich würde ebenfalls gerne hierbleiben.«

Meine Schwester nickte zustimmend. Sie empfand doch auch etwas für ihn. Warum wollte sie ihn denn nicht in Sicherheit bringen? Auf Larg war Helmut doch einer großen Gefahr ausgesetzt, aber meine Schwester akzeptierte seine Entscheidung ohne sie in Frage zu stellen.

»Tja, also ... ich bin ... ich habe mich wohl etwas danebenbenommen ...«, fing ich an und kratzte mich am Hinterkopf. Jennifer unterbrach mich energisch: »Ja, das hast du.«

Ich schwieg sofort. Sie sah mich wütend an.

»Es tut mir leid«, gab ich nun zu, »aber ich mache mir große Sorgen um dich. Und hier auf Larg ist es zu gefährlich. Wir wissen ja noch nicht, ob der Feind ...«, sagte ich. Jennifer unterbrach mich wieder und sagte selbstsicher: »Haben wir denn sonst jemals gewusst, was uns bevorstand? Wir sind gemeinsam durch dick und dünn gegangen, bis hierher. Wir werden bis zum Ende zusammenbleiben. Hier und jetzt wird es sich entscheiden, was mit den vielen Welten, auch mit der unseren, geschehen wird, und ich werde keineswegs davonlaufen. Ich werde in Xelvior bleiben und auf deine Rückkehr warten, und das kannst du mir nicht verbieten.«

»Okay«, sagte ich nur und gab mich geschlagen.

Ich wollte, dass Jennifer zur Erde zurückging, damit sie in Sicherheit war, aber ich musste ihre Entscheidung wohl akzeptieren.

Im Grunde war ich froh über ihre Entscheidung, denn eigentlich hasste ich, von jemandem Abschied zu nehmen. Es hatte so etwas Endgültiges an sich, ich wusste nie, ob ich dabei lächeln oder weinen sollte. Nun blieb mir diese Entscheidung glücklicherweise erspart.

»Gut, damit haben wir das Thema also geklärt«, sagte Ranja zufrieden.

»Ja«, nickte ich ihr zu.

»Kommen wir zum nächsten Thema«, sagte Ranja mit ruhiger Stimme. »Ich will hoffen, dass es dieses Mal nicht so ausarten wird, wie vorhin«, betonte sie und sah mich dabei mit einem strengen Blick an.

Als ich auf meine Armbanduhr blickte, stellte ich fest, dass die Besprechung schon länger dauerte, als Ranja dafür vorgesehen hatte. Der Krieg ließ sich nicht mehr abwenden und ich würde ihn mit aller Härte erleben, aber ob er bis nach Larg kommen würde, stand noch nicht fest. Mir war trotzdem nicht wohl bei dem Gedanken, dass Jennifer und Helmut hier auf Larg blieben. Denn was wäre, wenn der Feind doch bis nach Larg kommen würde, dann wären Jennifer und Helmut mitten im Kriegsgebiet. Ich geriet in einen Zweispalt zwischen Gefühl und Vernunft. Die Erde wäre wohl im Moment doch sicherer für die beiden, aber ich konnte Jennifers Entscheidung verstehen, dass sie hier bleiben wollte. An ihrer Stelle würde ich ebenfalls so entscheiden.

Mir kamen die Worte *Medaillon* und *Kampfschiff Elyor* zu Ohren, also wandte ich mich wieder der Besprechung zu.

»Bruder. Hörst du mir überhaupt zu?«, fragte Ranja.

»Natürlich höre ich dir zu«, stotterte ich verlegen und gab schließlich kleinlaut zu: »Okay, war gerade in

Gedanken.«

»Die Daten auf dem Medaillon sind ausgewertet worden, und die Vorbereitungen für den Angriff sind abgeschlossen«, erzählte Ranja erleichtert. »Somit war deine Mission erfolgreich und wir verdanken dir sehr viel, Bruder.«

Ich war, wie auch die anderen, gespannt, was meine Schwester alles zu berichten hatte. Ranja erzählte mit Begeisterung, dass auf dem Medaillon sämtliche Codes vorhanden waren, um die Abwehrsatelliten von Pelos abschalten zu können.

»Juhu«, jubelte ich und fing mir fassungslose Blicke ein. »Man wird sich ja wohl noch freuen dürfen.«

»Der Angriff ist kein Kinderspiel«, ermahnte Ranja mich eindringlich und sah mir dabei fest in die Augen. »Die Palets besitzen genügend Kampfgleiter, um uns das Leben schwer zu machen.«

Wir erfuhren von Ranja, dass vom Medaillon sämtliche Pläne von der Hauptbasis auf Pelos heruntergeladen werden konnten. Somit konnte ein genauer Angriffsplan für die Bodentruppen erstellt werden.

»Müssen denn unbedingt Bodentruppen eingesetzt werden?«, fragte Jennifer.

»Ohne Bodentruppen werden wir die Hauptbasis nicht einnehmen können«, antwortet Ranja. »Vielleicht haben wir Glück, dass sich die Palets vorher ergeben.«

»Ein Bodenkampf bringt immer große Verluste ein«, bemerkte Helmut.

»Ich weiß«, sagte Ranja nur.

Dann berichtete Ranja, dass die Mitarbeiter der Sicherheitsabteilung Informationen von dem Medaillon gesichert hatten, mit denen sie gerade ein Supervirus entwickelten, mit dem die Energieversorgungsanlagen auf allen Planeten der Palets abgeschaltet werden konnten. Ranja erhoffte sich, dass sie heute ein Ergebnis dazu mitgeteilt bekam.

»Darf ich jetzt jubeln?«, fragte ich.

»Ja«, lächelte Ranja mich an.

»Juhu!«

Alf warf mir einen verstörten Blick zu, während Jennifer seinen Nacken kraulte.

»Ich nehme an, nun kommen wir zu dem Punkt, warum Horyet hier anwesend ist?«, sagte ich.

Ranja nickte mir zu, gleichzeitig flimmerte der große Bildschirm an der Wand im Besprechungsraum auf. Die Leiterin der Sicherheitsabteilung meldete sich und berichtete, dass ihrer Abteilung der Durchbruch gelungen wäre und der Supervirus für den Einsatz bereit stand. Ranja bat die Leiterin darum, dass sie am Bildschirm blieb, falls noch Fragen zu dem Virus und der Vorgehensweise aufkommen würden.

»Nun können wir den Angriff auf Pelos planen«, schlug Ranja vor. »Ich habe gleich noch ein Gespräch mit Befehlshabern verschiedener militärischer Einheiten und kann ihnen dann das Resultat unserer Besprechung mitteilen.«

Ranja legte fest, zuerst die Abwehrsatelliten auszuschalten. Danach sollte sich die Raumflotte auf Angriffsposition begeben. Anschließend mussten die Bodentruppen auf Pelos abgesetzt werden und sich für einen möglichen Einsatz bereithalten.

Ranja wandte sich mir zu. »Es werden auch dir Aufgaben in diesem Krieg zugeteilt, Bruder«, sagte sie. »Du wirst auf die Elyor kommandiert.«

»Soso«, sagte ich ungläubig. »Und was soll ich da machen?«

Ranja ignorierte meine Frage und erklärte uns stattdessen, dass die Elyor das modernste Kampfschiff war, das Larg zu bieten hatte. Es war zwar klein aber dafür wendig und hatte die Feuerkraft von großen Kampfschiffen. Die Besatzung bestand aus einer 20-köpfigen Crew. Dann gab sie noch technische Details der Elyor bekannt, mit denen ich aber nichts anfangen konnte.

»Du wirst zusammen mit Horyet nach Pelos fliegen und dort das Supervirus einschleusen«, sprach Ranja mich an.

»Was? Das ist doch ...«, fuhr ich sie an. »Das ist doch wohl ein Scherz von dir?«

»Du und Horyet kennt euch auf diesem Planeten aus«, sagte Ranja mit Nachdruck. »Außerdem weiß Horyet, in welchem Teil der Basis sich die Zentrale für die Energieversorgung befindet und wo ihr dort das Supervirus einschleusen müsst. Ich will Horyet bei dieser Mission dabei haben«, erklärte Ranja und holte kurz Luft, »und du kennst dich mit unserer Technik gut aus und wirst das Supervirus in der Anlage platzieren.«

Gut, ich konnte mich tatsächlich wieder an vieles erinnern, insbesondere an meine technischen Kenntnisse.

Ich warf Horyet einen misstrauischen Blick zu. »Mit Horyet arbeite ich nur zusammen, wenn er meinem Kommando unterstellt wird«, sagte ich fordernd. »Horyet wird keinen Alleingang unternehmen, damit ich ihn im Auge behalten kann«, ergänzte ich.

Meine Schwester stimmte zu, und Horyet nickte einverstanden.

»Es ist sehr wichtig, dass diese Mission erfüllt wird, Bruder«, sagte Ranja, »und dafür musst du mit Horyet zusammenarbeiten. Übrigens, sollte es euch gelingen, den Supervirus erfolgreich einzuschleusen, so dass die gesamte Energieversorgung ausfällt, würde der Krieg vielleicht mit einem Schlag beendet werden.«

»Und falls es nicht funktioniert?«, fragte ich.

»Nun ja, dafür steht dann die Raumflotte bereit und die Bodentruppen erledigen anschließend den Rest«, antwortete Ranja gelassen.

»Ja, falls ihr denn den Planeten erreicht«, murmelte ich vor mich hin.

Ich musterte Horyet, der meinem Blick standhielt.

»Okay«, nickte ich. »Versuchen wir's.«

Horyet lächelte zufrieden.

»Was geschieht mit den Notstromversorgungsanlagen auf Pelos und den anderen Planeten?«, stutzte ich.

»Die werden im günstigsten Fall ebenfalls ausfallen«, antwortete Ranja. »Wenn nicht, dann müssen wir nur etwas abwarten, bis die Lichter ausgehen.«

Horyet wandte sich Jennifer zu: »Kannst du dich in der Zwischenzeit um Alf kümmern?«

»Natürlich, gerne«, antwortete Jennifer fröhlich.

»Falls ich es nicht schaffen sollte ...«, sprach Horyet Jennifer vorsichtig an, die darauf schnell sagte: »Du und Bill werden zurückkommen.«

»Danke«, sagte Horyet und nickte ihr leicht zu.

Ranja beendete die Sitzung. Den genauen Zeitpunkt für den Einsatz wollte sie mir noch mitteilen. Die Leiterin der Sicherheitsabteilung verabschiedete sich von uns, und der Bildschirm wurde dunkel.

Wir erhoben uns. Horyet nahm Alf an sich, und ich stand also verlegen vor Jennifer und entschuldigte mich nochmals für mein schlechtes Benehmen.

»Tja, also, ich würde gerne ... also, wenn es dir ... nichts ...«, stotterte ich, doch Jennifer unterbrach mich energisch: »Ich liebe dich, du Hornochse.«

Wow, dachte ich. *Das tue ich doch auch.*

Sie umarmte mich liebevoll und küsste mich dann.

»Ich liebe dich doch auch, Jennifer«, sagte ich sanft. »Nur deshalb wollte ich, dass du Xelvior verlässt.«

»Nichts kann mich von dir trennen«, sagte sie mit fester Stimme. »Kein Krieg hält mich von dir fern.«

»Ich werde aber von dir fern sein, ich wurde auf die Elyor kommandiert«, erinnerte ich Jennifer.

»Ja«, sagte sie, »aber ich bin hier in deiner Nähe und nicht auf der Erde, in unerreichbarer Ferne.«

Ich nahm Jennifer noch einmal in die Arme; es fiel mir schwer sie wieder loszulassen.

»Versprich mir, Bill, dass du zu mir zurückkommen wirst«, sagte Jennifer.

»Natürlich tue ich das«, nickte ich.

»Ich werde auf deinen Mann aufpassen«, versprach Horyet Jennifer, als er an ihre Seite trat.

»Und ich werde auf Alf aufpassen, während du fort bist«, nickte Jennifer ihm zu.

Freund oder Feind?

15 Ich wusste nicht, was mich auf dieser Mission erwarten würde und ob ich Horyet über den Weg trauen konnte, aber ich wollte meine Aufgabe erfüllen und dann so schnell wie möglich in Jennifers Arme zurückkehren.

Ich hatte das Kommando über diese Mission erhalten. Der weibliche Captain des Schiffes, Gei'a Ichor, stand mir dabei zur Seite. Captain Ichor war überaus charmant und kooperativ.

Wir waren von Larg mit der Raumflotte gestartet und hatten direkten Kurs auf Pelos genommen. Ein Team der technischen Sicherheitsabteilung wartete auf den Befehl, um mit den erbeuteten Codes die Abwehrsatelliten auszuschalten. Wir waren mit der Elyor vorausgeflogen. Der Start unserer Mission stand unmittelbar bevor.

»Geben Sie mir die Kursdaten des Orbital-Gebirges auf Pelos, Captain Ichor, bitte«, bat ich sie.

»Woher weißt du so genau, wo der Supervirus in der Energieversorgungszentrale eingespeist werden muss?«, sprach ich Horyet an.

»Ich habe dort mal längere Zeit gearbeitet«, erklärte er mir.

»Okay, dann kann es losgehen«, sagte ich. »Captain Ichor, geben Sie Bescheid, dass die Abwehrsatelliten ausgeschaltet werden können. Wir nehmen Kurs auf das Orbital-Gebirge.«

»Ein Befehl vom Captain des Sternenkreuzers Quest«, sagte Captain Ichor angespannt und ergänzte: »Wir sollen sofort wieder umkehren!«

»Was?«, schrie ich. »So kurz vor dem Ziel?«

»Wir werden angegriffen«, teilte Captain Ichor uns mit.

Kaum hatte Captain Ichor den Satz beendet, da sahen wir auf dem riesigen Panoramabildschirm schon, dass eine Flotte feindlicher Raumgleiter von Pelos gestartet war und die Abwehrsatelliten bereits passiert hatte. Sie kam mit einer derartigen Geschwindigkeit heran, dass eine Flucht fast aussichtslos erschien.

»Das ist doch wohl ...«, sagte ich und schluckte die letzten Worte hinunter. Ich wollte gerade den Rückzug vorschlagen, als uns ein Energiestrahl traf. Der Bordalarm ging los.

»Was ist passiert?«, fragte ich hastig.

»Ein direkter Treffer in die Außenhülle«, antwortete Captain Ichor, »auf Deck 4«, ergänzte sie noch.

Captain Ichor wandte sich dem ersten Offizier zu.

»Verluste? Schäden?«, fragte Captain Ichor kurz.

Wir waren alle erleichtert, als wir erfuhren, dass es keine Verluste bei der Mannschaft gab und die Elyor noch voll einsatzbereit war.

»Außenhülle auf Deck 4 versiegeln«, befahl Captain Ichor schnell. »Schubumkehr einleiten ...«

Der Captain gab eine Reihe von Befehlen, während wir in einem Bogen zur Raumflotte zurückflogen.

Mit starrem Blick beobachtete Horyet wortlos den Panoramabildschirm. Mir schien es so, als wäre es ihm egal, ob die feindlichen Raumgleiter uns abschießen würden. Aus diesem Kerl wurde ich einfach nicht schlau. Seine Mimik wirkte versteinert und ließ mir keine andere Schlussfolgerung zu.

Wir hatten fast den schützenden Hafen unserer Raumflotte erreicht, als Captain Ichor befahl, die Elyor sofort zu wenden. War die Frau verrückt geworden und wollte die feindlichen Schiffe angreifen?

Ich wandte mich ihr zu, doch als ich etwas zu ihr sagen wollte, sprach Horyet mich von der Seite an: »Vertrau ihrer Fähigkeit, Andor.«

Ich nickte, obwohl es mir schwer fiel, nichts zu sagen, und wandte mich wieder dem Panoramabildschirm zu.

Die Elyor drehte kurz danach nach links ab. Wir flogen parallel an dem Sternenkreuzer Quest vorbei, der uns Deckung gab und auf die ersten vier herannahenden, feindlichen Raumgleiter feuerte. Sie explodierten in einem gigantischen Feuerball.

Eine Schlacht im Weltraum ließ sich wohl nicht mehr vermeiden. Mittlerweile mussten es tausend feindliche Raumgleiter sein. Zehn gigantische Kugelschiffe folgten ihnen.

Unsere Raumflotte war beachtlich und bestand aus achtzig Kampfschiffen und zwanzig Sternenkreuzern, auf denen etwa an die fünftausend Raumgleiter stationiert waren. Trotzdem befiel mich ein beklemmendes Gefühl, weil ich nicht wusste, wie groß die Feuerkraft der feindlichen Kugelschiffe war.

Die Elyor steuerte schnell auf einen Asteroiden zu, um sich dahinter zu verstecken. Wir konnten uns doch nicht einfach vor dem Feind verbergen, während eine schwere Schlacht tobte. Als ich den Captain darauf ansprechen wollte, bemerkte ich Horyets strengen Blick und ließ es sein.

Fieberhaft beobachtete ich den Panoramabildschirm

mit zusammengekniffenen Augen. Ich sah das grelle Leuchten der Energiestrahlen und das punktförmige grelle Aufblitzen der Photonentorpedos, als die Schlacht um Pelos endgültig begann.

»Verdammte Schweinepisse«, fluchte ich und geriet außer mir vor Wut. »Das ist doch genau das, was wir verhindern wollten.«

Irgendwie lief alles nicht nach unserem Plan.

Horyet wandte sich mir mit Bedacht zu und sagte ruhig: »Hast du etwa im Ernst daran geglaubt, dass wir kampflos Pelos erreichen würden?«

»Doch, das habe ich«, gab ich zu.

»Das war dann wohl ein bisschen naiv von dir«, schüttelte Horyet den Kopf.

Ich sah die gigantischen Flammenbälle, in denen feindliche Raumgleiter vernichtet wurden. Eine Reihe von Photonentorpedos traf unsere Raumflotte. Außenhüllen brachen, während mehrere Geschwader von Raumgleitern die Sternenkreuzer verließen und feindliche Raumgleiter angriffen. Der Gegner erlitt schwere Verluste. Doch die Kugelschiffe erwiderten das Feuer und gaben wieder eine Salve Photonentorpedos ab.

»Wir sollten uns beeilen«, wandte ich mich Captain Ichor zu.

»Wie bitte?«, fragte Captain Ichor verwundert.

»Na, mit unserer Mission«, antwortete ich.

Horyet zog schweigsam die Augenbrauen hoch.

»Je eher wir die feindliche Energieversorgung ausschalten, desto besser ist es …«, fing ich an.

»Wir warten noch, bis die Nachricht kommt, dass alle Abwehrsatelliten ausgeschaltet sind«, unterbrach mich Captain Ichor.

Einige Minuten später, nachdem Captain Ichor von der Sicherheitsabteilung grünes Licht erhalten hatte, verließ die Elyor die Deckung des Asteroiden und steuerte auf einem Umweg auf Pelos zu.

Der Captain gab den Befehl den Tarnmodus für die Ortungssysteme zu aktivieren. Hierbei handelte es sich nicht um einen Tarnmodus, um das Schiff unsichtbar zu machen, sondern um es vor den Ortungssystemen von Pelos zu schützen. Hätte Captain Ichor den anderen Modus gewählt und der Feind dennoch das Schiff aufgespürt, wäre die Elyor kampfunfähig gewesen, das wollte der Captain in einer Schlacht nicht riskieren.

Captain Ichor lenkte die Elyor geschickt an der feindlichen Linie vorbei, so dass wir in keine einzige Kampfhandlung verwickelt wurden.

Die Elyor passierte die Abwehrsatelliten, und ich betete zu Gott, dass die Codes richtig und wirklich alle Satelliten abgeschaltet waren. Dann lächelte ich erleichtert in mich hinein, als wir die Abwehrsatelliten hinter uns gelassen hatten und in die Atmosphäre des Planeten eintauchten. Die Elyor nahm direkten Kurs auf das Orbital-Gebirge.

»Die Palets können uns zwar nicht orten, aber sie können das Schiff sehen«, sprach ich den Captain an, weil ich annahm, dass die Energieversorgungszentrale mit Strahlenwaffen vor einem Angriff verteidigt wurde.

»Deswegen landen wir ja auch nicht direkt bei der Anlage, sondern weiter im Norden«, gab Horyet mir bekannt. »Dort gibt es ein Tunnelsystem, dass direkt zur Anlage führt«, ergänzte er noch.

»Willst du etwa den ganzen Weg zurück zur Anlage laufen?«, fragte ich irritiert.

»Spinnst du, Andor«, fuhr er mich an. »Wir nehmen ein Lutek«, sagte er und schüttelte den Kopf. »Das

Tunnelsystem ist groß genug dafür.«

»Okay«, nickte ich ihm unfreundlich zu und wäre ihm gern an die Gurgel gesprungen.

»Ah, entschuldige, Andor«, sagte Horyet plötzlich mit ruhiger Stimme. »Du hattest ja einen anderen wichtigen Termin und warst bei der Besprechung nicht anwesend, bei der wir das festgelegt hatten. Ich sollte dich darüber informieren«, gab er zu und sah mich ernst an. »Hab's aber vergessen.«

»Oo-kay«, leierte ich herunter und ließ es auf sich beruhen.

Hatte Horyet tatsächlich vergessen, mich darüber zu informieren oder wollte er mich vor der Crew bloß-stellen? Führte Horyet etwas im Schilde und verfolgte einen anderen Plan als wir? Wollte Horyet uns am Ende doch alle hintergehen?

»Wir setzen zur Landung an«, sagte Captain Ichor, und meine Gedanken um Horyets heimtückischen Verrat rissen abrupt ab.

Horyet runzelte die Stirn, als er mich ansah. Hatte er sich etwa wieder in mein Kommunikationsmodul gehackt und meine Gedanken gelesen? Nein, denn das hätte ich bemerkt.

»Ich sehe nur Bäume. Wo sollen wir hier landen?«, fragte ich irritiert.

»Hab doch mal ein wenig Geduld, Andor«, sprach Horyet mich ruhig an. »Oder vertraust du mir etwa immer noch nicht?«, fragte er mit Nachdruck.

Ich schwieg dazu.

Captain Ichor ließ die Elyor eine Kurve fliegen und landete auf einer kleinen Lichtung.

»Ja. Und da sind wir auch schon am Ziel«, lächelte Horyet mich an.

»Wir werden hier auf Sie warten«, verabschiedete

sich Captain Ichor von uns. »Das Lutek wird gerade für Sie entladen.«

»Danke, Captain Ichor«, sagte ich und verließ mit gemischten Gefühlen die Kommandobrücke.

Horyet und ich trugen braune Kampfanzüge. Wir waren mit einem Lichtschwert und einer Laserwaffe, die aus dem Halfter am Gürtel ragte, bewaffnet. Ein langes Messer mit gehärteter Metallklinge gehörte ebenfalls zur Ausstattung. Ich trug noch einen kleinen stabilen Rucksack mit allerlei technischen Geräten auf dem Rücken und hatte einen Minicomputer am Gürtel bei mir, auf dem sich das Supervirus befand.

Als wir die Elyor über die Rampe verließen, dachte ich an die tosende Schlacht im Weltraum und vergaß für einen Augenblick die Wichtigkeit unserer Mission. In dieser kurzen Zeit hatten viele dort oben im Weltraum ihr Leben verloren. Ich fühlte mich bedrückt, weil keine friedliche Lösung gefunden wurde. Plötzlich schreckte ich auf, als ein riesiger Feuerball am Himmel auftauchte. Wir sahen, wie ein feindliches Kugelschiff, brennend und von etlichen Explosionen gefolgt, wie ein Stein vom Himmel fiel. Kurz darauf schlug es auf der Oberfläche des Planeten auf. Wir beobachteten, wie eine gigantische Feuersäule emporschoss.

»Wir sollten jetzt los«, sagte Horyet eindringlich.

Ich nickte ihm zu. Horyet setzte sich schweigsam auf den Beifahrersitz, während ich auf dem Fahrersitz Platz nahm. Ich betätigte ein Display, gab rasch einige Koordinaten ein, die Horyet mir sagte, dann schwebte das Fahrzeug los.

Der Wald war nicht so dicht bewachsen, wie es von oben den Anschein hatte. Wir schwebten über Geäst an großen Laubbäumen vorbei. Dann umrundeten wir einen felsigen Abschnitt, der uns einige Minuten Zeit kostete.

»Ich hoffe nur«, murmelte ich, da mich die Stille zu erdrücken drohte, »dass wir Erfolg haben.«

»Du hoffst nur?«, wandte sich Horyet an mich.

»Wird das Tunnelsystem bewacht?«, lenkte ich auf ein anderes Thema ab.

Horyet schüttelte den Kopf. »Der Eingang wird nur mit einem Augenscanner gesichert.«

»Mit einem Augenscanner?«, fragte ich rasch. »Da haben wir aber ein Problem.«

Horyet schüttelte wieder den Kopf und lächelte wissend. »Hast du etwa vergessen, dass ich immer noch ein Verbündeter der Palets bin und eine hohe Sicherheitsstufe besitze. Sie wird uns den Zugang zum Tunnelsystem gewähren.«

Stimmt, darüber hatte Horyet mich informiert, und ich hatte es tatsächlich vergessen. Doch nun gab es in mir wieder ein wenig Hoffnung.

»Gibt es hier denn keine Überwachungskameras?«, wunderte ich mich.

»Nur am Eingang des Tunnelsystems«, antwortete Horyet lässig. »Ist aber kein Problem. Wir stellen das Lutek außerhalb des Überwachungsbereichs ab. Ich werde vorgehen und den Eingang öffnen. Dann werde ich die Überwachungskameras ausschalten. Danach komme ich dich holen.«

Und wieder hatte Horyet mir nicht alle Informationen gegeben und sich schon vorzeitig Gedanken gemacht und diesen Plan geschmiedet. Nun stellte sich mir die Frage, ob Horyet mir noch andere Dinge vorenthalten hatte.

»Pass auf!«, schrie Horyet mich an, als wir dicht an einem dicken Baumstamm vorbeifuhren. »Willst du, dass unsere Mission vorzeitig endet?«

»Ich dachte, dass das blöde Ding hier Hindernissen automatisch ausweicht«, verteidigte ich mich laut.

»Tja, falsch gedacht«, schimpfte Horyet.

»Es ist auf autonomes Fahren eingestellt«, sagte ich.

»Verdammt, Andor, nimm den Steuerknüppel und fahr selbst«, schimpfte Horyet.

Ich zog den Steuerhebel vorsichtig nach rechts, als wir wieder einem Baumstamm zu Nahe kamen. Dann drehte ich den Knüppel sanft nach links und lenkte das Lutek sicher durch den Wald.

Weil sich das blaue Lichtdach bei dieser geringen Geschwindigkeit nicht aktiviert hatte und ich es auch von Hand nicht tat, konnte ich die warme Luft auf meiner Haut spüren, auch war sie von allerlei fremden Gerüchen erfüllt. Plötzlich lag ein Geruch in der Luft, dessen abscheulicher Gestank alles andere überdeckte.

»Riechst du das auch?«, fragte ich Horyet und sah mich in der ungewohnten Umgebung aufmerksam um.

»Dieser Gestank ist unerträglich«, stellte Horyet bitter fest. »Er erinnert mich an ...« Ich verlangsamte die Geschwindigkeit, als wir an einer tiefen Grube vorbeikamen. Wir sahen mit Schrecken, weshalb es in dieser Gegend so stank. Die Grube war gefüllt mit Leichen. Ob sich auch Lodets unter den Toten befanden, konnte ich nicht erkennen.

»Ein Massengrab«, hauchte ich.

»Der Schrecken des Krieges«, sagte Horyet.

Nur weg von hier. Ich beschleunigte wieder.

»Scheiße«, fluchte ich leise, hielt das Lutek an und wandte mich Horyet zu. »Eine Patrouille. Du hattest doch gesagt, dass hier niemand wäre«, hauchte ich.

»Es ist Krieg«, verteidigte sich Horyet vor mir. »Da

ändern sich manche Dinge halt. Schnell da hinten ist ein Felsen.«

Ich steuerte das Lutek auf die Felsansammlung zu, und wir versteckten uns dahinter. Wir warteten, bis die beiden feindlichen Fahrzeuge aus Sichtweite waren, dann steuerte ich das Lutek wieder auf unser eigentliches Ziel zu.

»Das war knapp«, stellte Horyet fest.

»Verdammt knapp«, sagte ich grimmig.

Der Wald wollte einfach kein Ende nehmen. Ich war in großer Sorge, dass wir schon zu lange unterwegs waren. Die Zeit lief uns verflucht noch mal davon.

»Wie weit noch?«, fragte ich voller Ungeduld und machte eine wischende Handbewegung.

»Wir sind bald da«, erwiderte Horyet und sagte wütend: »Die Palets haben diesen Krieg angefangen, in der Hoffnung ein Imperium zu gründen, das sich über etliche Sonnensysteme erstrecken soll. Doch heute werden sie eine Niederlage erleiden, von der sie sich nicht wieder erholen werden.«

Hatte ich Horyet doch falsch eingeschätzt? Anscheinend hasste er die Palets genauso wie ich und wünschte sich deren Untergang herbei. Nun war ich wieder etwas optimistischer, was Horyets Loyalität mir gegenüber betraf.

»Da vorne musst du anhalten«, sagte er plötzlich.

Ich parkte das Lutek an der Stelle, die mir Horyet zeigte. Horyet stieg aus und wollte zum Eingang des Tunnelsystems gehen, als ich ihn fragte: »Soll ich nicht doch besser mit dir kommen?«

»Die Überwachungskameras würden dich erkennen und sofort Alarm geben«, erwiderte Horyet schnell. »Die Palets hätten uns rasch umstellt. Unsere Mission wäre gescheitert.«

Das Risiko entdeckt zu werden, war zu groß, also ließ ich ihn allein losziehen. Horyet verschwand zu Fuß zwischen den Bäumen. Der Eingang lag weiter hinten im Wald. Ich wartete geduldig im Lutek, während ich in Gedanken bei Horyet war. Ich warf einen Blick auf meine Armbanduhr. Nun musste Horyet den Eingang erreicht haben. Vielleicht war er schon dabei, ihn zu öffnen. Der Vorgang mit dem Augenscanner musste jetzt abgeschlossen sein. Nach einer gefühlten halben Minute blickte ich nervös auf meine Armbanduhr. Nun müsste Horyet eigentlich die Überwachungskameras ausgeschaltet haben.

Während ich wartete, warf ich einen Blick auf die mächtigen Baumkronen ringsum mich herum. Das grüne Blätterwerk bewegte sich im leichten Wind. Ein knackendes Geräusch ließ mich herumfahren. Meine rechte Hand legte sich auf den Griff der Laserwaffe. Erleichtert sah ich, wie ein großes Tier mit langem Geweih und kurzen Beinen davonlief und vor meinen Augen im dichten Wald verschwand.

Horyet hätte längst wieder zurück sein müssen. Ob er von einer Patrouille überrascht wurde? Ich wollte noch zwei bis drei Minuten warten, bis ich nach ihm sehen wollte.

»Alles klar, Andor, wir können dann los«, erklang Horyets Stimme an meiner rechten Seite, während ich nach links aus dem Lutek blickte. Ich fuhr vor Schreck dermaßen zusammen, dass mir die Worte im Hals stecken blieben.

»Du musst aufmerksamer sein«, ermahnte Horyet mich und sagte mit erhobenem Zeigefinger: »Wenn ich der Feind gewesen wäre, dann wärst du jetzt tot.«

Ich nickte ihm zu, während er ins Lutek einstieg.

»Die Überwachungskameras ließen sich nicht so

einfach ausschalten. Außerdem waren noch mehrere Bewegungsmelder und DNS-Sensoren installiert, die mit einer Selbstschussanlage verbunden waren. Hat mich ein wenig aufgehalten«, erklärte Horyet. »Nun ist der Weg aber frei.«

Ich griff nach dem Steuerknüppel. Schon bald hatten wir unser Ziel erreicht. Das bronzefarbene Tor war zur Seite geglitten und eingebettet in einem vier Meter hohen Gebäude. Wir fuhren in das Tunnelsystem hinein. Die Tunnelwände waren mit einer fluoreszierenden Folie bedeckt, die ein warmes und gleichmäßiges Licht abgab.

»Wie lange werden wir für die Strecke brauchen?«, fragte ich, als wir im Tunnelsystem unterwegs waren.

»Nach deiner Zeitrechnung so ungefähr«, sagte Horyet und deutete auf meine Armbanduhr, »eine Viertelstunde.«

»Okay«, nickte ich.

»Ist eine schöne Uhr«, bemerkte Horyet.

»Letztes Jahr hat Jennifer sie mir zum Geburtstag geschenkt«, erzählte ich freudig.

Wir schwebten den breiten Gang abwärts, dabei fragte ich mich, warum das Tunnelsystem existierte. Horyet erzählte mir, dass es als Notausgang und für die Versorgung der unterirdischen Einrichtungen gedient hatte. Nun wurde das Tunnelsystem nicht mehr genutzt, weil modernere Not- und Versorgungsgänge angelegt worden waren. Wir kamen an Abzweigungen vorbei, die zu technischen Anlagen und militärischen Stationen führten. Wir schwebten mit dem Lutek den Gang weiter geradeaus.

»Deine Eltern sind auch im Krieg gefallen?«, fragte Horyet.

»Ja«, sagte ich nur, und mir war nicht klar, worauf

Horyet hinauswollte. Ich hörte ihm aufmerksam zu: »Als ich noch klein war, hatte mein Vater mir meine Hand auf meine Brust gelegt und mich gefragt, ob ich spüren würde, wie mein Herz schlägt. Ich sagte, dass ich das tue. Daraufhin sagte er zu mir, dass die Welt ebenso ein Herz besitzt, das schlägt. Und als die Palets meine Eltern, Großeltern und alle Dorfbewohner getötet hatten, spürte ich mit aller Härte, wie das Herz der Welt aufhörte zu schlagen.«

»Das ist traurig«, sagte ich.

»Von da an fing ich an, alles und jeden zu hassen. Ich wollte die Verantwortlichen zur Strecke bringen, doch ich hatte nicht die Möglichkeit dazu – ich war noch zu jung. Doch jetzt ist der Zeitpunkt gekommen, an dem ich mich für die Grausamkeiten, die mir in meiner Kindheit angetan wurden, rächen werde.«

Ich nickte Horyet zustimmend zu.

»Glaub mir, Andor, ich werde jeden Augenblick genießen, wenn bei den Palets die Lichter ausgehen.«

»Das werde ich auch«, sagte ich und bremste das Lutek ab.

»Was ist denn das?«, fragte ich entsetzt.

Ein schimmerndes, durchsichtiges Etwas versperrte uns den Weg. Wir waren so nahe am Ziel, und nun trat ein Hindernis dazwischen. Ich hoffte, dass Horyet eine Idee hatte, was es war und wie man es abschalten konnte.

»Eine Energiewand«, sagte Horyet.

»Durchfahren?«, fragte ich.

»Wir würden gebrutzelt«, antwortete Horyet.

»Eine Idee?«, fragte ich.

Horyet kratzte sich am Kopf.

»Dahinten ist die Tür, die in die Zentrale führt«, sagte Horyet und deutete nach vorne.

»Verflucht, so kurz vor dem Ziel«, schnaubte ich vor Wut.

»Die Schalttafel für den Energievorhang befindet sich in dem Kasten«, sagte Horyet und deutete auf einen Gegenstand, der an der linken Tunnelwand hinter dem Energievorhang befestigt war.

»Da kommen wir nicht dran«, stellte ich fest. »Eine andere Idee?«, fragte ich hastig. »Die Zeit läuft uns davon, Horyet.«

»Ich weiß«, sagte Horyet angespannt und sah sich die Tunnelwand auf unserer Seite genau an. »Es gibt keinen Augenscanner, womit ich den Energievorhang abschalten könnte.« Er nickte zuversichtlich und sagte dann: »Aber das müsste gehen.«

Horyet machte eine schnelle Handbewegung, und ehe ich mich versah, hatte er die Laserwaffe in der Hand und schoss auf den Schaltkasten. Ich wollte ihn davon abhalten, jedoch stoppte ich mein Vorhaben, denn eine bessere Idee hatte ich auch nicht zu bieten. Erster, zweiter und dritter Schuss. Nichts geschah. Nach dem vierten Treffer aber sprühten die Funken im Schaltkasten, und einige Sekunden später erlosch der Energievorhang. Der Alarm summte los.

»Schnell!«, befahl Horyet laut und spurtete zur Tür.

Ich folgte ihm rasch. Horyet riss die Tür auf, und wir standen in einem weißen Flur, der mich stark an ein Krankenhaus erinnerte.

»Hier entlang«, sagte Horyet schnell und lief nach links den Flur hinunter. Auch hier summte der Alarm.

Wir rannten an geschlossenen Türen vorbei. Als sich eine Tür öffnete und ein Palet heraustrat, wandte sich Horyet ihm zu und verpasste ihm einen Fausthieb ins Gesicht, der ihn bewusstlos zu Boden schickte. Der Palet trug weiße Kleidung und sah nicht aus wie ein Soldat eher wie ein wissenschaftlicher Mitarbeiter.

»Da vorne müssen wir rein«, sagte Horyet hastig und deutete auf eine Tür am Ende des Flurs.

»Ist dir die Puste ausgegangen?«, fragte ich, als er stehen blieb.

»Alles okay«, versicherte er mir und atmete durch. »Ich glaube, ich habe hinter uns Stimmen gehört. Vielleicht Soldaten. Los lauf!«

Ich lief voraus. Horyet folgte mir. Ich öffnete die Tür und betrat mit gezogener Laserwaffe den Raum, in dem etliche Schalttafeln, Schaltpulte und metallische Arbeitstische standen. Hier und da blinkten Lampen und auch hier summte der Alarmton.

»Wir müssen an diesen Tisch«, sagte Horyet und deutete in die hintere Ecke an der Wand.

Als ich vor dem Tisch stand und auf eine leere Tischplatte starrte, hörte ich Horyets Stimme hinter mir: »Lass die Waffe fallen!«

»Was soll das?«, wandte ich mich ihm verstört zu und senkte die Waffe.

»Lass endlich die Waffe fallen!«, forderte Horyet mich nochmals auf. »Mach schon!«

Ich ließ sie zu Boden fallen. Hatte ich mich etwa in Horyet getäuscht? Hatte er mir eben eine erfundene Geschichte von dem armen Jungen, dessen Eltern und Großeltern grausam ermordet wurden, aufgebunden, um Mitleid zu erregen? Hatte er mich damit in eine Falle locken wollen?

Vier Palets in schwarzen Kampfanzügen betraten mit schussbereiten Laserwaffen den Raum. Für mich war hier Endstation. Die Mission war gescheitert, wegen Verrat. Horyet stoppte den Palet, der mir einen Schuss in den Kopf verpassen wollte, mit einer Warnung. Der Palet ließ sofort von seinem Vorhaben ab.

Mein Kommunikationsmodul knisterte. Endlich schaltete sich das Übersetzungsmodul ein, und ich verstand jedes Wort.

»Ich will zum Kommandanten der Station«, sagte Horyet mit Nachdruck. »Ich habe Andor, wie ich es ihm versprochen habe, endlich lebend gefangen und will nun die Belohnung dafür kassieren.«

Du verfluchter Schweinehund, dachte ich. *Sollte ich das hier überleben, dann werde ich dich mit meinem Larat in Scheiben schneiden.*

Die vier Palets sahen sich für einen Moment irritiert an. Als Horyet sagte, dass einer von ihnen sofort den Kommandanten kontaktieren sollte, griff der Anführer zu dem Kommunikationsgerät, das an der linken Seite seines Kampfanzuges hing, und nahm Kontakt zum Kommandanten auf. Nachdem der Anführer das Gespräch beendet hatte, nickte er Horyet zu und sagte deutlich: »Der Kommandant erwartet Sie mit dem Gefangenen.«

Horyet lächelte hämisch.

»Los!«, befahl Horyet mir und senkte den Blick auf meine Laserwaffe, die vor mir auf dem Boden lag. »Tja, Andor«, sprach Horyet mich leise an und zog die Augenbrauen dabei hoch, »ich hoffe, du weißt, was du jetzt zu tun hast.« Dann schoss er auf mich, und ich ging zu Boden.

»Warum haben Sie auf ihn geschossen?«, fragte der Anführer und senkte seine Laserwaffe.

»Er wollte gerade nach der Waffe greifen«, log Horyet.

Ich nahm benommen wahr, wie Horyet mit seiner Waffe auf meine Laserwaffe deutete.

»Schafft ihn hier fort!«, befahl der Anführer seinen drei Kameraden, die daraufhin die Waffen senkten.

Horyet fackelte nicht lange, zielte auf die Palets und schoss zweimal. Er schaltete zwei Feinde aus. Ich griff nach meiner Laserwaffe, zielte auf Horyet, drehte die Waffe leicht nach rechts und feuerte. Der Palet neben ihm ging getroffen zu Boden, dann erledigte Horyet den letzten Palet mit einem gezielten Schuss, noch bevor der Palet die Waffe gegen ihn erheben konnte.

»Was sollte das?«, fuhr ich Horyet ärgerlich an und zielte auf seinen Kopf.

»Mir ist nichts besseres eingefallen«, sagte er und zog die Schultern bedauernd hoch, dann ging er zielstrebig auf den Tisch zu, während ich immer noch auf ihn zielte.

»Willst du den ganzen Tag da abhängen?«, fuhr er mich an und senkte seine Laserwaffe.

»Du hast auf mich geschossen, du Mistkerl«, fluchte ich und erhob mich wieder.

»Das können wir ja ein anderes Mal ausdiskutieren. Jetzt haben wir etwas Wichtigeres zu tun«, stöhnte er, »und außerdem wirst du an der Schusswunde schon nicht sterben.«

»Aber die da auch nicht«, sagte ich deutlich, als ich vor Horyet stand und immer noch auf ihn zielte.

»Ja, das stimmt«, nickte Horyet mir zu, steckte die Laserwaffe in den Halfter, nahm das Lichtschwert zur Hand und schlug ihnen die Köpfe ab.

»Nun werden sie uns nicht mehr stören«, sagte er gefühllos, als er zum Tisch zurückkehrte. »Los, wir müssen das Supervirus einschleusen. Wir haben zwar etwas Aufschub erhalten, aber wenn wir nicht gleich beim Kommandanten erscheinen, werden weitere Soldaten hierherkommen, um nach uns zu sehen.«

Horyet aktivierte eine Tastatur, die auf dem Tisch stand. Als er die Eingabe blitzschnell beendet hatte, schaltete sich ein holografischer Bildschirm ein, der über dem Tisch schwebte.

Ich steckte meine Laserwaffe ebenfalls in den Halfter zurück, nahm den Minicomputer vom Gürtel und stellte ihn auf dem Tisch ab. Dann packte ich den Rucksack aus und legte vier weitere technische Geräte neben dem Minicomputer ab.

Horyet tippte auf der Tastatur herum, während ich die vier Geräte in großer Eile so konfigurierte, dass sie an das feindliche Computersystem angeschlossen werden konnten.

Horyet sah mich an, und ich sagte: »Hab's gleich.« Ich betätigte eine Folientaste auf dem Minicomputer und stellte eine kontaktlose Verbindung zu den vier Geräten her, dann gab ich Horyet kurz Bescheid: »So, bin fertig.«

»Du kennst dich ja gut mit der Technik aus«, stellte Horyet fest.

»Der Minicomputer war schon auf das System der Palets konfiguriert«, gab ich zu. »Der Rest sind nur technische Grundlagen.«

»Sei mal nicht so bescheiden«, erwiderte Horyet.

Horyet betätigte ein Symbol auf der Tastatur und die Übertragung begann. Wir hätten eigentlich fliehen müssen, doch wir warteten ab und verfolgten mit Spannung die vielen Anzeigen und Meldungen auf dem holografischen Bildschirm. Falls jetzt noch etwas schiefgehen sollte, konnten wir eingreifen.

»Das dauert lange«, stellte ich fest. »Zu lange.«

»Der Kommandant hat bestimmt schon eine Truppe hierher entsandt«, vermutete Horyet.

Der holografischen Bildschirm flimmerte, dann ging er aus. Horyet umarmte mich, während er jubelte: »**Geschafft!**«

»Gott sei Dank!«, sagte ich wie versteinert, bis Horyet mich wieder losließ. »Dann lass uns schnell von hier verschwinden. Uns bleibt nicht viel Zeit, bis das Virus die Systeme abschaltet.«

»Für den Notfall habe ich eine Taschenlampe dabei, damit wir nicht plötzlich im Dunkeln stehen«, lächelte Horyet mich an.

Ich packte hastig die vier technischen Geräte in den Rucksack und befestigte den Minicomputer wieder am Gürtel, dann stürmten wir aus dem Raum heraus und rannten den Flur entlang. Auf dem Weg zum Lutek begegneten uns nur wissenschaftliche Mitarbeiter, die sich uns aber nicht in den Weg stellten.

Wir hatten das Lutek erreicht, stiegen rasch ein und schwebten in rasender Geschwindigkeit durch das Tunnelsystem.

»Vorsicht!«, schrie Horyet mich an, als ich das Lutek zu Nahe an die Tunnelwand gelenkt hatte. »Willst du uns umbringen?«

»Stell dich nicht so an. Habe alles im Griff«, fuhr ich ihn verärgert an.

Es scherte mich nicht weiter, dass Horyet düster wie eine Gewitterwolke dreinblickte. Was sollte ich von ihm auch anders erwarten? Bis zum Ausgang war es nicht mehr weit, und dann würde ich mit Vollgas durch den Wald, zurück zur Elyor fahren ... schweben.

Als wir das Tunnelsystem verließen, blendete die Sonne mich so stark, dass ich die Geschwindigkeit drosselte. Ich blinzelte. Doch als Energiestrahlen in einem kontinuierlichen Strom auf uns zuflogen, beschleunigte ich das Lutek, lenkte es blitzschnell nach rechts und dann im Zickzack auf den Wald zu. Der Eingang zum Tunnelsystem wurde in einem Feuerball vernichtet. Vier feindliche Luteks nahmen die Verfolgung auf. Ihre Kastar-Deliter feuerten Energiestrahlen auf uns ab, die uns knapp verfehlten und Bäume und Büsche in Brand setzten. Horyet nahm seine Laserwaffe vom Halfter, wandte sich um, und feuerte zurück. Ob diese Waffe aber etwas gegen ein Lutek ausrichten konnte war fraglich.

»So eine Kacke! Das war verdammt knapp«, fluchte ich.

»Wir sind noch nicht außer Gefahr«, ermahnte Horyet mich mit einem strengen Blick, und im gleichen Moment sauste ein Energiestrahl so dicht über unsere Köpfe hinweg, dass ich glaubte, seine Hitze spüren zu können. Der Energiestrahl brachte einen Baum zu Fall, dem ich nur knapp ausweichen konnte, indem ich ruckartig bremste und das Lutek nach links lenkte.

Ich jubelte im Stillen, dass wir der Katastrophe entkommen waren, doch als mich eine Druckwelle erfasste und aus dem Lutek schleuderte, drängt sich mir der Gedanke auf, dass ich das diesmal womöglich nicht überleben würde. Für einen Augenblick drehte sich die Welt um mich, als ich herumgewirbelt und hart gegen einen Baumstamm geschleudert wurde und zu Boden fiel.

Benommen rappelte ich mich auf, griff instinktiv nach meiner Laserwaffe und suchte den Feind. Wo war Horyet? Als mein Blick auf das völlig deformierte, brennende Lutek fiel, ahnte ich Schlimmes. Ich suchte Deckung hinter einem Baum, als zwei feindliche Luteks kamen und vor unserem zerstörten Fahrzeug anhielten. Ich hatte unglaubliches Glück gehabt.

Vier Palets verließen ihre Fahrzeuge und näherten sich unserem. Wo waren die beiden anderen feindlichen Fahrzeuge abgeblieben? Ich trat einen Schritt zur Seite. *Knacks*. Ich hatte nicht aufgepasst und war auf einen schmalen Ast getreten, und schon schlug ein Energiestrahl in den Baumstamm rechts von mir ein. Holz splitterte und flog mir ins Gesicht. Nichts passiert. Doch was jetzt? Ich verließ die Deckung und schoss einen Energiestrahl ab und traf einen Palet mitten in den Brustkorb. Er fiel leblos in sich zusammen. Einer weniger, aber ob er nun tot war, konnte ich nicht mit Bestimmtheit sagen. Seine drei Kammeraden eröffneten sofort das Feuer auf mich. Ich lief wie ein gejagtes Kaninchen von Baum zu Baum, erwiderte das Feuer und schaltete wieder einen Feind aus. Doch ich konnte mich nicht auf mein Glück verlassen und musste fliehen, also lief ich davon.

Ein plötzlicher Aufprall trieb mir die Luft aus den Lungen, der heftige Schmerz ließ mich erstarren und fast in Ohnmacht fallen. Ich lag benommen auf dem Boden. Als ich den Blick hob, sah ich, dass mich ein Lutek angefahren hatte. Die beiden Palets verließen das Fahrzeug und richteten ihre Laserwaffen auf mich. Ich krabbelte einige Meter über den Boden zurück.

Aus und vorbei. Ich war verloren. Horyet im Wrack verbrannt. Niemand konnte mich jetzt noch retten. Niemand.

Als das vierte feindliche Fahrzeug sich näherte, war es endgültig um mich geschehen. Sollte ich aufgeben? Nein. Ich hob meine Waffe, und das feindliche Lutek schoss seinen Kastar-Deliter ab. Ich schloss die Augen und dachte an Jennifer. »Es tut mir leid«, flüsterte ich. Ich konnte mein Versprechen ihr gegenüber nicht mehr einlösen. Ich würde wohl nicht in ihre Arme zurückkehren.

Wie gesagt, ich hatte mit dem Tod gerechnet, doch als das feindliche Lutek und die beiden Palets in einem Feuerball endeten, und auch ich die Hitze und das Feuer zu spüren bekam, rollte ich mich zur Seite, kugelte mich zusammen und versuchte mit den Händen meinen Kopf zu schützen.

Ich hörte wildes Geschrei. Vermutlich von den beiden noch lebenden Palets. Dann verstummten sie, als der Kastar-Deliter wieder feuerte.

»Willst du da etwa Wurzeln schlagen?«, hörte ich eine vertraute Stimme, und als ich mich ihr zuwandte, sah ich Horyet in dem feindlichen Lutek sitzen. Er hatte also überlebt. Sein Gesicht und seine Kleidung waren Stellenweise verbrannt, doch er lebte. Dieser Schweinehund hatte mehr Glück als Verstand. Ich war wirklich froh ihn lebendig zu sehen.

»Komm schon, Andor! Wir müssen hier weg«, sagte Horyet in befehlendem Ton. »Es werden bestimmt noch mehr von denen kommen.«

Als ich mich aufgerappelt hatte, lief ich zum Lutek und stieg rasch ein.

»Dieses Mal nehme ich das Steuer in die Hand«, lächelte Horyet mich an und schwebte los.

Als die Elyor in Sichtweite kam, wurden wir bereits erwartet. Doch das Empfangskomitee zielte mit Laserwaffen auf uns. Horyet hielt das feindliche Lutek an und verließen es. Ich folgte ihm.

Als wir auf der Elyor waren, eilten wir zur Kommandobrücke, wo uns Captain Ichor mit einem freudigen Lächeln empfing. Dann gab sie eine Reihe von Befehlen, damit die Elyor starten konnte.

»Horyet«, sprach ich ihn an und nahm Blickkontakt auf. »Als wir da unten waren ... ähm, in der Zentrale, hatte ich für einen Moment gedacht, dass du ... du mit den Palets gemeinsame Sache machen würdest. Ich glaube, ich muss mich dafür bei dir entschuldigen.«

»Schon gut«, winkte Horyet ab und fragte nach: »Wie geht es deiner Schussverletzung?«

»Sie ist fast wieder verheilt«, sagte ich.

»Gut.«

Auf dem großen Panoramabildschirm beobachteten wir gemeinsam, wie die Elyor durch die Wolkendecke drang und Pelos verließ. Auf dem Weg zur Raumflotte mussten wir einem Trümmerfeld ausweichen, das von einem feindlichen Kugelschiff stammte.

Captain Ichor versuchte immer wieder Kontakt zur Raumflotte aufzunehmen, jedoch blieb sie erfolglos. Techniker versuchten das Problem zu lösen.

Endlichen trafen wir bei der Raumflotte ein und die Verbindung zu ihr konnte wieder hergestellt werden. Captain Ichor nahm sofort Kontakt zur Quest auf, das auch das Kommandoschiff war.

Die Crew auf der Kommandobrücke der Elyor jubelte vor Freude, als auf dem Panoramabildschirm gezeigt wurde, wie erfolgreich unsere Mission war. Die feindlichen Kampfschiffe trieben alle hilflos im Weltraum umher. Anscheinend hatte das Supervirus wesentlich größeren Schaden angerichtet, als beabsichtigt. Das Supervirus hatte nicht nur die gesamte Energieversorgung inklusive der Notstromversorgung auf sämtlichen Planeten der Palets ausgeschaltet, sondern hatte sich in allen Systemen der Palets ausgebreitet und somit war ebenfalls die gesamte Energieversorgung ihrer Kampfschiffe davon betroffen.

Die Führungskräfte trafen sich auf der Quest, um die weitere Vorgehensweise zu besprechen. Hier wurde entschieden, dass die Elyor nach Larg fliegen durfte, während die gesamte Raumflotte zurückblieb, um die Feinde in Gewahrsam zu nehmen und Pelos zu besetzen. Außerdem mussten bei einigen Sternenkreuzern und Kampfschiffen größere Schäden behoben werden, damit sie wieder einsatzfähig waren.

Am nächsten Tag kehrten wir mit der Elyor nach Larg zurück und wurden dort wie Helden empfangen. Ich konnte es kaum erwarten, Jennifer wiederzusehen. Auch Jennifer war überglücklich, als sie mich gesund und munter in den Armen hielt. Das Wiedersehen war zwischen uns fröhlich und stürmisch, so wie auch das Wiedersehen zwischen Horyet und Alf, der sich riesig freute und Horyet dabei ansprang wie ein Hund.

Natürlich sah ich auch Ranja und Helmut wieder, die mich beide herzlichst begrüßten. Ich konnte es mir nicht verkneifen, eine dumme Bemerkung loszulassen, als ich die beiden Hand in Hand kommen sah. »Hoffentlich seid ihr während meiner Abwesenheit auch artig gewesen.« Meine Schwester lachte nur darüber, während Helmut mich strafend anblickte. Dann umarmte meine Schwester mich liebevoll.

Nicht nur ich, sondern auch viele andere, hätten es nicht für möglich gehalten, dass der Krieg so schnell zu Ende sein und der Supervirus einen so großen Schaden an den technischen Systemen unserer Feinde verursachen würde.

Letztendlich hatten die Palets kapituliert und die Raumflotte war gerade dabei, sie zu entwaffnen. Die feindlichen Planeten wurden besetzt, und das Volk ehrenhaft behandelt. Denn nicht das Volk sondern die Militärregierung hatte den Krieg zu verantworten. Ihre Anführer waren die Kriegstreiber und strebten nach der Macht im Universum. Also musste die alte Regierung durch eine neue Volksregierung ersetzt werden. Später dann sollte ein Abrüstungsvertrag mit der neuen Regierung geschlossen werden, in dem es ihnen nicht erlaubt wurde, Waffen zu besitzen. Eine Kontrollkommission sollte die Vorgänge überwachen.

Heute war ein ganz besonderer Tag, an dem Horyet und ich geehrt werden sollten. Dafür wurde eine Feier organisiert, an der viele hohe Persönlichkeiten von Larg teilnahmen. Irgendwie fühlte ich mich nicht wohl als Held gefeiert zu werden, Horyet jedoch schien es zu gefallen. Er grinste breit, als wir Seite an Seite zum Empfang gingen, um die Ehrung und Medaillen zu erhalten. Meine Schwester überreichte uns persönlich die Auszeichnungen.

Ich blickte sie an und bewunderte ihre Schönheit und Eleganz. Das bunte, lange Kleid, das ihre schmale Taille betonte, ließ sie erstrahlen. Ihre hochgesteckten Haare standen ihr gut. Helmut konnte sich glücklich schätzen, dass meine Schwester ihn erwählt hatte. Von nun an wollte ich meine Äußerungen über die beiden für mich behalten. Sollten sie ein glückliches Paar werden. Ich gönnte es ihnen von Herzen.

»Im Namen meines Volkes danke ich dir, Horyet, für deinen Mut und deinen Einsatz«, sagte sie und hing ihm das goldene Halsband um den Hals, an dem eine bronzene Medaille hing.

Und dann war ich an der Reihe. Mich überfiel ein unbehagliches Gefühl, als wir uns schweigend in die Augen sahen. In diesem Moment hätte ich gerne die Flucht ergriffen, doch ich wusste, dass ich die Ehrung über mich ergehen lassen musste.

»Im Namen meines Volkes danke ich auch dir, Bruder, für deinen Mut und deinen Einsatz«, sagte sie und lächelte mich zufrieden an.

Ich beobachtete, wie meine Schwester das Halsband

mit dem Medaillon erhob, um es mir um den Hals zu hängen. Die Menge jubelte und applaudierte, als sie es dann tat. Ich hatte mich die ganze Zeit dagegen gesträubt, aber nun wurde mir bewusste, dass dies ein ganz besonderer Augenblick in meinem Leben war. Horyet verneigte sich leicht vor der jubelnden Menge, und ich verneigte mich ebenfalls.

Narren zum Altar karren

16 Diese Woche hatte meine Schwester mir das Leben zur Hölle gemacht: Auf eine Einladung zu einer Besprechung folgte schon die nächste und da waren auch noch Festlichkeiten, an denen Horyet und ich gemeinsam teilnehmen sollten.

Also, ehrlich gesagt, ich hatte keinen Bock mehr darauf und war ganz froh, dass meine Schwester bei Bart's einen Tisch reserviert hatte und wir – Ranja und Helmut, Horyet, sowie auch Jennifer und ich – hier gemeinsam über unsere Zukunft sprechen wollten.

»Willkommen bei Bart's?«, begrüßte Bartag uns mit einem freundlichen Lächeln und verneigte sich leicht vor meiner Schwester.

Wir hatten uns in dem urigen Wirtshaus an einem runden Tisch eingefunden und sofort bei Bartag, auf Empfehlung meiner Schwester, alle das gleiche Getränke bestellt. Jennifer, die rechts neben mir saß, warf mir einen amüsierten Blick zu, als ich mich kurz der rechten dunklen Holztheke zuwandte und mir den Barkeeper genau betrachtete. Ich wusste ja schon, dass Bartag, der ältere Mann mit grauem Vollbart, ein bizarres Aussehen hatte. Er war wieder vom Kragen bis zum Fuß in schwarzes Leder gekleidet und trug das Halsband mit messerscharfen Zähnen.

»Wollte Horyet nicht auch kommen?«, fragte ich in

die Runde.

»Er hat es sich anders überlegt«, antwortete Ranja, die links neben mir saß.

»Warum?«, hakte ich nach, obwohl ich die Antwort eigentlich hätte wissen müssen.

»Kannst du dir das nicht denken?« Helmut zog die Augenbrauen hoch. Er saß mir gegenüber, zwischen Jennifer und Ranja.

»Er dachte, es wäre für alle besser, wenn er nicht zu unserem Treffen kommen würde«, klärte Ranja auf.

»Tja«, nickte ich und bemerkte, wie ich ihrem Blick auswich. »Das ist ...«

»Dann kommt Alf auch nicht?«, fragte Jennifer niedergeschlagen. »Das ist schade.« Sie warf mir einen vorwurfsvollen Blick zu.

»Es tut mir leid«, gab ich zu und fuhr mit fester Stimme fort: »Morgen werde ich mal allein mit Horyet reden, dass ich ... nun ja ... nicht mehr so negativ auf ihn eingestellt bin.«

»Gut so«, nickte Ranja mir freudig zu.

»Ich glaube auch, dass du ihm eine faire Chance geben solltest«, sagte Jennifer. »Während du mit ihm redest, werde ich auf Alf aufpassen«, schlug sie vor, und ihre Stimmung heiterte sich wieder auf.

»Okay«, nickte ich ihr zu.

Bartag kam mit einem Tablett an unseren Tisch und verteilte die hohen Gläser mit giftgrüner Flüssigkeit. Eine Kirsche schwamm in dem zähflüssigen Getränk.

»Sehr zum Wohle!«, sagte der Wirt freundlich und verteilte außerdem vier Schnapsgläser, in denen der speziellen Met aus dem Sirostal war. »Eine Kleinigkeit auf Kosten des Hauses.«

»Der ist verdammt lecker«, schwärmte Helmut, als er das Schnapsglas hob, um anzustoßen.

»Ja«, stimmte ich ihm zu.

Dann stießen wir auf einen schönen Abend an.

»Daran könnte ich mich gewöhnen«, nickte Helmut, als er das leere Schnapsglas auf den Tisch abstellte.

»Dann sollten wir nun auf den Sieg ...« Ranja hob das hohe Glas. »... und auf unsere Zukunft trinken.«

»Wie heißt das Getränk?«, wollte Helmut wissen, als wir mit den hohen Gläsern anstießen.

»Royal Lady«, antwortete Ranja.

»Wow, ist das gut!«, schwärmte Helmut, als er einen Schluck davon zu sich genommen hatte.

Für mich sah es aus wie *Royal Gallensuppe*, aber es schmeckte wirklich sehr gut.

»Na, dann nochmal Prost!«, sagte ich und hob nochmals mein Glas und stieß mit den anderen an.

Das Wirtshaus füllte sich langsam, bis nur noch ein Tisch und zwei Plätze an der rechten Holztheke frei waren. Von Ranja erfuhren wir, dass die linke Theke gleich öffnen würde. Mir fiel die Kinnlade herunter, als eine zierliche Frau, die in Bartags Alter zu sein schien, das Wirtshaus betrat, und Bartag mit einem stürmischen Kuss begrüßte. Die Frau war ebenfalls in schwarzes Leder gekleidet und trug ein Halsband mit messerscharfen Zähnen. Von Ranja erfuhren wir, dass es Bartags Frau war, die nun hinter der linken Theke stand und uns mit einem Handzeichen und Nicken freundlich grüßte. Auf den Bildschirmen hinter den Theken lief ein Naturfilm über Berglandschaften.

»Kommen wir nun zu einer unerfreulichen Sache.« Ranja atmete durch und wandte sich langsam mir zu. »Die Rückkehr zur Erde steht euch ...«, sagte sie und wandte sich Jennifer zu, »... beiden bald bevor.«

»Es ist uns wirklich nicht leicht gefallen«, bedauerte ich und senkte kurz meinen Blick, »aber Jennifer und ich haben uns dazu entschlossen.«

»Das akzeptiere ich ja auch, Bruder. Obwohl es mir wehtut«, gab sie zu und erklärte dann: »Wir können die Technologie der Palets für die Weiterentwicklung unseres Basrato nutzen. Der Prototyp kann schon bald getestet werden.«

Das waren sehr erfreuliche Nachrichten. Mein Volk würde dann auch mobile Empfangsgeräte besitzen, die wir dann zur Erde schicken konnten.

Jennifer und ich hatten gestern ausführlich über die Rückkehr diskutiert und uns fest entschlossen, unser Leben gemeinsam auf der Erde zu verbringen. Und ich musste zugegen, irgendwie vermisste ich meine Arbeit als Redakteur bei *Time News*. Rossellini war ein aufgeschlossener Mensch, und wir nahmen an, dass er uns wieder mit offenen Armen empfangen würde.

»Also, Bill, bevor du gleich völlig ausflippst«, fing Helmut an, »und mit ausflippen meine ich, dass du mir an die Gurgel springst, bestellen wir uns noch einen Drink.«

Ranja winkte Bartags Frau an unseren Tisch. Wir bestellten uns jeder einen *Black Berinje Maloa*.

»Ich werde zwar mit euch zur Erde zurückkehren«, erzählte Helmut freudig und trank den letzten Schluck *Royal Lady*, »aber ich werde nicht lange dort bleiben. Ich bin meinen Kollegen Michael und Roland eine Erklärung schuldig.« Er senkte den Kopf.

»Du willst hierhin zurück?«, fragte ich und zog die Augenbrauen hoch. »Warum?«

Bartags Frau brachte unsere Getränke und nahm die leeren Gläser mit.

»Prost!«, sagte Helmut.

Wir stießen an, während ich einen prüfenden Blick zuerst Helmut und dann Ranja zuwarf. Die Bombe würde gleich platzen und das tat sie auch, als Ranja mir zuflüsterte: »Lieber Bruder, bleib jetzt bitte ganz ruhig.«

Lieber Bruder?, dachte ich. Da konnte nichts Gutes auf mich zukommen. Ich wollte mir gerade darüber den Kopf zerbrechen, als Helmut mir direkt ins Gesicht sagte: »Deine Schwester und ich werden heiraten.«

Klatsch! Sollte das eine Backpfeife sein? Ich stand auf, und meine Schwester sagte erbost: »Bruder! Du wirst doch nicht ...« Sie erhob sich schnell.

Die Gespräche im Lokal verstummten. Wir hatten die Aufmerksamkeit auf uns gelenkt.

»Oh, doch, das werde ich, Schwester«, sagte ich und versuchte dabei finster auszusehen. »Komm, lass dich drücken.« Ich nahm sie in den Arm. »Ich freue mich für euch beide.«

»Ehrlich?«, stutzte Helmut, der aufgestanden war und wohl schon bereitstand, um meine Attacke gegen ihn abzuwehren.

»Ja, ehrlich«, sagte ich nickend.

»Ich freue mich für euch«, sagte Jennifer lächelnd.

Bartag war sehr aufmerksam, denn er kam sofort mit einem sektähnlichem Getränk an unseren Tisch und sagte: »Gratuliere!«

Wir stießen auf die freudige Bekanntmachung an. Helmut hatte keinerlei Zweifel, dass seine Kollegen Michael Zink und Roland Landau seine Entscheidung akzeptieren würden. Außerdem vermutete Helmut, dass Michael zu seinem Nachfolger ernannt würde.

Es war Freude, was aus meinen Augen blitzte, als ich Jennifer musterte und ihr zublinzelte und sie mich fragte: »Du oder ich?« Sie nickte mir zu. Das war der Zeitpunkt an dem ich eine Bombe platzen ließ, als ich freudestrahlend verkündete: »Wenn wir auf der Erde sind, werden wir heiraten.«

Ranja sah mich glücklich an. Helmut machte einen erstaunten Eindruck, dann sagte er: »Das freut mich.«

»Und falls du unser Trauzeuge sein willst ...«

»Gerne«, sagte Helmut sofort.

»Du könntest doch zusammen mit Helmut auf die Erde kommen und auch unser Trauzeuge ...«, sprach ich meine Schwester an.

»Ja, das werde ich tun«, nickte sie mir zu.

»Das war's dann also?«, fragte Helmut.

»Nicht traurig sein, Helmut«, sprach ich ihn an und sagte dann fröhlich: »Ein Abenteuer geht zu Ende und ein neues beginnt.«

Bartag brachte wieder das sektähnliche Getränk an unseren Tisch und sagte: »Gratuliere!«

Dieses Mal hatte er jedoch fünf hohe Gläser auf dem Tablett stehen. Er verteilte die Gläser, nahm die leeren Gläser vom Tisch und stellte sie auf das Tablett. Dann griff er sich ein volles Glas.

»Sehr zum Wohle!«, sagte Bartag.

Wir stießen zusammen mit Bartag an.

Nicht den Tod sollte man fürchten,
sondern dass man nie beginnen wird, zu leben.
Marc Aurel

Personen-, Orts-, und Sachverzeichnis

Länder und Welten

Bart's	uriges Wirtshaus in Xelvior.
Eschgadier	Schutzreservat auf Larg.
Garniset	Gebirgskette auf Larg.
Larg	Heimatplanet der Lodets.
Luna-Park	Parkanlage in Xelvior.
Mesetanien	Heimatplanet der Mesetanier.
Warschover	Gebiet an der Küste auf Larg.
Norog	Heimatplanet der Palets.
Orbital-Gebirge	Gebirgskette auf Pelos.
Pelos	auf diesem Planeten haben die Palets eine militärische Hauptbasis errichtet.
Sirostal	Tal auf Larg, aus dem ein spezieller Met kommt.
Xelvior	Hauptstadt von Larg.

Mitwirkende von der Erde

Bill Clayton	alias Andor Largo ist ein Redakteur bei dem Londoner Zeitungsverlag *Time News*.
Helmut Berger	Mitarbeiter vom MAD, Abteilung II: Extremismus-, Terrorismus-, Spionage- und Sabotageabwehr.
Jennifer Parker	Redakteurin bei dem Londoner Zeitungsverlag *Time News*.
Michael Zink	Mitarbeiter vom MAD, Abteilung II: Extre-

mismus-, Terrorismus-, Spionage- und Sabo-
tageabwehr.

Roberto Rossellini   Geschäftsführer des Londoner Zeitungsver-
lags *Time News*.

Roland Landau   leitender Angestellter beim MAD, und der
Vorgesetzte von Berger und Zink.

Mitwirkende von anderen Welten

Alisha   Name vom Bordcomputer eines Cabbs.

Alf   mittelgroßes Säugetier, ein Bolop.

Bartag   der Barkeeper vom urigen Wirtshaus Bart's.

Berinje Maloa   Künstler aus Xelvior, der überwiegend düstere Werke erschafft.

Galijere   berühmter Maler aus Xelvior.

Gei'a Ichor   weiblicher Captain des Kampfschiffes Elyor.

Jana   Ärztin auf einem Tarngleiter.

Horyet   Mesetanier und Kopfgeldjäger.

Ranja Largo   Schwester von Andor Largo.

Reolan Leeonex   Wissenschaftler, der die Dunkle Materie er-
forschte. Er entdeckte dabei, wie er Raum
und Zeit beeinflussen konnte. Auf Grundlage
dieser Entdeckung wurde von den Palets das
Basrato erfunden.

Völker von anderen Welten

Lodets   leben auf dem Planeten Larg und sehen aus
wie Menschen.

Mesetanier   leben auf dem Planeten Mesetanien. Die
Bewohner sind Formwandler und können
die Gestalt verschiedener Lebewesen annehmen. Nicht verwandelt besitzen sie eine
menschenähnliche Gestalt, und ihr Gesicht
lässt keine Mimik erkennen.

Palets   leben auf dem Planeten Norog. Sie haben
eine hellgrüne, schuppige Haut, und aus ihrem kahlköpfigen Gesicht stechen grüne Augen mit einer schwarzen Pupille hervor.

Gegenstände / Sonstiges

Basrato   modernes Transportmittel, dass von den Pa-

	lets entwickelt wurde, um große Entfernungen im Universum zurückzulegen. Ein Basrato besteht aus einer Haupt- und einer Empfangsstation, mit der sich ein künstliches Wurmloch erzeugen lässt, durch das man dann zu fernen Planeten reisen kann. Im Volksmund heißt das Basrato auch *Tor zur Ewigkeit* oder *Weltentor*.
Bofs	chemisches Abfallprodukt, das bei der Energiegewinnung in der Hauptbasis der Palets auf dem Planeten Pelos anfällt.
Cabb	schwebendes Fahrzeug für den Personentransport auf dem Planeten Larg.
Delektron	technisches Gerät, mit dem z.B. Raum- und Zeitverschiebung gemessen und ein Basrato lokalisiert werden kann.
Elyor	modernes Kampfschiff von Larg. Es ist zwar klein, hat aber die Feuerkraft von großen Kampfschiffen. Die Besatzung besteht aus einer 20-köpfigen Crew.
Holga	historisches Luftschiff, mit dem man in Xelvior einen Rundflug machen kann.
Kastar-Deliter	Strahlenwaffe, die Energiestrahlen und Lichtkugeln abfeuern kann.
Larat	Lichtschwert.
Lutek	schwebendes Fahrzeug, das mit einem Kastar-Deliter ausgestattet werden kann.
Nahrungsreplikator	dient nur für die Erzeugung von Nahrung und Getränken.

Tiere / Pflanze

Bolop	mittelgroßes Säugetier. Es hat eine spitze Schnauze und zotteliges Fell und ähnelt sehr, dem Viech aus der Fernsehserie: Alf.
Jalt	Wesen, das in Höhlen lebt und sich von Peliptiten und Bofs ernährt.
Mulk	Tier, das einer Fledermaus ähnelt. Es hat lange Krallen und einen großen Kopf. Außerdem besitzt es Zähne, wobei die beiden oberen Eckzähne herausstechen wie bei einem Vampir.
Peliptit	Käfer, der meist in Höhlen zu finden ist.

Danksagung

Warum ist die Geschichte von Bill Clayton alias Andor Largo erst jetzt veröffentlicht worden? Ich hatte immer wieder anderen Projekten den Vorrang gelassen, und so kam es, dass dieses Manuskript in einer Schublade verschwand und lange nicht mehr hervorgeholt wurde. Eines Tages jedoch hatte ich mir das Manuskript noch einmal angesehen und mich dazu entschlossen, mein eigentliches **Erstlingswerk** zu veröffentlichen. Also, hatte ich mir das Manuskript geschnappt, von Grund auf überarbeitet, und mein Vorhaben in die Tat umgesetzt. Daraus ist dann eine Trilogie entstanden.

Das gesamte Projekt hatte mir sehr viel Freude bereitet. Gemeinsam mit dem Redakteur Bill Clayton hatte ich mich auf eine abenteuerliche Suche begeben, um die Geheimnisse seiner Vergangenheit zu lüften.

In Band 3 erlebte ich mit, wie Bill Clayton alias Andor Largo, Jennifer Parker und Helmut Berger auf Pelos strandeten und versuchten, dort die feindliche Hauptbasis zu zerstören. Ein Wettlauf gegen die Zeit begann, denn die Palets rüsteten sich für einen Krieg.

Zuerst einmal möchte ich mich bei meinen Leserinnen und Lesern für das Interesse an diesem Buch bedanken. Auch einen ganz besonderen Dank an all meine Leserinnen und Lesern, die schon bei den sehr erfolgreichen Abenteuern von Kaspar und seinen Freunden dabei waren.

Mich würde es natürlich wieder sehr interessieren, was Euch an der Geschichte gefallen hat – und was nicht.

Wer mir schreiben möchte, kann mich gerne auf meiner Homepage **www.dangronie.jimdo.com** besuchen oder schaut bei **Facebook** vorbei. Hier könnt Ihr auch mehr über mich und meine Bücher erfahren.

Wenn ich eine Geschichte zu Ende geschrieben habe, ist meine Frau Ursula die Erste, die sie zu lesen bekommt. Für die nützliche Kritik und hilfreichen Ratschläge und vor allem die Geduld, mit der sie jedes Mal meine Manuskripte liest, möchte ich ihr von ganzem Herzen danken.

Einen ganz lieben Dank an Olivia Grand, die ihre Pinsel geschwungen und mir den Planeten Larg und den Übergang zwischen dem Planeten Pelos und dem Sternenhimmel gemalt hat. Wieder möchte ich mich bei Felix Mittermeier für den beeindruckenden Sternenhimmel bedanken, und auch vielen Dank an Gerd Altmann für das Bild, das die Buchrückseite schmückt. Einen besonderen Dank an Peter Fischer für die feindliche Basis auf Pelos und das explodierende Basrato.

Mit ganz herzlichen Grüßen

Dan Gronie